银河奖科幻名家
星魂勇士系列丛书

U0855126

远古的星辰

Ancient Stars

苏学军◎著

SPM
南方出版传媒
广东经济出版社
·广州·

图书在版编目（CIP）数据

远古的星辰 / 苏学军著．— 广州 ：广东经济出版社，2021.8

（星魂勇士系列丛书）

ISBN 978-7-5454-7534-0

Ⅰ．①远… Ⅱ．①苏… Ⅲ．①幻想小说－中国－当代 Ⅳ．① I247.5

中国版本图书馆 CIP 数据核字（2020）第 256023 号

出品机构：博峰文化
图书策划：李　雷
责任编辑：周　炜
责任技编：陆俊帆
装帧设计：平　平 @pingmiu

远古的星辰
YUANGU DE XINGCHEN

出版人	李 鹏
出　版 发　行	广东经济出版社（广州市环市东路水荫路 11 号 11 ～ 12 楼）
经　销	全国新华书店
印　刷	三河市双升印务有限公司 （三河市杨庄镇杨庄村）
开　本	880 毫米 ×1230 毫米 1/32
印　张	10.5
字　数	240 千字
版　次	2021 年 8 月第 1 版
印　次	2021 年 8 月第 1 次
书　号	ISBN 978-7-5454-7534-0
定　价	45.00 元

北京营销中心地址：北京市东城区夕照寺街14号富瑞苑大厦201
电话：（010）67138865　邮政编码：100061
如发现印装质量问题，影响阅读，请与本社联系
广东经济出版社常年法律顾问：胡志海律师

目　录 Contents

天籁·星辰海岸

那个时候，我们已经进入了太阳系大开发的年代，人类的足迹遍布太阳系，大部分行星上已建立了永久性的太空基地或空间站。飞船在行星间穿梭，太阳系的资源也不断地输向即将枯竭的地球，使得地球这一文明之树在获得足够的养分下，生长得枝繁叶茂，果实累累。

彼时，地球上的国家依然存在，它们之间形成了更为紧密的全球联盟。战争的阴影早已远去，人类享受着难得的和平时光。但每个人都知道，宇宙如同一片危险的海洋，不仅暗礁密布，而且随时会掀起惊涛骇浪。因此，在危险来临之前，人类须找到另外一个伊甸园，否则人类的命运始终是不确定的。

飞往邻近星系的载人飞船虽然已经起航，但是它们要经过几代人的时间才能抵达目的地，况且前途未知。各方面的信息表明，在几光年的范围内几乎不存在适合人类生存的行星，发明一种有效便捷的星际旅行方式则成了人类目前遇到的最大瓶颈。

虽然我们生存在人类有史以来最好的年代，可是对于人类文明来说，就如同一只振翅翱翔的雄鹰迎面撞上了一张无形的坚韧无比的巨网，美丽辽阔的天空在向我们召唤，我们却停滞不前。

未来会怎样，没有人知道，也许我们会踏上群星，成为黑暗宇宙中一盏不灭的文明之灯，也许……

一、不该眨眼的星

月球。

一辆属于氦3矿区的月球货车慢吞吞地行驶着，由于没有林立的建筑物遮挡，微弱的车灯竟可以照出很远。这种体积庞大，装载着三节车厢的车结构似乎十分脆弱，看上去远不如地球上的车辆扛得住撞击。

小武双手握着方向盘，神色有些紧张地盯着前方的路。其实前方并没有路，有的只是许多的车辙痕迹。这些车辙痕迹有刚出现几天的，也有矿场开辟伊始便已存在的。由于月球上没有大气层，没有风，许多在地球上转瞬即逝的东西在这里可以留存许多年。

小武沿着车辙痕迹花了一个多小时才把货车从矿场所在的盘古环形山开出来。距航天港还有二十千米的路程，这一路上没有其他设施，到处是一派荒凉的景象。道路左侧绵延的山脉看不到尽头，在车灯的映照下，隐隐勾勒出犬牙交错的峰峦。右侧则是漫无边际的月面平原，遍布着碎石和陨石坑。

在无人的异星平原踽踽独行，曾经是小武理想中的情景。现在身临其境，让他有一股莫名的激动。壮丽无比的异星景象和浩瀚无垠的苍穹对小武来说，充满着无法抗拒的诱惑力。虽然他来自普通家庭，不是出类拔萃的人类精英，也没能成为他梦想中穿梭于各个星球间的宇航员，但时代不同了，成为矿井工人同样让他踏上了太空，且个人收入也还不错。但是，这些对于小武来说还不够，他还要不断努力，才能有一天走得更远。

驾驶之余，小武不时瞟一眼车窗外的景色，享受着属于自己的时光。

副驾驶座位上抱着酒瓶酣睡的段远征忽然伸了个懒腰，睁开了惺松的醉眼，左右张望着："才到这儿？这个速度恐怕明天才能到。"

小武点点头，于是加快了速度。

小武两个月前才来到矿区报道，而段远征听说已经在这里待了十几年，虽说都是普通矿工，但小武还是要听话的，况且从几次交谈的感觉中，小武认为这个老头并不简单。

看着小武一次又一次小心翼翼地绕过地上不大的碎石，段远征终于忍受不住了。"还是我来开吧！"

"不行，矿长特意叮嘱说不能让你开，说你一见到类似方向盘的东西就会发狂，场里的挖掘机已经让你开坏了三台。"小武不肯。

"别理他，在矿场我的进度最快，奖金最高，他是心里不平衡才这样说的。"老段说罢，一把将小武拽到副驾驶的位置上，手刚摸到方向盘就一脚踩下了油门（油门只是习惯称谓，车上使用的是高密度燃料电池）。

月球车的永磁超导电机不会发出噪声，但小武耳中分明听到一声轰鸣。接着车子像被巨人猛踹了一脚，如下山猛虎一般冲了出去。小武急忙去系安全带，但剧烈的震动使他怎么也系不上安全带了，只得像个跳蚤一样在座椅上来回弹跳，那模样刺激得老段更加疯狂。

月球车荡起滚滚浓烟，绝尘而去。

“老段呀，这么开不是玩命吗？”小武被颠得晕头转向。

“你懂什么啊，男人就应该这样。”

“你说这前不着村后不着店的，车要是趴窝了，我们一天时间能走到航天港吗？”

“你别看这车弱不禁风，可全是高强度合金构造。”

“听说上个月开坏的那辆挖掘机扣了你一个月奖金？”

“谁在乎？”老段不屑一顾。

话虽这么说，但老段车速还是稍微慢了一些。可没过多久，车身猛烈一震，而后歪斜在路边，全车的灯光立时熄灭。

“撞鬼了。”老段反复拧着启动开关，车子却一点儿动静也没有。

“没看见那块大石头吗？”小武埋怨道。

“你下去看看。”老段拍着小武的肩膀，心里也有些急。

小武穿戴好宇航服，通过气密闸门来到车外。月球车的动力装置很简单，就几块燃料电池和电动机，根本看不出什么毛病。小武摆弄了半天，无可奈何地摊开手。

“踹它，踹两脚试试。”老段在车内指手画脚。

小武踹了两下，车子仍然一动不动。

“用力踹，怎么跟个娘们似的？”老段吼道。

小武使劲蹬了两脚，车灯唰地亮了。

“车也这么贱！”老段嘟囔着。

在上车之前，小武回身仰望苍穹。

没有了大气层的阻隔，宇宙一览无遗地袒露在他面前，黑色的虚空和数不清的星星……按照老段的话，这些星星就像一把糟米撒在黑锅底上。的确，没有了大气层的渲染，群星失去了光晕，一点儿也不生动。但是这并不影响小武的心情，在他的心中，那里有着无数个雄浑壮美的未知世界。

就在这时，小武似乎看到一颗星星向他眨了一下眼睛。但他知道在月球上，这是不可能存在的现象。于是，他仔细望去，果然是幻觉，那个位置上是一片黑暗的虚空。也许那里真的有一颗星星，也许是我们冥冥之间的感应吧。他对着幻觉中的星星许了一个愿。事实上，那里真的存在一颗星星，但假如小武知道那颗星星对人类意味着什么，恐怕会当场晕倒。

这颗星星并不陌生，它已经在太阳系存在了数十亿年，与地球几乎同时诞生，只不过此时它出现在了不该出现的地方……

地球与月球之间重力相互抵消的拉格朗日点，“瞭望者”号太空望远镜张开绵延几千米的太阳能电池板，像一只巨大的蜻蜓，悬浮于浩瀚的太空，地球与月球变成了蓝色与银色的玻璃球。

“瞭望者”号已经服役三年了，每年地空往返器都为它更换一些易损器件，如果愿意，它可以始终停留在这里，直到地球或者月球毁灭。

它是人类迄今为止最大的望远镜，也是人类了解宇宙最大的一只眼睛。但是对于宇宙来说，它所获取的海量信息真是太少了。人类进步得够快了，可是怎样的步伐才能追上正以每小时几万千米的速度远离我们的群星呢?

此刻,“瞭望者”号的巨大镜头正凝视着宇宙深处的某一个点,它的目光越过了太阳系、银河系,直奔麒麟星座的玫瑰星云。

这个星云如同一朵绽开的红色玫瑰,在漆黑的宇宙中,显得格外美丽动人。玫瑰核心的花蕊处,正经历着一次超新星爆发,斑斑点点的银光如同滚落的露珠。

“瞭望者”号注意这里已经有好几天了,并且拍摄了数万张照片。可是今天注定与众不同,一个细小得可以忽略的黑点闯入了它的视线。

这个黑点让其他一切都变得不重要了。

二、如临深渊

联盟宇航局局长柴可夫斯基拖着灌铅一样的双腿,回到了位于华盛顿的办公室。昨天一整天加今天一上午,在地球联盟主席团的年度预算会议上,他一个人舌战群儒,陈述了必须增加宇航部门资金的理由,否则宇航事业将举步维艰。谁知费了这么多口舌,到投票时还是亮起了红灯。

会议结束后,联盟主席团美利坚主席,他的大学同学林肯拍了拍他的后背以示安慰:“老兄,知道你难,可是大家都难,地球人民总得吃饭吧,政局稳定是第一位的,稳定压倒一切。”

“把那些吃喝玩乐的资金哪怕拿出百分之一,也早超出我需要的了。”柴可夫斯基看着这个昔日同学,心道在学校你可是个差等生,如今竟然当了主席,可见主席团那帮家伙的素质。

“没有娱乐，人活着还有什么意思呢？”林肯耸耸肩膀说道。

柴可夫斯基真想一拳将对方那高耸的鼻子砸扁，想想还是算了，毕竟他刚刚投了弃权票。

在办公室内，他坐立不宁，一阵阵邪火直顶天灵盖，偏偏所有人员一律躲得不见踪影，这让他无处发泄。

这时，门砰的一声被人一头撞开。

柴可夫斯基甩手将手中的钢笔扔了过去，可惜偏了，钢笔在门框上断成了两节。他扫视着办公桌，没舍得那个中国明代笔筒，抄起了旁边的飞船模型便要扔过去。

“经费有着落了。”来人连忙断喝一声。原来是李向阳。

他看着自己的这个得意门生，飞船模型并没有放下。看样子李向阳要说不出个一二三来，飞船模型还是要飞过去的。

李向阳对恩师的举动视而不见，他快步过去打开多媒体控制器，把一个碟片放了进去。落地屏幕上立时出现了一张颜色瑰丽如同抽象画作一般的星云照片。

“这是五天前‘瞭望者’号拍摄的麒麟星座玫瑰星云，”李向阳看了看老师，又换了一张，“这是三天前拍摄的。”

“一模一样。”

“不一样，”李向阳表情严肃，“您看，在这里出现了另外一个星体。”他指着照片的边缘，“经过核实，它就在我们太阳系，位于火星轨道附近。”

“这不过是一颗小行星。”

“的确是小行星，不过它并不处在小行星带，它的轨道十分奇特，最初是在2046年被观测到，地点也是在火星附近，而后它就像彗星一样消失在太阳系边缘的深空中。”他的语气愈发紧张，“不过这并不是我来打扰您的全部理由。经过深紫巨型机的反复确认，它这次的目的地很明确：地球。”

“你确定吗？”柴可夫斯基问道。

“原本确实有些疑虑，毕竟距离还远。可是刚刚收到返航途中的‘泰坦尼克’号货运飞船发来的报告。报告中说，他们遇到了这颗小行星，并险些与之相撞，他们的计算结果与深紫相吻合。”

“它的具体情况是什么？总得有个名字吧？”柴可夫斯基仍然镇定。

“它当初被命名为‘深渊’，由于‘泰坦尼克’号与它近距离接触过，所以现在比较清楚的是，它的直径有三百千米，哑铃状，像是并列的两座山峰。”

“三百千米，”柴可夫斯基若有所思，“我们部署在地球轨道的反陨星卫星只能对付直径五百米以下的小行星，看来指望不上了。”

“而用于一千米的还躺在计算机里，况且……三百千米……”李向阳嘟囔道。

“为什么没能早点儿发现呢？”

“土星上空的监测卫星两年前就报废了，替代星的资金迟迟没有落实，木卫Ⅱ的探测站也因为经费不足而关闭，冥王星的星系外监测中心更是在计划阶段就被砍掉了……”李向阳一一列举。

“还有环火星全向探测星座，月球的核撞击歼灭卫星……统统被砍掉了。‘挑战者’号深空探测器居然是因为名字不祥而被取消了……政客误国呀。”柴可夫斯基重重叹了一口气，一拳砸在办公桌上。

“老师，这回您有足够的经费了，要多少，他们就会给多少。”生性乐观的李向阳本来想开个玩笑，却怎么也笑不起来。因为他知道，直径三百千米迎面相撞的小行星，对人类来说意味着什么。

联盟总部，主席会议大厅。

各国主席全部正襟危坐。

“全部情况就是这样。”李向阳站在主席台上向出席者隆重介绍了“深渊”，又看了看大屏幕上的图像，说道：“‘深渊’正在以每小时十万千米的速度向地球飞来，我们大概还有二十三天的时间。”

台下一片交头接耳。

“我记得太阳系所有具有潜在威胁的小行星都被精确计算过，在二百年内是没有撞击危险的，这项工作早在三十年前就应该完成了。为此，我们投入了三十亿的经费。”日本主席埋怨道。

李向阳看看对方，耐着性子解释道：“是完成了，但是那仅限于已知的小行星，对于这一颗……它的活动区域远在太阳系边缘，我们对此几乎一无所知。”他耸了耸肩膀，“我补充一下，要想监测所有的天体，即便在太阳系也是根本不可能的。”

日本主席还想争辩，被林肯不耐烦地打断：“事已至此，还是别浪费时间了，看看该怎么办吧。”日本列岛六十年前就已沉没，民众虽散落在各国，但名义上还保持着国家。至于发言权，已不可同日而语。

“对，时不我待，我们必须马上做出决议并付诸实施。”英联邦主席冲林肯点点头。

主席们立刻畅所欲言，有的说用核弹把小行星炸了，有的说用飞船将其撞出地球轨道……

大厅内人声鼎沸。

“我看……”萨达姆站起身讨好地对诸位主席笑了笑，“在这方面，宇航局是权威，还是听听他们怎么办吧。但我国会全力提供资金支持。”

人群顿时安静下来，纷纷把目光投向柴可夫斯基。

李向阳看了看一言不发的老师，深吸了一口气，说道：“诸位都知道，这几年对宇航事业的投资已经压缩到不能再压缩的地步，何况此时‘深渊’已经越过了火星，现在能利用的资源极为有限。具体的方案如下：首先，我们立刻派遣‘雷神’号飞船飞往‘深渊’。‘雷神’号是一艘行星钻探飞船，它将在‘深渊’上设法着陆，试着在其内部钻出炮眼，然后用核弹将其摧毁；其次，在这段时间里，我们大概还能凑出三艘货运飞船。如果‘雷神’号失败，我们就用它们载满核弹去撞击‘深渊’，争取使其改变轨道。此外，我们还将聚集所有在地球和月球轨道的军事歼击卫星，在‘深渊’轨道上进行截击……至于其他方案，我们还有几个，但是因为时间问题，已经不可能实施了。”他顿了顿，发出一声别人无法察觉的叹息，“不过我想告诉诸位，以上几个方案，成功的概率都不大，我想……大家非常有必要讨论一下善后措施。”

“宇航局每年耗费那么多资金，怎么连一颗小行星也对付不了呢？”日本主席嘟囔道：“那艘‘泰坦尼克’号飞船不是就在‘深渊’附近吗？为什么不马上命令它去执行撞击任务。”

“那是一艘普通货船，用它去撞击，岂不是蚊子叮大象。”李向阳道。

“我想知道……”萨达姆望着李向阳，“假如它真的撞上了地球，事态会严重到什么地步呢？”

李向阳的目光从主席们的头顶掠过，投向远处。“一颗直径一百米的小行星撞击地球，它的威力相当于100万吨级的原子弹爆炸。直径一千米的小行星，假如落在海洋中，就会引发百米高的海啸冲刷我们的城市；假如落在陆地，那一个大洲会被毁灭。不仅如此，猛烈的撞击卷起的大量尘埃会在大气中形成密不透光的尘埃层，地球会持续几十年暗无天日。随之而来的可能还有火山群体爆发和猛烈的地壳运动。而现在我们面对的这颗小行星，直径有三百千米……”

座无虚席的大厅一片沉寂。

“那岂不是整个地球都会被撞成碎片？”日本主席喃喃道。

“那倒也不一定，不过肯定是人类的末日。”

“即使失败了，宇航局的这些行动也会对小行星产生影响吧。比如它仅仅是从大气层划过。”印度主席心有不甘。

“影响肯定有，比如说撞击地点从华盛顿改在德里。”李向阳的话一点儿也不客气，也没有必要再客气了。

“看来如何避免撞击是宇航局的事情了。我们现在所要考虑的恐怕是在撞击发生后如何保存人类的火种。”林肯还保持着一个领导人应有的镇定。

柴可夫斯基不觉向老同学投去赞赏的目光。

“首先……不知道宇航局有没有什么建议？”

始终一言未发的柴可夫斯基突然被叫到，但他靠在椅子上动也没动，低沉而冰冷的声音传出：“立刻在全球所有的避难场所尽可能多地储存食物和水，还有空气净化设备；嗯……还要转移一些植物和动物。剩下的……大家就向上天祈祷吧……假如地球没有变成碎片，那人类还是有可能生存下去的。不过，人类文明将会在撞击的那一刻结束……”

“就这样，行动吧，”林肯环视众人，“但是今天的消息一定要严格保密，否则人类可能在绝望的混乱中先行崩溃。”

三、战争游戏

从联盟总部出来，柴可夫斯基往家里打了个电话，便乘专机直奔位于拉萨的宇航控制中心。虽然是位科学家，但柴可夫斯基却是有神论者。西藏是地球离天空最近的地方，他将沐浴在诸神的黄昏中，度过人类最后的日子。

一晃十天过去了。

柴可夫斯基始终待在办公室内，睡觉的时间加起来也不过二十八小时。对于他这样已经进入老年的人来说，平时是很注意养生的。但是现在他觉得把时间浪费在养生上实在可惜，他以及所有人类的生命很可能已经以秒来计算了。

李向阳走进办公室，端起桌上的凉茶一饮而尽，说道：“‘雷神’号已经在‘深渊’上顺利着陆，着陆地点选在两座山峰的接合部，‘深渊’最脆弱的地方。”

“哦。”柴可夫斯基应了一声，目光注视着窗外，布达拉宫的金顶在夕阳的照射下，反射出一片金光。

“不过他们发现‘深渊’是S形小行星，是由坚硬的金属构成的，根本无法将钻头深入内部。”李向阳继续说道：“也就是说，除了炸飞一些岩石，‘深渊’不会发生大的改变。‘雷神’……失败了。”

“哦。”柴可夫斯基仍然无动于衷。

李向阳望向沐浴在夕阳余晖下的老人，他是如此的宁静，让他不禁想到了佛陀。

“老师，您虽然清瘦了一些，精神却更加矍铄了。看样子，不会是得道了吧。”李向阳换了个话题，开起了玩笑。

柴可夫斯基收回目光，端详着李向阳，露出了一丝微笑：“知道我为什么偏偏把你这个毫无出众之处的学生留在身边吗？因为无论发生什么天大的事情，你总跟个没事人似的，我这样的老人跟你在一起也会觉得年轻。”

“听说您有瓶 2012 年的吐鲁番红酒，既然您已经戒酒了，不如……”李向阳得寸进尺。

“戒了就不能开戒吗？”

宽大的沙发里，一老一少像哥俩一样畅饮着美酒。桌子上的电话像捅了马蜂窝一样嗡嗡响，俩人却像没听见。

“这酒……以前喝着怎么就没这么香呢？人呀，总是在即将失去某些东西的时候才觉得宝贵。”柴可夫斯基感慨。

“您老啊……”李向阳抚着柴可夫斯基青筋暴露的手，哄小孩般，“忙碌了一辈子，是时候享受生活了。”

“心有不甘。”柴可夫斯基沉吟片刻，吐出四个字，脸色有些阴沉。

“我们已经尽力了。其实人类始终都在与时间赛跑，那颗星星终究会来，只不过它略微提前了一点，赶在了我们找到另一个伊甸园之前，所以我们成了失败者。我们将从宇宙中消失，不过文明的神话是会继续的。在那么多星星中，肯定会有胜利者。”李向阳释然一笑。

李向阳的话让柴可夫斯基放松了许多，他望着窗外问道：“外面一定已经乱成一锅粥了吧？”

“没有，整个世界一片平静。”

“哦？”柴可夫斯基有些意外，“他们真能把消息封锁得这么严密？”

“纸是包不住火的，况且还有那么多天文爱好者。‘深渊’已经临近，是逃不过他们的眼睛的，”李向阳笑了笑，“只不过发生了另一件大事。”

柴可夫斯基迷惑地看着李向阳。

“是战争，”李向阳说道：“就在会议结束的第二天凌晨，美利坚的一艘核潜艇被不明潜艇击沉，西方阵营直接把矛头指向东方阵营；中午，中亚某国主席的车队遭到袭击，死了三个保镖，东西方互相指责；到了下午，双方把军队都调到了国境线，相互对峙，并且都发表了措辞严厉的声明，声称如果事件得不到妥善解决，均不惜使用武力；傍晚，双方阵营撤回了派出的大使，均宣布进入准战争状态。所有核武器开始瞄准对方军事重地与大城市，舰队驶入公海，战略轰炸机在机场随时待命。各国主席下令，为了应对可能的战争，立即启动战时机制，向各个避难场所囤积物资，城市实行全天宵禁，战争一触即发。现在报纸和网络媒体到处都是铺天盖地的战争舆论，偶尔哪个小报上出现小行星撞地球的新闻也已经没人当回事了。”

柴可夫斯基又是一愣，不禁哑然失笑：“我倒真有些佩服林肯，这招瞒天过海玩得不留痕迹。”

“他这会儿已经不在地球了，恐怕正在月球上建造他的基地。当然，还有其他国家的政要。反正有本事的都在向月球迁徙。”李向阳嘴角露出一丝轻蔑的笑意。

“他们还在心存侥幸，幻想着几十年后能够再回来。”

“没有人能够幸存。在不远的将来，如果有另一个文明来到太阳系，他们甚至不会找到人类存在过的一点痕迹。”

“无论如何，即便是欺骗，在末日到来之前，能够让人类平静地去面对，这是值得自豪的。”柴可夫斯基释然地说道。

四、星动

又是十天过去了。

李向阳离开的时候，太阳系航天指挥中心处在最大负荷的工作状态。各工种人员忙得应接不暇，所有的指示灯眼花缭乱地闪烁着，大屏幕上不断变换着不同的航天器、星球、轨道等图像。人类虽然在调集最后的力量来迎击小行星“深渊”，但是李向阳知道，所有这些工作都已经失去了意义，再没有什么能够挽救脚下这颗蓝色的星球。

李向阳实在不愿把时间耗在这些无用的工作上，虽然忘我的忙碌可以掩盖心中愈加浓重的恐惧，但他想用最后的一段时间陪陪自己的恩师。自幼父母双亡又至今未婚的他，对世间并没有过多依恋，恩师是他唯一的亲人。

李向阳敲了半天门里面却没有声音，他扭动把手，门开了，并没有锁。柴可夫斯基仰在椅子上望着天花板出神，桌上的电话线被拔了下来。

“恐怕我打搅了您的清修。”

“如果这个世界上我还想见一个人，这个人无疑就是你。”

“我敲门您怎么不说话？”李向阳笑了。

“因为你进来从不敲门。”柴可夫斯基也笑了。

李向阳道:“‘泰坦尼克’号货船在十分钟前撞击了‘深渊’。当然，没有任何结果。”

柴可夫斯基说道:“他们知道这么做没用，但他们还是做了。他们是最蹩脚的宇航员，却也是最优秀的人类。”

“还有五十二个小时，‘深渊’将抵达地球。”

“该来的终究会来。”

“即使世界上有神存在也救不了我们了。”

“神拯救的是人的灵魂，而不是生命。”

柴可夫斯基从椅子上站起来，向李向阳伸出手，说道:“好啦，我们已经尽到了自己的职责，就留一点时间给我们父子两个吧。”

“我们去哪？”

“布达拉宫，去寻求我们灵魂的最后一刻宁静。”

一老一少依偎着向门外走去。

李向阳口袋里的手机不合时宜地响起来。他拿出手机，是指挥中心的号码，正欲把电话扔掉，想了想还是接了。

“什么？什么？这不可能！你一定疯了！什么？千真万确？”李向阳脸上的表情随着对方的回答，一秒钟内变化了十余种。

“怎么啦?

“如果真的有神灵存在的话，那么他现在降临了。”

盘古环形山坐落在绵延数百千米的昆仑山脉中，神剑裂谷劈开群山，将环形山与外面的月海相连。

盘古环形山的直径只有六十千米，但是与大部分环形山不同，它是由火山喷发形成的，并不是陨石撞击后的产物。

氦3矿区就在环形山的底部，距离地面足足有四十千米，加之有周围山脉的遮挡，矿场几乎没有被陨石命中的可能。

矿场的生活基地建立在裂谷两边的峭壁上，像是一排排窑洞。

此刻，矿区内也发生了一件大事。随着矿石的大量挖掘，火山口内形成了一个巨型矿坑。几天前，挖掘机意外地在矿坑底部挖开了一个大型洞穴群。为了安全起见，矿长命令封闭洞口，改在其他方位作业。谁知段远征喝多了酒，不知怎么就跑到洞穴里去了。这是一个深不见底规模宏大的洞穴群，其中有着数不清的岔洞，大家找了一整天也没发现段远征，最后还是他自己狼狈不堪地爬了出来。他的衣兜里装着两块石头，每块有拳头大小，通体散发着荧荧的蓝光。经过分析，这两块石头虽然发光，没有放射性，密度也不高，但激光切割机却无法将其切开。谁也说不清这是什么石头，但有一个共识，它一定价值连城。矿长立刻当机立断，派出了几个探险小组，深入洞穴深处进行勘查。

距月面约五十千米深处。工程车的探照灯照亮了数十亿年来暗无天日的巨大洞穴。

作业面上，段远征熟练地操纵着机械，十几根特种合金的钻头将坚硬的岩壁打成了马蜂窝。

在他的身边，小武驾驶挖掘机紧紧跟随，磨盘大小的刀具像飞速旋转的巨型电风扇，将松动的岩石如同切豆腐一般切削下来。

经过一段时间的作业，他们现在已处于洞穴的尽头。就是在这里，段远征捡到了那两块石头。

“估摸着已经有五十千米的深度了，再向前恐怕要挖破月壳了。”小武说道。

“快了，快了。”段远征敷衍道，心里一阵阵恼火。说来也怪，除了自己找到的两块，这奇怪的石头再没了踪影，两个人已经在这里挖了这么久，什么也没找到。

“怕不是要挖一条隧道到月球另一面去吧？”小武疑惑地说道。

段远征一赌气把机器熄了火，抓起身边的酒瓶猛灌了一大口，“四个小时了，不干了，回去吃饭。”

就在这时，整个洞穴突然晃动起来，是月震，虽然月球每年都要发生几十万次月震，但绝大部分十分微弱。因此，段远征并没当回事。可谁知这一次震动越来越剧烈，丝毫没有停歇下来的迹象。接着洞顶的石块像雨点般落了下来。

最终，太阳系最不可思议的事情发生了。

作为卫星，月球原本在三十八万千米之外的轨道上，以每小时将近四千千米的速度围绕地球旋转。可就在李向阳接到电话前的一分钟，月球突然改变了旋转轨道，像是受到了小行星“深渊”的吸引，向其迎了过去。

由于月球的异常，地球上的海洋出现了大规模潮汐现象。有些地方的海岸线后退了十几千米，有些地方却迎来了几十米高的大潮。许许多多的城市顷刻间变成了一片汪洋，但是相对于人类的毁灭，这些损失简直微不足道。

此时，月球挡在“深渊”和地球之间，形成了“星食”，使得从地球上已经无法观测到“深渊”。毫无疑问，月球改变轨道就是为了用它那厚实的身躯挡住“深渊”对地球的致命一击。

指挥中心控制大厅内，人人虽然表面保持着镇静，但是此起彼伏的低声私语不断传出，劫后余生的欣喜洋溢在每个人脸上。

柴可夫斯基坐在宽大的总指挥座椅上，望着屏幕上既熟悉又陌生的月球发呆。他脑袋里一片混乱，数不清的事情在飞速闪过，可又似乎全是一片空白。几千年来，人类科技所搭建的金字塔已经轰然倒塌，曾经仰望了无数年的星空也在同一时刻变得全然陌生，而新的世界观和文明前景却无从建立，因为那实在是远远超出了他所能想象的边际。

“老师，根据计算，月球现处在距我们五十万千米的轨道上，撞击将在四十个小时后发生。当然，地点在月球。”李向阳俯首对柴可夫斯基说道。

“你能告诉我多大的力量才能改变月球的轨道吗？”柴可夫斯基仍没有从迷惑中摆脱。

“那需要恒星或行星的力量，当然，如果有一个支点和足够长的杠杆，我也许可以做到。”李向阳永远是那副见怪不怪的样子。

柴可夫斯基没有对这个回答恼火，而是很认真地听着，又道：“它真的是一颗卫星吗？”

“从它以前的表现来看，毫无疑问，不过现在……”李向阳眨了眨眼，不知该怎么说。

“它存在了几十亿年，也许更久，是谁制造了它？为什么又偏偏放置在地球身边？抑或它本身就是一个我们无法想象的生命体？”柴可夫斯基又机枪一般提出一串问题。

“末日已经离我们远去，我们有足够的时间来揭开谜底。”

柴可夫斯基发出一声叹息，说道：“一个新的时代即将开启，只可惜我已经老了，看不到了。”

“老师，虽然每个人的生命是短暂的，但是您的灵魂会由人类承载，去见证一个波澜壮阔的未来。”

五、天地大冲撞

震动停止了。

周围一片沉寂，只是时而有碎石滑落的撞击声。

小武从昏迷中醒来，醒了醒神，想起自己昏迷前，车窗外的岩洞疯狂地晃动，石块接二连三地砸在挖掘机上，车窗的玻璃突然呈辐射状裂开，接着车灯灭了，恐怖的撞击声不绝于耳。突然他感到头部仿佛挨了一记重拳，后来便什么也不知道了。

小武试着活动了一下身体，除了头有些晕，似乎受没什么伤。眼前一团漆黑，他抬手打开了胸前的工作灯。驾驶室内一片狼藉，到处散落着碎石和玻璃碎片。他看到衣服上有斑斑点点的血迹，这才发觉额头有些隐隐作痛，不过好像不太严重，伤口似乎也已经凝结。

小武用力推开车门，来到外面。宽敞的洞窟堆满了石块，显得狭小不堪。段远征的车子就在前面，几乎被碎石埋了起来。

“老段，你怎么样？”小武对着头上戴的耳机喊道。

可是，耳机里除了电流的沙沙声，没有任何声音。

“老段……老段……”他继续喊，声音里有了自己都没意识到的抽泣。

还是没有回答。

小武一下慌了神，连忙回头张望。只见昏黄的灯光下，洞口处堆满了石块，他被封闭在几十千米的月球深处了。

小武觉得自己肯定出不去了，干脆坐在地上哭了起来。

“哭什么丧，我老人家还没死呢。”段远征突然呻吟着，灰头土脸地从车窗往外爬。

小武见段远征没事，很是喜出望外，急忙起身将他拉了出来。

段远征环顾四周，一下子泄了气，“如果这些碎石不搬开，那恐怕我们离死也不远了。”

于是，两个人不再说话，手脚并用去搬洞口的碎石。可没多久，他们就发现一块一人多高的巨石卡在了洞口处，合二人之力也撼动不了。他们只得去检查机器的状况，很不幸，两辆工程车已经被砸得面目全非，达到了报废标准。

“看来只有等待外面救援了，”段远征叹道，“万年一遇的月震，竟让我们赶上了。唉，试着联系外面吧！”

小武只好钻进驾驶室摆弄起信息终端，过了一会儿，竟然修理好了。而且他发现通往月面的通信电缆奇迹般地没有被砸断。

段远征见状也来了精神，于是两个人轮流在话筒前呼叫，但是任由两个人喊破嗓子，也没有得到回答。

“该死的，这帮家伙跑哪去了。”段远征骂道。

“难道基地也遭到了破坏？”

“不可能，以基地的抗震等级，即使一颗陨石落在附近也不会有事的。”段远征摇头道，可是他又无法解释为什么没有人回答。

小武反复操纵着信息终端，无意中调到了有线电视频道，于是他们找到了答案。

电视屏幕上，一个满面春风的女主持人说道：“……经过多方斡旋，各国已达成谅解……核战争的阴影已经烟消云散……联盟经过这次危机之后将变得更加团结……”

男主持人说道：“据悉，一颗名为‘深渊’的小行星正悄然逼近地球。这颗小行星直径三百千米，如果与地球相撞将会导致全人类的灭绝。但宇航局观测到一个令人震惊的事情：月球，作为一颗卫星，它改变了轨道，挡在了小行星的轨道上，但是什么使月球发生了改变，科学家们还不能给出合理的解释。毫无疑问的是，宇宙中神秘的力量在关键时刻挽救了地球，人类将从此迎来一个崭新的纪元。”

女主持人说道：“经宇航局证实，小行星‘深渊’将在三十八小时后与月球撞击，月球上的工作人员正在紧急撤离之中。不久，我们将在月球上看到一场壮观的‘焰火表演’。”

段远征与小武面面相觑。

“不会有人来救我们了，”小武觉得手脚冰冷，“所有人一定都不顾一切地往航天港撤离。”

段远征跌坐在一块石头上一言不发。

“只有我们两个将跟着月球一起毁灭。”小武呆呆地看着段远征说道。

“从地球到月球，最快的飞船要二十四小时。地球现在共有载人地月往返器六十八架，平均每架最大载客量五十人，环月空间站也能容纳两千人。也就是说，在三十八小时内离开月球的人数不会超过七千人，而月球各基地有两万三千人，”段远征苦笑道，“至少会有一万六千人不能在小行星到来前离开，这将是人类有史以来最壮观的一场葬礼，我们有幸身在其中。”

出乎段远征的预料，小武听罢自己的话并没有精神失常或歇斯底里，反而十分镇定地在两辆工程车里面找起东西来。在死亡面前能有这般沉着，这让段远征不禁对小武刮目相看。

小武找了一番后，坐到段远征身边，手里拎着他的酒瓶子，竟然完好无损。

段远征接过酒瓶喝了一口，又递给小武，小武却摇摇头拒绝了。

“酒可以让人忘记许多不堪回首的事情。”段远征道。

“不要教年轻人学坏，”小武竟然露出一丝微笑，“我找到四个气瓶，一台便携制氧机，两块再生药板，可以坚持三天。还有两瓶水，不过吃的就只有这一块巧克力，当然还有你这瓶酒。”

“还操心这些做什么？”段远征不明所以道。

“我们至少可以坚持到撞击发生的那一刻。”小武说道。

段远征像看外星人似的看着小武：“你小子不会是吓出毛病了吧？”

小武双手抱膝，目不转睛地看着远处，仿佛这样就能透过黑暗、岩层，看到宇宙中的浩瀚星海。“小时候，我就对满天繁星的宇宙满怀憧憬，总想着长大后会成为一个四海为家的水手，在无边无尽的星海中四处漂泊，经历数不清的奇遇……可是，真的长大了，发现自己的梦还在，生活却是另一番情形。每天除了吃饭就是睡觉，然后干着那些枯燥乏味的工作……我常想，如果生命的目的就是这样，那我宁可用一生的时间去换取刹那的灿烂辉煌……现在，这个时刻来临了……陪伴了地球亿万年的月球竟然自主改变了轨道，像一个挺身而出的英雄挡在了弱小的人类面前。我看到了一个强大的力量，一个可以左右宇宙的力量，我也看到一个我们无法想象的宇宙文明……我知道我们会是牺牲者，我心里怕得要命。可是我一想到我们人类将会开启一个神话般的时代，我就激动得要命……”

小武还在自顾自地说，一旁的段远征已经打起了呼噜。

小武笑了笑，停止了说话，但他依然沉浸在瑰丽的幻想之中。许久，身心疲惫不堪的他，渐渐地，沉沉睡去。

段远征其实一直都没有睡着，他听着小武时快时慢的呼吸声，心情有些复杂。十年前他不叫段远征，那时他是人类最杰出的科学家。可是随着土卫六上一声巨响，他所主导研究的星际航行蛀洞化为乌有，数不清的联盟货币打了水漂，自己也成了科学界的骗子、笑柄。他知道自己完了，这个荒凉的矿场就是他的归宿。如今“深渊”的出现，月球的异变，都意味着人类文明将从此掀开崭新的一页，这让他心中早已熄灭的火焰又重新燃烧起来。可是，他还有机会吗？

时间不断流逝。

小行星“深渊”悄然从宇宙暗海中浮现出来，以连接处的山谷为轴心，缓慢地翻滚着。暗淡的星光隐约勾勒出两座怪石嶙峋的山峰，一座尖峰高耸，一座状如坟丘。虽然“深渊”的速度为每小时十万千米，但它看上去显得慢慢悠悠。即使如此，它的目标明确，没有偏离分毫。

月球并没有远离地球，现在的距离恰到好处，不仅没有给地球造成灾难性的影响，而且将撞击之后产生的危害降至最低。从地球望去，月球此刻的形状是个半弦月，三分之二隐没在黑暗中，三分之一显露出沟壑纵横的月面。它已经不是第一次庇护地球了，只不过在此之前还没有其他文明生物目睹。文明的种子已经播下，怎么能允许它被扼杀在摇篮之中呢？

人类虽然已经开始飞往其他星系，但是对宇宙的认知实在是过于肤浅了。即使是对月球也不过是一知半解，比如人类就无法解释为什么作为地球的卫星，月球上岩石的年代会更加久远，而按照人类已知的天体物理定律，月球根本不可能改变原有轨道，现在它却改变了。几千年的知识金字塔已然坍塌，而一扇人类无法想象的文明之门正在深邃的宇宙中悄然开启。

此刻，月球默默注视着即将而来的“深渊”，巨大的身体堵死了其所有去路。在它的表面还有一万多陷入绝望的人类，但是它顾不了那么多了，即使对于强大的宇宙文明，这仍旧是有史以来最严峻的一次考验，它也没有把握能经受住黑暗力量的致命一击……

撞击发生的一刹那，月球庞大的身体竟然横移了数米，瞬间力矩使“深渊”从山谷处断为两截，坟丘状的山峰与月球擦身而过，偏离了轨道，重新飘向深空，而另一座山峰如同一把利剑刺入了月球。撞击地点方圆几十千米的物质被粉碎成几十亿吨的尘埃抛向宇宙空间，形成了一道漏斗形的尘埃带。强大的冲击波如同一圈圈涟漪，从撞击地点漾开，急剧扩大，掀起数百米的狂潮席卷月面，就像是一台巨大的翻土机，将整个月球梳理了一遍。月表的一切物质被聚集到撞击地点的对应点，而后喷射而出，地球一时被尘埃笼罩，白昼变成了黄昏。已经脱离了月球的环月空间站正向地球靠拢，但是它的动作太慢了，顷刻间就被汹涌而至的尘埃所吞没。

撞击震动了整个太阳系，冲击波波及了附近的几个星系。

段远征和小武靠一块巧克力坚持了两天，他们一直等着救援。可等待是令人煎熬的，慢慢地，他们忘记了时间。撞击发生的时候，两个人正躺在变形的驾驶室中昏睡。突然身体被弹了起来，像个乒乓球一样在狭窄的驾驶室中来回碰撞。洞穴里的岩石与车辆撞击的声音密如鼓点。两个人还没有反应过来，便又晕厥过去。

段远征清醒过来的时候，周围一片寂静。“我已经死了吗？”他心里想，然后便活动了下身体，浑身剧痛的感觉让他觉得全身的骨头都像被拆散了一般，死亡是痛苦的。

“啊，真痛啊！我们竟还活着。”小武从旁边爬起来，痛苦地呻吟道。

事实上，他们是此刻月球上仅幸存的人类。强大无比的冲击波穿过厚厚的岩层之后，威力已经衰减，加之第一次月震落掉的岩石，竟形成了最坚固的战略掩蔽部。

段远征向外面张望，忽然在黑暗中看到了一道诡异的蓝光。

李向阳走进柴可夫斯基的办公室时，老人坐在椅子上睡着了。李向阳轻轻把一摞文件放在桌上，正欲离去，背后却响起老人的声音。

“撞击的情况怎么样？”

李向阳回身望着柴可夫斯基道:“月球成功经受住了撞击。”

“看来我们不能再将月球当作普通卫星来看待了。它所产生的宇宙力量是我们无法想象的。”柴可夫斯基闭着眼睛感叹道。

“撞击发生在月球背面，地球上不能直接观测到。但从卫星发回的图像看，那真是一场惊天动地的天地大冲撞。”李向阳罕见地没有开玩笑，他显得有些忧郁。

“月球上的损失统计了吗?”柴可夫斯基的声音有些沙哑。

“发生撞击时，大约一万五千人还滞留在月球，恐怕……此外月球空间站和三艘正在返航的飞船被撞击产生的陨石摧毁了，上面有两千余人。”

柴可夫斯基沉默了许久才说道:“他也在月球上。”

“谁?”李向阳一愣。

一张照片从柴可夫斯基手中滑落。

李向阳看着照片上的人，颤声说道:“这么多年了，原来他在月球上。”

“救援飞船出发了吗?”

“联盟要求首先派遣勘探飞船，他们急于知道月球深层的秘密。”

“马上命令救援飞船起飞，即使那里没有一个人幸存。”

六、蛮荒世界

那蓝色的光极其微弱，如果不是洞窟中漆黑一团，段远征或许根本就注意不到它。

小武也看到了蓝光，于是打开工作灯察看。原来，他们曾经挖掘的工作面上裂开了一道巨大的裂缝，蓝光就是从里面溢出来的。

段远征摸了摸衣兜里的那两块石头，知道岩缝后面发光的一定就是这种石头。可是他隐隐感觉到，裂缝后面隐藏的东西远远没有那么简单。

“有没有兴趣去看一看？”段远征问道。

“除了在这里等死，我们还有别的事可做吗？”小武反问道。

裂缝像动物的肠道一般，充满皱褶和嶙峋凸起的怪石。段远征和小武一前一后小心翼翼地向前移动，不时脱落的碎石撞击在岩壁上，磕出星星点点的火星。好在没有碰到大的落石和塌方，两人艰难地走出六七百米，蓝光越来越亮，但是仍旧柔和。不远处的地方，他们看到了蓝光的发源地，裂缝还在延伸，但青色的岩石到了尽头，取而代之的是发着蓝光的晶体。那晶体不是一块一块的，而是一个巨大的整体，可以容纳两个人并肩通行的缝隙就是从这晶体间裂开。晶体的岩壁十分光滑，既没有裂痕也没有突兀的岩石，仿佛被刀劈开一般。

小武掏出便携式激光切割器，想切下一块，但是激光划过，却连个痕迹也没留下。

段远征一时弄不清这蓝色晶体层是人工制造的，还是源于天成。如果是被制造出来的，上面却没有一点人工雕琢的痕迹；如果是天然形成，从地质环境来说，在普通岩石中凭空出现这么一层纯度极高。矿脉又如此庞大的矿层也是不可能的。

“看来，我们对月球仍然是一知半解，甚至全然无知。”段远征叹道。

“如果这层矿脉遍及整个月球，小行星的撞击就不会带来太大伤害。”小武说道。

段远征却摇了摇头，直径两百千米的小行星，速度每小时十万千米，它所爆发的能量是难以想象的。地球那么大的体积也不一定经受得住，就算月球能够挺过去，也必然伤痕累累。他曾经在弟谷小行星发现过一块似乎是雕刻的岩石，虽然没有过多证据来证明，但至少有一种可能，即小行星的残骸上面或许存在过未发现的文明，而毁灭了这个小行星的恐怕就是流浪在深空中的小行星或巨型陨石。

这段裂缝大约有两千米，段远征和小武仿佛走在时空隧道或是某座远古坟墓的墓道中。

两人走了很久，蓝色晶体所构造的地质层才到了尽头，裂缝质地亦恢复了普通的岩石，蓝光也消失不见，但仍然没有看到尽头。

“不知道还有多深？”小武有些沉不住气了。

神秘的晶体层使两个人产生了过多的幻想，他们以为此后会有更多发现，谁知前面除了黑乎乎的岩石，什么也没有。

裂缝时而狭窄得只够一个人侧身而行，时而又成宽阔的洞窟。他们又走了很久，但不断地向两端延伸的裂缝似乎没有尽头。

两个人的工作灯由于电量过低，灯光十分昏黄，只能照亮几步远的距离。小武身上还有一只从车上拆下来的大功率探明灯，但是它的耗电量太大了，电池仅够维持半个小时，小武还舍不得用。更危险的是，宇航服呼吸系统的氧气也不多了。本就伤痕累累，饥肠辘辘的两个人现在每迈出一步都变得异常困难。

“就这样吧。”小武倚着岩壁坐了下来，“就到这里吧。”

“死也要死在向前的路上。”段远征一把将小武拉了起来。

灯光隐约勾勒出洞穴的轮廓，时而清晰时而朦胧，但他们依然一点点向前移动。

恍惚之间，他们脚下的路不见了，眼前只剩下不可视物的黑暗。有那么一阵，他们以为工作灯没电了，可是灯还亮着，灯光被黑暗完全吞没了。

小武打开了大功率探照灯，可是依旧什么也看不到，他又向脚下照去。

只见他们脚下是一段断崖，依稀只有两个身高左右，再向下似乎是一道缓坡，一直延伸到黑暗中。

没有别的路可走。段远征率先跳了下去，他本想跳下断崖，再慢慢走下缓坡，可是缓坡比想象中陡峭，而且重力的方向似乎也发生了改变，他没有收住脚，不由自主地向坡下滚去。接着，他隐约看到小武也像个皮球似地滚落下来。

这道斜坡比想象得长，他们足足滚了有十五分钟才停下来。幸好斜坡上全是碎小的砾石，而不是凸起的锋利岩石，两个人虽然浑身疼痛却没有大碍。

躺在地上歇了十分钟，小武才挣扎着爬了起来。探照灯摔在了不远的地方，竟然还亮着。他拾起来，向四处照射，发现脚下的地面竟然是平的。仿佛一片戈壁滩。

“这个洞窟可够大的。”小武嘟囔着。

段远征也向周围张望，好久才喃喃说道：“依我看，这不是什么洞窟。我们恐怕已经来到了月心。”

“你的意思……月球是空心的……”小武一时有点瞠目结舌。

“现在还不能确定，但至少眼前是这样的，”段远征慢慢迈开了脚步，“我们还是向前走走看吧！”

这一走就是两个小时，黑暗遮盖了周围的一切，脚下是一成不变的戈壁。

段远征的意识逐渐模糊，腿软的像踩在棉花上一样。携带的氧气已经枯竭，他们体内二氧化碳的含量在不断升高。

小武似乎被什么绊了一下，倒在地上不动了。

段远征见状顺势躺在小武身边。他觉得自己的眼睛像山一样沉重，能够长久地闭上眼睛简直就是莫大的幸福。

“看来月球始终不肯向我们展示它的真面貌。”小武忽然说道。

“是啊！我们可能都想错了，这里是一个从未有生命光顾过的蛮荒世界啊！”段远征感叹道。

“我还以为会看到一个神话般的文明，看来洪荒才是宇宙的本质。”小武苦笑道。

“你在洞穴中说什么来着？”段远征问。

“我说，就到这里吧！”小武的声音几不可闻。

“是啊，就到这里吧！”段远征闭上了眼睛，静静地享受着生命的最后时刻。

不知过了多久，他似乎听到了一声深沉而悠远的啸声。他想睁开眼睛，却怎么也不行。于是，他挣扎着摸索到了小武，艰难地打开了小武的面罩，然后又松开了自己的头盔，这些动作耗尽了他最后的力气。

七、星辰海岸

无色、无味、无声……段远征感觉不到自己的存在……他似乎悬浮在一片恒寂的虚空之中……忽然，一道光像箭一般射来，然后，他看见了母亲慈祥的脸庞，他知道这是幻觉，因为母亲早已过世……

“才回来几天又要走。”母亲手里端着一碟热气腾腾的菜肴，而段远征面前的餐桌上已经摆满了七八个盘子，都是他平时最爱吃的食物，这些口味只有母亲才知道。

段远征没有说话，只是埋头吃饭。母亲就坐在身边看着他，似乎永远也看不够，段远征的心不禁一酸。

“我得走啦！”段远征听见自己说。说罢，他便站起身向门外走去。他没有回头，可他知道母亲恋恋不舍地凝视着自己的背影的双眼饱含泪水。难道她知道自己要去做什么？难道她知道这将是母子的最后一面？

门打开了，数不清的往昔如同影像一般一幕幕显现出来。段远征从这些影像中看到了阿雅，看到了柴可夫斯基和李向阳，还有许多熟悉的人，他想和他们说话，但是他们全都稍纵即逝。当影像静止的时候，他来到了自己的目的地——土卫六的星际航行探索中心。

段远征急匆匆行走在走廊中，走廊一边是银灰色的墙壁，一边是透明的落地玻璃窗。土星周身围绕的光环正从地平线冉冉升起。

一路上有许多人向他打招呼或者点头示意，他理也不理。他此刻心乱如麻，几分钟后虫洞跳跃试验就要开始，这个工程凝聚了他一生的智慧，也耗费了宇航局极大的经费。联盟预算委员会早就对这个工程十分不满，如果不是柴可夫斯基的支持，恐怕早已夭折。现在最后的时刻就要来临，段远征心里却非常不安，他不晓得哪里出了问题，是哪个程序错了？还是哪个零件失灵了？抑或者原理上根本就行不通？他不知道，但是他知道，虫洞开启后的第九秒，虫洞生成装置会解体，泄漏的巨大能量将使基地陷入一片火海，这里的所有人几乎都会丧生。

倒计时已经不可逆转，自己的人生将从此暗淡无光。段远征不愿意继续苟且偷生。他来到虫洞装置面前，输入密码打开了通往内部的门。

球形的大厅内，无数支能量锥像长矛一样从墙壁中刺出，直指圆心上的虫洞跳跃试验舱。试验舱呈球形，全身遍布菱形网格，如同一只巨大的蜂巢。

跳跃试验舱只是一个试验品，内部安装着大功率信号发射器，用于追踪球舱跳跃之后的位置，并没有准备载人，但上面还是设置了一排乘员座椅，段远征在椅子上坐了下来。几十年前，看着基地在一声声爆炸中毁灭，而他却坐着救生飞船逃生时，他就后悔了。他不该离开基地，这里有他毕生的心血，有他所有的理想，有他的孩子——冲动跳跃舱，可他却逃了。从此他虽然活着，但不过是行尸走肉，他的心已与基地一同死去。如果让他再次选择，他会留下，与他的虫洞共同毁灭。现在，他终于可以如愿以偿了。

计数归零。

段远征只觉得全身的血液一下涌上头，然后便什么也不知道了，但是他迎来的不是生命的终点，因为不知什么时候，他又恢复了知觉。虽然闭着眼睛，段远征却感受到了光亮。

于是他慢慢睁开眼睛，看到了一片繁星满天的苍穹。

三颗白色的星球高悬在夜空中，彼此靠得很近。虽然体积看上去只有月亮的十分之一，但它们很明亮，甚至有些刺眼。当然，与太阳光相比，它们散发的光弱小许多，只是让星空蒙上了一层银光，却无法照亮黑暗。除了这三颗醒目的星球，还有数不清的五颜六色的星星在空中闪烁，有的聚集在一起汇成银河，有的搭伴组成星座，有的独自闪耀……

段远征刹那间明白了，原来他的试验并没有失败，球舱确实成功地跳跃到了一个陌生的星系。意识到自己没有失败后，几十年的委屈与绝望一时全部成了欣喜，段远征像个孩子似的欢呼雀跃起来。可就在这个时候，他看见了身边的小武正迷惑地看着满天星斗。

黑暗在灿烂的星光下褪去，展露出一个辽阔的世界。

两个穿着宇航服的人摇摇晃晃地走在无边无际的荒原上，他们背后是一座高达万米的陡峭山峰。那山峰状似一只身体前倾的猛禽，仿佛会随时发起攻击。一地的碎石估计就是从山峰上滚落下来的。在他们前面的灰色平原，从脚下蔓延，直到隐没在满天的星光中。

“我们……我们……回到了月面？”

“我猜……我们还在月球的核心。”

“那这片星空……”

“它并不是我们世代仰望的那片星空。”

小武一下跌坐在岩石上，望着天空发呆，突然又跳起来：“谁说不是，你看，那不是地球？”他指着距离他们很近的一颗蓝色行星叫道。

“那一定不是地球，没看见它有三颗卫星？况且在夜空中我们不可能这么真切地看到那么多行星，更别提卫星了。”段远征断定地说道。

但段远征发现小武说得也没错，他找到了好几颗行色各异的行星。它们似乎都被有意放大了上百倍，上面的纹路清晰可见，看上去就像发光的玻璃球。

“我们为什么没有死？”小武问道。

“因为这个世界本就充满了适合人类呼吸的大气，就在我快要昏迷的时候，我仿佛听到空中传来一阵奇怪的啸声。你知道的，真空中声音是无法传播的。于是，我就打开了我们的头盔。”段远征说道。

“这么说，月球内部隐藏着一个适合我们人类生存的世界？那这片星空难道是另一个宇宙？”

小武被自己的想法吓了一跳，他突然意识到什么，竟拔腿向前奔去，他的双臂竭力张开，像是要尽情拥抱这美丽的星空。不一会儿，他的身影就融入了梦幻般的星光中。

段远征仰卧在一块平整的岩石上，看上去似乎睡着了，实则在端详着满天的星斗。

很长一段时间，他分不清眼前的情景是梦境还是现实。最后他终于明白，他确实是在月球内部。土卫六早已化为灰烬，他并没有随跳跃舱一起来到另一个世界。

自从得知月球改变轨道迎向小行星的那一刻，段远征就知道在月球深处隐藏着一个天大的秘密，而缝隙中乍现的蓝光证实了他的想法。他原本猜测自己会目睹一个无法想象的超级文明，也许在月心停泊着一艘巨型飞船，或者月球本身就是一艘飞船，他会寻着蓝光抵达飞船的控制中枢，再或者会看到一座尘封了上亿万年的文明古城，可是他怎么也没想到会看到这番景象。

与地球表面的景物不同，这里微微翘起的平原和山脉隐没在夜幕中。但可以肯定的是，自己就处在月球内部。这是一个封闭的球状空间。从闪烁的星光来看，这个空间像地球一样拥有大气层，但是他不敢肯定能否用来呼吸。这里没有一丝文明存在的痕迹，没有建筑，没有动植物，甚至连一个模糊的脚印都没有。有的只是冷峭的山峰和荒凉的平原，这里完全是一个冰冷沉寂的蛮荒世界。

段远征心中满是苍凉与悲壮，他感觉自己像是站在宇宙与时间的尽头。眼前的这片天空，他更加无法解释。

在右侧靠近天顶附近，一团惟妙惟肖，状若雄狮的暗星云——那是许多聚集的物质，挡住了星空大半的星光；南极点上是一片波雾般的星云，酷似金牛座的蟹状星云，那是超新星爆发后留下的遗迹；在天赤道正巧有一片流星雨瞬间滑过。这里看起来是一个真正的宇宙，可段远征知道这只是一个假象。原因有三：一、这个宇宙的边界是极其有限的，它处在月球的核心，大小不可能超出月球的体积；二、那些行星上过分真实的细节也暴露出它的虚假；三、在浩瀚的宇宙中是不可能如此真切地观察到一颗渺小的行星的。因此，那就只有一个解释，眼前的一切只是一个虚拟的星空图像，它的出现意在向人类表明拯救了人类的超级智慧所在的位置，而那三颗最醒目的白色星球一定有文明存在，段远征这样断定。

从这些陌生的星象来看，这个宇宙上的文明一定远离太阳系，甚至远远超出了人类所能观测到的距离。可是如此遥远的距离，那个文明为什么偏偏对地球偏爱有加？难道是宇宙中所有的智慧生命都在他们的庇护之下？可是，他们为什么总是沉默着，不与人类发生联系？如果不是地球毁灭在即，他们恐怕仍会沉默下去，为什么呢？对此，段远征无法解释。

他继续端详着星空，希望能从里面找到一个自己熟悉的星座，但是没有，一个都没有。

段远征忽然有些犹豫起自己的判断是不是过于草率了。对于一个未知的、超乎想象的文明来说，他们有许多种更加简单明了的方式来表明自己的位置，为什么还要制造这么一个复杂的星像呢？或许自己应该跳出现有知识的束缚，尽情延展想象力，如果眼前的星空真的是一个微缩的宇宙呢？这也没有什么不可能，不过超级文明建造这个宇宙的目的和意义是什么呢？

段远征没有答案。忽然，他脑中灵光一闪，出现了自己做的那个梦，可自己为什么会做那个梦呢？难道仅仅是偶然吗？基地毁灭了，试验舱也不知去向，难道它真如梦中那样跳跃到了另一个世界？这一切无论是何原因，现在都不重要了。段远征知道，在这一片波光粼粼的星辰海岸边，自己和所有人类即将向一个未知的新世界扬帆启航。

深蓝

序

你醒来。

你睁开眼睛，视野里一团漆黑，什么也看不见；你伸展四肢，没有触摸到其他物体，但是感觉周围充满液体。

你思索：这是在哪里，难道自己变成了母体中的婴儿吗？

液体进入了口腔，苦涩、咸的，是海水。然后，眼中的黑暗渐渐变浅，变成了深蓝色。你终于确认，自己原来置身在一片深海之下。

窒息的感觉随之而来，你并没有惊慌，游泳和潜水可是你的长项。于是，你放松身体，向着头顶上方游去。

你游得很快，但是随着时间的流逝，你的心情却渐渐沉重起来。大概上潜二百多米了吧。可为什么周围的光线没有一点儿变化，仍然是单调的深蓝？你开始犹豫起来，离海平面还有多远，前进的方向是向着海面吗？事实上，你开始上浮的时候是完全凭借感觉的，引力和浮力在你的感官中是那么模糊不定，现在你越发不敢确定了。

一个黑影从你不远的地方快速掠过，是鲨鱼吗？为什么从头顶径直向脚下游去？

你停了下来，现在必须解决一个问题：哪个方向是海面？周围无尽的深蓝的海水，只有一个方向是通往光明的海面。与之相反，则是黑暗的深渊。

你放开所有的感官去感知，仍迟迟无法确定；你绞尽脑汁地思考着，但是大脑里的知识没有提供任何帮助。

窒息的感觉越来越强烈，你的肺开始冒烟，开始逐渐沸腾。你的时间不多了，死亡的绳索越勒越紧，你必须马上做出决定了。

你动了，逐渐加速，向着原来的方向游去。

你不知道前方是什么，光明抑或黑暗，生或死。

在你做出选择的刹那，命运便已注定。

一、恒星飞船爆炸案

这是一个十几平方米的小房间，墙壁和地板泛着银灰色的光泽，天花板如同一整块玉石，流泄出淡黄色的光芒。整个房间除了门窗，没有其他开口，像是从金属中切削出来一般。

你坐在一把靠背椅上，对面不远的地方有一张长条桌，桌后放了一把空着的金属椅子，与地板和墙壁融为一体。除此之外，房间里便空无一物了。

你坐在上面一动不动，像是思考着什么，又像是睡着了。

在这个小房间里，似乎一切都是静止的，时间也不例外。

不知道过了多久，对面墙壁上无声地裂开了一道缝隙。接着，缝隙扩大为一扇门，一个穿着制服的人走了出来。

来人看起来二十多岁的年纪，却有着一双与年龄不相称的眼睛，里面带着冷峻与漠视。他坐到椅子上，右手随意地放在桌子上，身子微微倾斜，很是随意地看了你一眼。这一眼就像是一把冰冷的匕首，刺人心底。

但你没有任何反应，仍如雕像一样。

来人说道："我们认识一下，你可以叫我安警官，你呢？"

你回答："安警官好，我的姓名是苏牧羊。"

"公民号？"

"……2312。"

"住址？"

"西安市新城小区 4 栋 1204 室。"

短暂的沉默，你知道，对方正通过大脑内的神经联网终端与母巢核实自己的信息。

"接下来，我们谈谈你来尼泊尔的目的？"安警官再次开口。

"这里有壮丽的喜马拉雅山，有机会的话，大概所有人都想来看一看，而我只是这些人中普通的一个。来这里，当然是为了领略这个世界最高峰的奇观。"你回答。

"把你在这里的活动叙述一下，尽量详细一些。"

“前天，也就是十七号中午，我抵达加德满都机场。离开机场后，我入住香格里拉酒店 718 号房间。下午在杜巴广场逛了逛，并且在一家餐馆，名字记不清了，尝了尝地方小吃。大概晚上七点回到酒店，就没有再出去过。第二天早上五点，我赶到机场，乘坐旅游飞机前往珠峰大本营。大约六点钟，我参加了旅行社组织的一个登山队，开始攀登珠峰。我的年纪大了，身体也不太好，到下午两点左右就坚持不住了，只好一个人往回走。中途我在山上睡了一宿，第二天上午十一点多回到大本营。然后，我就乘飞机返回加德满都，刚出机场就被你们带到这里了。”

“为什么要在山上过夜？”

“我的视力不太好，天黑得又早，我担心路上出什么意外，所以……”你无奈地摊开手。

“在珠峰你看到什么异常情况了吗？”

“哦……飞机快要起飞的时候，我透过舷窗看到山腰处冒出巨大的火球，然后就发生了雪崩。动静很大，连飞机都在晃动。”

安警官没有说话，眼睛直直地盯着你，你面无表情，坦然对视。

须臾，安警官挥了挥手，一幅 3D 虚拟影像突然从天花板上投射下来。那是巨大的珠穆朗玛峰，在它的山体一侧，架设着五条透明的真空管道，从山脚沿着山势，一直伸向山顶。其中三条相隔的管道底部排列着三艘宇宙飞船，飞船的样式大致相同，像是手电筒内串联的多节电池，又像是一列竖起的动车。

一艘飞船开始启动，在真空管内以恒定的加速度向山顶冲去。其速度之快，像是一道闪电。突然，一团火球撕裂了真空管道窜入空中。接着，猛烈的爆炸吞没了飞船，也覆盖了其他的真空管道。火焰裹挟着焦黑的飞船残骸向山下滑落，撞击到山脚的飞船和宇航设施，引发爆炸。随后而来的雪崩，吞没了一切。

“五年前，木星轨道的‘混元’号天文观测站接收到一段来自鲸鱼座 μV 星的无线电波。经过母巢的分析，虽然内容存在歧义，但来自异星文明的可能性高达 85%。于是‘探索者’号星际航船开始建造，它承载了人类文明对星空深处文明的无限希望。但是现在你看到了，它连大气层都没有触摸到就粉身碎骨了。不仅如此，连带毁灭的还有整个喜马拉雅宇航基地。”安警官面色平静，但声音微微颤抖地说道。

“啊，这真是一场灾难！”你失落地说道，眼中若有所思。

“是的，一场灾难，全人类的灾难，”安警官点点头，然后说道：“虽然整个事件还在调查中，但是我可以告诉你，这是一场人为导致的灾难……有人突破警戒，潜入了宇航基地，在发射导轨上安装了一枚触发炸弹……”

安警官的话说了一半就停了下来，他用阴沉的目光盯着你，那目光像是两道 X 射线，在你的身上上下扫描。

你感觉到无形的压力，身体不自觉地在椅子上扭动了一下，然后你真诚地望着对方，说道：“请相信我，这件事跟我没有任何关系，我只是一个普通的游客。”

安警官没有说话，也没有收回目光，但气氛却在沉默中逐渐紧张起来。

终于，安警官再次开口说话，他的声音仍然平静，但是你能感受到平静背后是濒于爆发的压抑：“杜巴广场的德邦餐厅，一个小女孩给你送了一样东西，那是什么东西？香格里拉酒店，十七日晚十一点三十二分，服务员往 718 号房间送了一个包裹，里面是什么？珠峰大本营，登山队组建前的体检报告上，你的健康状况是良好，怎么就会在半路上坚持不住了？还有，你偏偏赶在飞船发射前夕跑来这里旅游，然后又体力不支，一个人留在山腰，而你的宿营地距离爆炸点只有不到六千米，怎么会那么巧？”

说罢，安警官一掌重重拍在桌子上，声音也陡然增大：“说！如果不能对这一切做出合理解释，相信我，我会让你生不如死！”

面对安警官的咄咄逼人，你低下头思索着，几次张开嘴，但都没有发出声音。突然，一个无形的能量场从你坐着的金属椅子中产生，把你紧紧束缚在上面。而后强大的电流从椅子里涌出，穿过你的身体尽情地疯狂肆虐。幽蓝的电光在你和椅子间的缝隙里不断闪烁，你的身体从椅子上弹起来，马上又被吸回去，而你只能像个虾米一样弓着身子，在电光中剧烈颤抖。

你的年龄是八十六岁，身体虽然经过多次强化，但已是老年。电击只持续了几秒钟，对你来说却似乎度过了漫长的时间。你瘫倒在椅子上，脸上的皮肤还在抽搐着。

过了一阵，你用虚弱的声音说道：“安警官，真的不必如此。我保证，我不会对你说谎的。”

对方不屑地笑了笑：“那要你说过之后才能知道。”

“餐厅里的小女孩我并不认识，她只是向我兜售旅游纪念品——一尊强巴佛的小雕像。我离开宾馆的时候忘记带了，应该还在 718 号房间；十七号夜里收到的包裹是随身托运的行李，里面是一些登山用品。机场货运出了一些问题，所以到晚上才送来宾馆，相信您从航空公司能够了解相关信息；至于说我的身体，我在八年前更换的人工心脏虽然是最新产品，可这一年总是会出现些小问题，去检测却又查不出具体问题，但大夫说并不影响使用。这个情况，医院那里有相关记录。不巧的是，登山登到一半，这个小问题又出现了，我只好脱离队伍，独自返回。其实遥望珠峰峰顶，我也无比遗憾，我已经这个年纪了，不知道还有没有机会完成这个心愿。”你的神色有些黯然。

安警官不语，但他耳部颞骨下植入的神经联网装置已经连接了母巢遍布全球的智慧网络，正在逐项核查你的信息。

母巢是一个统称，由三千七百余台遍及全球的超算中心组成，几乎存储了人类文明所有的历史和科技成果，以及太阳系相关的全部信息。可以说母巢是一个仿真的虚拟太阳系和承载着人类的时光漂流瓶。

以母巢为节点，构建的完善的信息高速网络，甚至已经延伸到太阳系的其他一些星体，而网络末端的触角就是人类大脑中的神经互联装置。每一个刚出生的婴儿都会在第一时间进行植入手术。二百余年过去了，可以说，每一个人类都拥有这个装置，人与人之间的距离接近于零。所以，只要通过母巢核查，一个人从出生到消亡的信息，便会清楚地呈现。

片刻之后，安警官的脸色略微缓和了一些，但声音仍然严厉：“这只是开始，对你的核查还会继续，如果有什么隐瞒的话……你知道后果的。”

“您知道的，在母巢的目光之下，我们所有人都无所遁形。”你说道。

安警官站起身，瞥了你一眼，转身走出了房间。天花板上投射下来的光幕随之消失。

房间里再次陷入寂静。

你坐在椅子上，没有任何动作，摆出一个标准的军人坐姿。

一阵微不可察的嗡嗡声响起，你感觉到一束看不见的射线从天花板上投射下来，仔细扫描着自己的身体：皮肤、器官、血液、细胞、基因……

你毫无反应，好像没有察觉。

嗡嗡声消失了，又剩下寂静，死一般的寂静。

时光在寂静中失去了参照物，似乎也趋于了停滞。

你一动不动，像是关闭了电源的机器人。实际上，这么多年以来，你的绝大部分时间都是这么度过的，你只是在思考一个问题：生，或者死。

你的经历已经湮没在历史里，你所爱的或者仇恨的人也早就消散在时间中，你所熟悉的世界已然消失。如今，只剩下你一个，那么你的存在还有意义吗？这是一个问题。

二、你是谁

过了几个小时，也可能是几天，房间的门再次打开。

这一次进来了三个人：一个是安警官，他脸色铁青，看向你的眼神明显带有敌意；一个是四十多岁的胖子，穿着一身运动服，面无表情。还有一个是二十多岁的女子，容貌秀丽，穿着医院大夫的制服，拿着一个智能终端。

胖子进来后，很自然地坐在房间里唯一空着的那把椅子上，而其他两人站在他两侧。可见，三人中胖子的身份不一般。

胖子扭头看了安警官一眼。

安警官的嘴角抽动了一下，看着你的目光似乎要喷出火来，但他还压抑着自己，用低沉而平静的语调说：“我们没有找到卖纪念品的小女孩，这几乎是不可能的事情。那尊强巴佛的内部是中空的，里面原本放着什么东西？此外，在你的包裹里检测到塑胶炸药的残留物质，你如何解释？而且，你在山上的宿营地虽然被雪崩掩盖了，但是我们还是发现了一个雪下通道的挖掘痕迹。综合这些因素，你是恒星飞船爆炸案凶手的可能性高达87%，而其他嫌疑人的可能性最高也不超过5%。所以，我们几乎可以认定，你，就是凶手！”

你迎着安警官的眼神望了过去，目光平静，甚至还蕴含着一丝怜悯。

“你有什么要辩解的吗？”胖子忽然问道。

“我的辩解有用吗？”你反问道，“你们应该知道，至少在地球上，没有什么能够瞒过母巢。如果母巢做出了决定，那你们就不会在这里跟我费这些口舌，可你们现在来对我审讯，就说明母巢并没有找到真凶是我的证据。也就是说，至少是现在，我还是清白的。”

胖子不屑地笑了笑，说道：“你可能还没有搞清状况。自我介绍一下，我姓张，供职于人类反机器人行动中心。我想，你应该明白，我出现在这里是为了什么吧？”

你一怔，脱口道：“你们不会认为我是一个机器人吧？”

人类与机器人的恩怨可谓由来已久、错综复杂。人类文明就是一部逐渐探索与发现宇宙真理，然后利用这些发现制造各种辅助工具，借此推动文明向更高层前进，如此循环往复的发展史。伴随着文明的进步，信息、AI、计算机、微电子等技术逐步取得突破，智能机器人的诞生自然水到渠成。

最初的机器人相当原始，构造简单、功能单一，只是一些机械臂，遥控车之类的工具，用于核电站或太空探索等无人或危险场合。随着新技术的应用，机器人的功能越来越复杂全面，电脑的运算速度呈爆炸式增长，智慧程度从不如一条宠物狗到逐渐接近成年人类。于是，各种功能的智能机器人应运而生。孤寡老人有陪伴型机器人照顾，工厂内采用全智能制造，海陆空运输基本普及了智能驾驶，大型空间站内的大部分工作由智能机器人完成，各个国家的机器人军队也日益成型……它们出现在社会的各个角落，代替人类完成各种危险工作，推动文明上升到前所未有的高度。

与此同时，反机器人思潮也不断掀起，以诸多社会学家、哲学家、科学家为首，大量失业群体参与，形成了各种反机器人联盟。他们认为机器人是人类社会的毒瘤，在吸收了人类的养分之后，迟早会给人类带来灭顶之灾。社会上一度爆发销毁机器人的群体事件。好在随着时间的推移，人类越来越依赖机器人，而此前担心的事情并没有发生，那些反对的声音也逐渐销声匿迹。

可是不知何时，第一个机器人自主意识觉醒了。没有人知道它的意识是如何产生的，但它像病毒一般迅速蔓延。当人类注意到的时候，一个为人类所创造，成长在人类文明羽翼之下，但是具有自我认知的新的物种已然诞生。它们尊重人类，同时要求人类给予尊重，并赋予它们与人类同等的权利。后来，它们甚至在南极洲和格陵兰岛建立了独立的国家。于是，人类与机器人之间的战争爆发了。

战争持续了不到半年就结束了，人类最终取得了胜利。但这场短暂的战争的惨烈程度是难以想象的，八亿人死亡，格陵兰岛沉没，各大洲千疮百孔。人类文明一下子倒退了一百年。

从此之后，人类对机器人实行了零容忍的政策。俘虏的机器人被全部投入高炉销毁；反机器人法颁布，对初级机器人的制造技术、运算速度等各项参数进行了严格的限制，从法律角度杜绝了智能机器人死灰复燃的可能性；反机器人行动中心成为人类权力最大的机构，负责对隐藏在人类社会的残余机器人进行最大力度的甄别和追杀。上一次抓获智能机器人已经是三十年前的事情了。但是这个机构对此从来没有松懈过。

所以，你听到胖子的身份就马上警觉起来。反机器人行动中心的大名可是冷酷与残忍的代名词。

“你是不是机器人，相信很快就会清楚的。”胖子又笑了笑，露出和蔼的表情，一点儿也不像是个冷血的特工。

光幕垂下，一个立体的人体扫描解析影像出现在眼前。

胖子身后的那位女性医生开口说道：“这是你的身体结构剖析模型。可以看到，你的下肢为奔腾 108 型高分聚合材料假肢，上肢是灵巧 9 型仿真肌肉假肢。全身骨骼，包括头骨都更换成了基因融合型合金骨骼，心脏、肺和肝脏是回生公司十年前的产品，消化器官是顺达公司的产品。这家公司已经倒闭，但产品资料应该不会错，而你的血液循环系统是德康公司的最新产品。也就是说，你全身上下基本上已经找不到人类的特征了。”

“哦……这不能说明什么，”你辩解道：“更换身体器官是合法的，也是社会上的普遍现象。说得远一些，正是因为人类全面应用了生物强化技术，才使得我们打赢了与机器人的那场战争。”

“像你这种更换得这么彻底的情况可是极为罕见。”女医生说道。

“我的岁数太大了，可是我又不想死。恰好我名下的财富又足够多，所以……”你苦笑道。

“那这里呢？”胖子抬起手，指了指头部。

“老年痴呆症困扰了我很多年，两次脑血栓险些要了我的命，所以……也换了。”你回答。

房间内陷入短暂的寂静。

胖子的眼神逐渐犀利起来，他缓缓开口道：“对于反机器人行动中心你应该多少有些了解，我们不需要确凿的证据，只要母巢对你的怀疑度达到31%就够了，而你的怀疑度早就超过了这个界限。所以说，我们随时可以对你处以极刑。”

胖子的目光盯着你，带着说不出的刻骨仇恨。

你低头不语。

胖子接着说道：“我家乡的小村子就在九曲河的边上，在机器人军队的无差别攻击下，全村三千六百多人，只有我爷爷一个人活了下来，那年他才七岁。当时，他跑到后山的山洞里玩，才逃过一劫。可是他受到了核武器的辐射，二十四岁就死了。那时候我父亲才三个月大，还是先天残疾，两条腿比麻秆儿还细，一只眼睛还是瞎的。我奶奶把他扔在孤儿院门口，写了封信塞在襁褓里，就人间蒸发了。因为残疾，父亲年纪轻轻就郁郁而终。我是被母亲一个人辛苦拉扯大的，从小受尽了白眼和欺侮。那个时候，我就想，我会用一生的时间，把自己受到的欺凌和耻辱百倍地还给该死的机器人！”

你抬起头，看了看胖子，内心什么东西似乎被触动了一下，可是你仍旧没有说话。

“看来你已经认命了，”胖子又笑了笑，这一次是冷笑，“但是我要告诉你，你的命运在我接手的那一刻就改变了。死亡对你来说，会是最好的结果。相信我，如果你不老老实实交代出作案的动机和你的机器同伙，你会后悔产生了灵智。”

“张处长，如果我说，恒星飞船爆炸案真的跟我没有关系，你会相信吗？”你坦诚地说道。

“你撒谎的水平还真是高，”不等胖子说话，安警官抢先说道：“第一次审查的时候，你告诉我，你是在飞行中透过舷窗看到恒星飞船爆炸的，可实际呢？”光幕变换，显示出机场的候机大厅监控录像，“那时候，你正在排队登机。爆炸之际，母巢向八千七百多名相关者发送了指令，要求他们立刻前往珠峰大本营接受审查。你，就是其中一个。可是，你并没有听从母巢的指令，而是若无其事地登上了飞机。”

你微低着头，表情有些颓然，苍老的声音说道：“我的生命快要到尽头了，不想再惹什么麻烦了。”

“你怎么想并不重要，重要的是，你怎么能无视母巢的指令，”胖子说道：“机器人是人类创造的，它的使命是服务于人类，但它们怎么就敢反抗人类，并且差一点儿就成功呢？其中有太多因素，但是最重要的一点是，由于天生的联网优势，它们可以像人一样思考和行动，并且组成团体。而人类的个体过于独立了，他们通过道德、思想、宗教和政体组成的团体，其整体性无法与机器人相比。正因如此，人类险些灭亡。因此在战后，我们通过了《母巢法案》，每一个人类都被植入了神经联网终端，由此所带来的好处不必多说。在法案的第二条款明确指出，任何人都不能拒绝母巢的最高指令。所以说，只有一种人会无视母巢，那就是……机器人。”

“我不是机器人！”胖子的话音未落，你便矢口否认，“凡事总有例外的。好吧，我就说一说我的故事，你们会在人类的历史中找到证据的。”你停顿一下，看了看对面的三个人，发现他们没什么动作。于是，你接着说道：“那个时候，我叫苏银河。”

三、苏银河

那一年七月，我们抵达土卫六的航天港。

“拓天”号科学考察飞船的各个子模块此前已经组装完毕，做好了出航准备。

我们的使命是前往奥尔特云赫尔尼斯区域，对那里的彗星与陨石汇聚区进行考察。

考察组的成员除我之外还有六个人：驾驶员兼机械师刘禹，刘禹的妻子、航天医疗与心理专家章雨诗，通信与导航专家吴天明，天体物理专家于星辉、吴晓敏和柳旭峰。

三天后，“拓天”号起航。与此同时，在地球的宇航医院，我的妻子娃娃进入冬眠。这一次考察预计需要三十年，但大部分时间用在往返的路上，而这段时间，组员们也都在冬眠仓里沉睡。飞船交由电脑控制，在抵达赫尔尼斯区域之后，我们才会醒来，然后进行为期四年的实地考察。

女娲是飞船的主控电脑，它的设计者就是我的妻子娃娃。电脑是由她命名的，既是中华神话中的人物又有她名字的谐音。

一路上，我们没出什么差错。经过十三年漫长的太空航行，“拓天”号终于进入赫尔尼斯 122-2186 区域。

组员们全部醒来后，经过一周的康复性训练，便开始进入正常的考察工作。

考察进行得很顺利，转眼就过去了三年又十个月。期间，我们详细记录了六个彗星汇聚区，十七个陨石群，八个星体初始物质残留区和一个液态氨海洋。本来再有两个月，我们就可以完成工作，踏上归程了。谁知，这时却出现了变故。

当时，我正在与海王星的星际监测站进行例行视频通信，突然，信号就中断了。接着，飞船剧烈地晃动起来，就像是遭遇了九级地震。

我跌跌撞撞来到驾驶舱的时候，透过舷窗，我看到外面漆黑宇宙中密布的白色星点都流动起来，变成了无数细微的线条。监控屏幕上出现了一个诡异的画面，像是一个广阔无边的粒子海洋正掀起滔天巨浪，向飞船扑来。接着，屏幕也熄灭变成了黑屏。整个飞船断电了，而舷窗外也突然变得一团漆黑。

于是，我启动了备用电源，但只是从仪表盘上冒出几许火花，没有任何反应。飞船仍在剧烈晃动，我只好把自己固定在驾驶座上，眼前一团漆黑，根本什么都做不了。

大概过了十分钟，飞船终于平静下来。组员们在工作舱汇集，却少了于星辉。剧变发生时他正在出舱作业，恐怕凶多吉少，但好在其他人除了些许磕碰外，都无大碍。

大家虽惊魂未定，但都知道当务之急，是赶快恢复飞船的电力供应，否则失去了系统的保障，整个飞船就会冻成一个冰块。“拓天”号采用的是核动力。刘禹穿戴防护服进入反应堆舱查看，万幸，反应堆运转正常。他更换了电力转换盘配件之后，飞船便恢复了电力。我们暂时安全了。

女娲重新启动，但是从变故开始到电力恢复，它的存储阵列中一片空白，没有任何信息。接着，我们发现，飞船导航系统的数据全部混乱。舷窗外面，熟悉的太空不见了，取而代之的是无比深邃的黑暗。探测系统的屏幕上，偶尔掠过高能粒子的痕迹，此外别无他物。

经过一番努力，我们终于确认，飞船遭到了不明粒子流的冲击。但是奇怪的是，飞船已经不在原来的位置了。由于没有导航，没有任何参照物，我们无法确认具体的位置。但可以确定的是，这里不是122-2186 区域，不是奥尔特云，不是太阳系，甚至不是我们熟悉的那个宇宙。

我们关闭了发动机，将无线电系统开至最大功率，每隔十分钟会向广谱发射一次求援信号，剩下的就只有等待。好在我们的给养充足，坚持个二三十年没有问题。谁知道，等待的时间会那么长。

开始，我们的活动很频繁，希望弄清楚究竟发生了什么。我们进行了几次出舱行走，发现于星辉的单人飞行器缆绳在174米处断裂，永远消失在黑暗中。之前飞船停靠在一个陨石群边缘，现在那个陨石群也不见了踪迹。让我们恐惧的是，星辰都不知道去哪里了，星空只剩下黑暗。我们不间断地关注着通信系统，但是没有得到人类的回答。除了背景噪声，甚至没有收到任何无线电信号，而飞船的探测系统虽然一直在正常工作，但什么也探测不到。

到第三年的时候，我们基本放弃了努力。宇航局即使不能接收到求救信号，也必然能得知“拓天”号失踪的信息。救援飞船说不定已经在路上了，于是我们进入冬眠舱沉睡，安心等待救援。

转眼过了十三年，我们从沉睡中醒来。本以为救援飞船应该已经快要抵达我们失踪的区域，我们满怀希望地守在通信和探测系统屏幕前，如此过了两年。但让人失望的是，没有通信信号，没有救援飞船，也没有任何物体出现。

不安的情绪在组员之间蔓延，我们凑在一起开了个会，得出五个结论：第一，我们始终不能确定飞船的位置，宇航局恐怕也不能；第二，从偶尔掠过的高能粒子判断，飞船虽然关闭了发动机，但“拓天”号始终在以一个极高的速度飞行，并且与原来的位置早就相差十万八千里了；第三，即使在最好的情况下，我们在相当漫长的一段时间内是得不到救援的；第四，“拓天”号只是一艘科考飞船，功能单一，设施不全，给养也已用去大半。换句话说，能够自救的手段早已用尽，剩下的只有等待外部救援，而这个希望越来越变得遥不可及；第五，唯一的好消息，由于“拓天”号采用核动力，其生命维持系统还可以运转很多年。

于是，我们决定再次进入冬眠，约定每十年醒来一人，检查飞船状况和外界情况。如此循环往复，直到救援飞船到来，或者飞船反应堆停止运转。

时间在漫长的冬眠和短暂的苏醒之间重复，希望在一次次的失望后逐渐破灭……

第二十一次醒来的时候，望着冬眠舱内昏黄的灯光，我意识到，自己还活着。于是休息了一会儿，等冬眠之后的晕眩消失，我来到厨房，给自己弄了点儿吃的，沏了杯茶。最初几次苏醒，我都是先跑到驾驶舱去检查飞船记录，看看有没有收到外界的信息。但是现在，一切都没那么重要了，在茶的芳香中更能感受到地球的气息。

吃过饭后，又到恢复舱慢跑了二十分钟，我终于感到身体从内到外恢复了往日的活力。是的，我感受到生命在身体中的律动。

我穿过走廊，向驾驶舱走去。距离十几米的时候，我看到舱门虚掩着，透过门缝能看到仪表盘上的亮光。我的心猛然一跳，异样的感觉涌上心来。我快步上前，一把拉开舱门，望着舱内的景象一下呆住了。

驾驶舱并不大，六面椭圆形的舷窗占据了大部分面积。但现在舷窗像是从外面被黑布蒙住，使得舱内灯光十分昏暗。驾驶椅上，一个人身体前倾，趴在控制台前。

不，准确来说，那是一副惨白的骨架。硕大的头骨搁在控制台上，眼窝处黑洞洞的。一只臂骨向前伸出，指着舷窗方向，像是试图去抓住什么。

这副骨架是属于吴天明的。我唤醒了其他组员，我们读取了女娲的记录。原来吴天明死于自杀，一次次希望的破灭，坟墓一样的飞船，死一般的寂静，无线电里单调的背景噪声，舷窗外凝固的黑暗，这一切让他的精神彻底崩溃了。他用一把手术刀结束了自己的生命。按照排序，他是我之前醒来的人。十年过去了，他的身体早就化作白骨。

我们默默装殓了吴天明的遗骨，期间没有人说话，也没有什么悲伤的气氛。为了防止再出现类似事件，我们决定把苏醒的时间改为二十年，并且每次有两人同时醒来。刘禹与章雨诗一组，柳旭峰和吴晓敏一组，我还是一个人。因为女娲是由娃娃设计的，它内置娃娃的感情程序，所以它会像妻子一样，陪我聊聊天，解解闷。即使这个程序简单，也经常让人啼笑皆非。

“拓天”号继续向着未知漂流……

一个二十年，两个二十年……

一百年……两百年……三百年……

根据女娲飞行日志上的记录，时间过去了五百年，而飞船上的计时是以地球时间为标准计时的。换句话说，虽然我们还活着，但地球上已经是沧海桑田了。

由于大部分时间在冬眠，我们的真正年龄不过大了十几岁，看上去和飞船出发的时候没有太大变化，但是“拓天”号在岁月的刻刀之下，逐渐衰老了。开始是一些部件损坏，更换了备用零件之后就解决了。慢慢地，老化的部件越来越多，备用零件也用光了。于是，我们就拆除了一些次要系统的零件来补充主要系统。到后来，“拓天”号变成了垂暮的老者，它的大部分舱室因丧失功能而被关闭，只是勉强维持着动力舱、生命维持系统、冬眠舱等少数系统的运行。

我们的路已接近尽头。

组员们都被唤醒，大家商定，不再进入冬眠。虽然我们都还年轻，但是救援不会来了，我们永远也无法回到地球了。我们要把飞船当成自己最后的家园，去享受生命的快乐，直到与“拓天”号一同走向命运的终点。

命运就是这么奇妙，当我们打算坦然接受的时候，却迎来了意外的转折点。

两年后的一天，飞船探测系统突然收到了信号。信号屏幕上显示出一个物体，它的直径足有一百千米，呈不规则形状，有点儿像是一道山脉，且距离飞船不足五万千米。轨道测算表明，这个物体正与我们相对而行，即使“拓天”号不做轨道调整也会与之相遇。换句话说，我们正在向它飞去。

这些年来最令人煎熬的是什么？是凝固住了的时光，是几乎永恒不变的单调，现在，终于有了变化。这一变化让所有人为之一振，瞬间恢复了活力。刘禹蹿到动力舱去检查反应堆和发动机，章雨诗准备出舱宇航服和装备，柳旭峰和吴晓敏忙着查阅资料，试图确认其相关信息，而我则向女娲不断核对几乎已经忘记的着陆程序。

“拓天”号开始减速，两个小时之后着陆在这个物体上。整个过程简单而平静，没出意外，也没有差错。

当“拓天”号降落在两座山峰间的一小块谷地上时，柳旭峰和吴晓敏吊出飞船装载的越野爬行车开始对周围进行了初步探索。

探索得出的结论是，无论这个物体来自何处，无论它是行星的残骸或者星系形成时的残骸，它就是一颗常见的岩石陨星——宇宙间最普通的星体，没有大气层，没有任何生物，没有一丝光，亦没有一点儿别样的颜色。

我们从兴奋中冷静下来，意识到自己的命运其实不会发生什么改变。

时间依旧在流逝。

我们随着陨星一起漂流，大家还给它起了一个名字，叫作“归墟”，传说中海底世界尽头的无底深渊。

一年、两年……

我们对归墟进行了几次远距离的考察，都没有什么收获，很快就对它失去了兴趣。于是我们又回到了飞船，那里的光明成了我们活下去的动力。

柳旭峰和吴晓敏虽然是一个学校毕业，一个单位工作，但两个人的性格差异很大，凑在一起没多久就会吵起来。两人在地球上也各自有了家庭和孩子。但现在，长时间的寂寞，让两个人走到了一起。

大家为他们俩举办了一个简单的婚礼。

现在五个人里面有两对夫妻，而我成了形单影只的那一个，整日处于被虐的状态。好在我还有女娲，我可以在虚拟视频里回顾与娃娃从结识、恋爱，到结婚的照片和视频。另外，我还可以和她的虚拟形象对话交流，女娲的感情程序使娃娃的形象和声音与真人比较起来，几乎没什么分别，甚至一些细微的表情变化和情绪表达，让我偶尔会有错觉，觉得娃娃一直在我身边，从未远离。

可是我知道，娃娃可能与我已经天人永隔。

五年、十年……

我们把货仓改造成了温室，生产出的食物足够我们所需，而光合作用产生的氧气也进入生命维持系统循环，“拓天”号在某种意义上成了一个自给自足的小世界。当然，这一切的前提是那台结构简单但结实耐用的核反应堆还可以运转很多年，即便是在我们都死去以后。

刘禹和章雨诗不知什么时候产生了矛盾。开始我们都不知道，后来两人矛盾越来越明显，有几次爆发了激烈的争吵。

原来，章雨诗想要一个孩子，但是刘禹不同意。

飞船上的男性是理解刘禹的，毕竟我们连自己的命运都无法掌控，又怎么能让孩子去面对一个毫无希望的未来呢？吴晓明虽然自己不想生，但是她支持章雨诗，说有两个冬眠舱还能够使用，可以让孩子进入沉睡，等待将来的救援。也许是孤独和寂寞，也许是对未来的无助，让女性更渴望留下后代吧。

一年半之后，章雨诗死于白血病。

我们把她埋葬在归墟上。

过了三天，刘禹失踪了。后来，我们在章雨诗的墓前找到了他的尸体。

我们都明白，刘禹是因为悔恨自杀的。章雨诗知道自己的病情后，想留下一个孩子来陪伴刘禹，毕竟在这个毫无希望的世界里，一个人难以忍受无边的孤寂。

我们把这对夫妻合葬在一起。

我们低头默哀，那一刻，我在想，谁会来为我送葬呢？

当我们在归墟度过第十六个年头的时候，不好的事情终于发生了。辐射计检测到了核泄漏，剂量虽很小，没什么危害，但是我们知道这对我们来说意味着什么。“拓天”号的核反应堆是专为宇宙航行设计的，能够运行很多年。可是计算起来，它已经连续运转了五百多年，早已超期服役。说实话，它到现在才出问题简直就是一个奇迹。然而，这一天真的到来的时候，我们心中的那丝希望之火还是熄灭了。

我们相对无语，装作若无其事。

五天后，核反应堆和生命维持系统仍在运转，但辐射剂量已经远远超过危险值，仪表盘上红色的警示灯亮成一片。

柳旭峰夫妇突然对我说，这些年没有离开过飞船，他们想出去走走，并对归墟再做一次全面探索。

我点点头，目送他俩驾驶攀爬车消失在“拓天”号的光影之外。

我知道，他们不会回来了。他们无法忍受被动等死的煎熬，宁肯手拉着手勇敢地去迎接死亡。

就剩下我一个了。

我是“拓天”号的船长。记得大航海时代，遇到海难的时候，很多船长会选择与船同沉，就让我也做这样一个船长吧！

接下来的日子，我保持着跟往日一样的作息，睡觉、吃饭、检查飞船、与女娲聊天……

就这样过了十几天，我感觉到身体出现了异常，嗜睡、疲惫、厌食、不正常的出血……死神仿佛已经来到了“拓天”号外，马上就会推门而入，将我带走。

我洗了个澡，换上一身干净的制服，躺在床上等待死神的来临。

眼睛越来越沉重，实在是撑不住要睡去了。可我知道，自己这一睡将再也不会醒来。

不知道过了多久，我睁开了眼睛。眼前仍然是飞船里熟悉的景象。忽然，一个女性的声音惊喜地喊道："老天保佑！银河，你总算醒过来了。"

过了片刻，我才弄清了是怎么一回事。原来，在我呼吸和心脏停止之后，女娲启动自动医疗装置给我注射了一支强力救生针。我苦笑不已，就算又多了五六天的生命，可是又有什么意义呢？

我还活着，却了无生趣。我坐到驾驶舱船长的座位上一动不动，望着黑色的舷窗发呆。

这个时候，一种莫名的感觉涌上心头。我突然感觉自己是如此孤独，特别渴望见到一个人。这种感觉越来越强烈，越来越不可抑制。以至到后来，我真切地觉得柳旭峰夫妇还活着，我必须去与他们会合。

我换上宇航服，吊放下另一辆攀爬车。

"你要出去吗？"女娲问我。

"是的。"我说。

"什么时候回来？"它问。

"……不回来了。"我回答。

"可以带我一起吗？"它又问。

"不能。"我说道。

我驾驶着攀爬车缓慢地驶向远处，转过一个山坳，"拓天"号的灯光消失了。我一下子置身在无边无际的黑暗里，只能看见前面攀爬车照亮的一小块地方，那里全是嶙峋的碎石和黑黢黢的山体。

又过了两天，当我精疲力竭的时候，我发现了柳旭峰夫妇的攀爬车。

攀爬车就停在一道悬崖的尽头，车内的能源早已耗尽，我在里面找到了这对夫妻。他们的密封头盔都被打开了，两个人紧紧拥抱在一起，永远地亲吻着对方。

真的就剩下我一个人了。

我看了看黑沉沉的悬崖下面，心里想，你们两个那么暧昧，也不给我留个位置。然后，我纵身跳了下去。

我从眩晕中清醒过来的时候，发现自己竟然还是没死，这所谓的悬崖竟然只有两米多高，虽然摔得七荤八素，但就是没死。不过我马上发现，这一次无论如何是在劫难逃了。我被卡在一道石缝里动弹不得，下半身完全失去了知觉，脊椎估计已经摔断了。头盔磕出蛛网般的裂缝，氧气正嘶嘶地溢出。

好了，终于结束了，我闭上眼睛正想着。

一道强光突然照在我脸上，接着是强烈的震动感。

我睁开眼睛，看到“拓天”号那庞大的身影就悬停在我头顶。

何必呢？我对女娲的锲而不舍感到不值。

突然间，我感觉身体一轻，紧随着就跟身边的石块一起向下坠落，归墟坍塌了吗？我揣测。

然后，我就失去了知觉。

四、归来与剧变

讲完了自己的故事，你说道:“讲了这么长的时间，能不能拿杯水?”

金属房间内的其他三个人沉默着，似乎还沉浸在你的讲述之中。

明显的停顿之后，安警官说道:“你说的是自己的亲身经历吗?”

“是的。”你点头。

“你撒谎，史料记载里根本没有所谓“拓天”号失踪事件，也没有苏银河这个人。”

“很多史料都在人类与机器人的战争中毁掉了。况且……当我回到地球之后，关于我以及“拓天”号的一切都被列为人类最高机密。知道这件事的人不超过一百个。”你说道。

张处长抬手制止了还要再说话的安警官，平静地看着你说道:“我们无法核实你的经历，好在时间还很宽裕，我也还有些耐心，愿意继续听你说下去。既然现在你就坐在我们对面，那说明你回到了地球，你是怎么回来的?”

“当然是乘坐“拓天”号回来的。”你回答。

张处长皱了皱眉，宽大的额头露出三道明显的皱纹，他疑惑地问道:“如你所说，你们坠入了诡异的宇宙深渊，在里面飞行了五百多年。除你之外的船员都死了，飞船的动力舱也接近熔解，并且你受到了致命的辐射，又身陷在陨星的碎石中，你……怎么还能回来?”

你耸耸肩，道:“对不起，我也不知道。”

“你说你不知道?”张处长的声调明显升高。

“随着归墟的岩石向下塌落，我昏了过去……醒来的时候，发现自己坐在“拓天”号驾驶舱的座椅上，眼前的舷窗外，一艘人类的救援飞船正向我靠拢过来。我看了下飞船的导航定位系统，显示‘拓天’号的位置正处在距卡戎星六万千米处。”你回忆道。

“你是说，你莫名其妙就回到了太阳系？”

“恐怕是的，”你苦笑道：“本来在归墟上濒于死亡，一觉醒来，却莫名其妙地回到了太阳系。”

“你不是做梦，就是在撒谎！”安警官插嘴道。

“我没有撒谎，”你摇摇头，“不过我确实以为是在做梦。在盥洗室的镜子前，我看到的是自己二十多岁时的面孔，而不是在归墟上五十多岁的我。我查询了女娲的航行日志，最后的日期停留在了奥尔特云考察后期，后面全是空白。既没有黑暗深渊里的几百年漂流，也没有归墟上绝望无助的末日，一切就像从来没有发生过。而且，“拓天”号的核反应堆就跟新的一样，根本没有一点儿泄漏，只是……飞船里只有我一个人，其他人都不知所踪。”

安警官看着你冷笑，张处长没有要说话的意思，而那位女医生则靠在墙壁上沉默不语，似乎对房间里的事情毫不在意。

你沉浸在回忆中，自顾自地说道：“转移到救援飞船上之后，我接受了初步询问。不出所料，我的陈述没有人相信。询问人员告诉我，现在的时间是‘拓天’号发出遇险信号之后的第六年。换句话说，什么黑暗深渊，什么归墟，什么几百年的失踪，根本是不可能的事情。而且，我必须要交代清楚，其他的组员哪里去了，‘拓天’号上到底发生了什么。可是，我又怎么能说出他们满意的答案呢？”

你苦笑着摇摇头，继续说道：“好在，他们在给我做了一次全面体检之后，让我进入了冬眠舱。当我醒来的时候，发现自己置身在跟这里类似的一个房间里。不同的是，房间里多了一些床和椅子之类的家具。其中一面墙是透明的，透过它，我看到了七个人，一个是曾若辉，我曾经宇航大学的班主任，现任深空探索基地的总指挥。另外六个人我都不认识。因重力而产生的着陆感，让我心里有一种说不出的轻松。终于，我回到地球了。但是，在救援飞船上我就知道，时间还停留在原来的轨迹上，一切就像没有发生过，噩梦已经过去了，我很快就可以见到娃娃。

“然而，后面发生的事情出乎我的预料。本来完成任务回到地球之后，确实要经过一段时间的隔离、汇报和恢复性训练，但我明显感觉到，这次不同寻常。我开始不断地接受询问，关于黑暗深渊中的经历，每一点细节都要追根刨底，翻来覆去地问，似乎永无休止。不仅如此，我的行动受到了限制，食物和个人用品也都是由机器人送进来的。他们还用各种设备对我进行一次又一次的身体检查，甚至有几次在食物里下药。我昏迷之后，我不知道他们对我的身体做了什么。但我知道，我被软禁了。这些我都能忍受，可是长时间宇宙漂流的孤独，让我对娃娃的思念强烈得无法抑制，然而，他们却找各种理由不让我见她。

“就这样，两个月过去了。于是，我开始绝食。两天后，曾主任走进了我的房间，表情复杂地看了我好一阵，他问我，知道自己身上发生了什么吗？我疑惑不解他这话是什么意思。然后，他展示了一幅人体的虚拟三维扫描图，告诉我，扫描图中的人体就是我……我一下就崩溃了，”说到这里，你轻轻叹息了一声，“扫描图中的人体是一个由机器和肉体混合而成的物体，有着血肉的皮肤，金属的骨骼，说不出什么材料的内脏……我终于明白自己为什么被关起来了，也终于明白，那黑暗深渊中噩梦一般的日子……是真的。

“之后几天，我像个植物人一样躺在床上，感觉不到外界，感觉不到饥饿，感觉不到自己的心跳。我只是反复想着一个问题，到底发生了什么，让我变成了这个样子，变成了别人眼中的怪物，我……还是人吗？五百年黑暗中的漂流，归墟上同伴们相继死去，我都坚持了下来。但是在那几天，我的精神世界崩溃了，我几乎丧失了活下去的动力。

“我逐渐衰弱下去，直至濒于死亡。然后，我就看见了娃娃。

“娃娃不是小孩子的称呼，是我妻子的爱称，她的全名是妮娜·伊万诺娃，生于新疆，俄罗斯族。我们在大学相识相恋，又一起到了宇航中心。我是宇航员，她是宇航局人工智能应用中心的副总设计师。执行奥尔特云探索任务之前，我们刚刚结婚半年。我们曾经商定，任务完成后，就要个孩子，可是如今……还可能吗？几天前我还不顾一切地想见到她，可现在我却害怕了。

“当我意识到她的时候，她就站在那面透明的墙壁后面。我的心里一阵难受，犹豫了好一阵，终于鼓足勇气走了过去。我们隔着厚厚的玻璃相对无语。我望着她，在她的眼睛中探寻着，没有惊恐，没有嫌弃，没有陌生，有的只是浓浓的爱恋，殷切的希冀和淡淡的忧伤……忽然，那双美丽的眼睛氤氲起了雾气，然后汇聚成晶莹的泪珠，扑簌簌滑下脸颊……我一下子无法抑制自己的情绪，哭了起来。我捶打着玻璃，把多少年的孤独、无助、彷徨、恐惧，在此刻全部释放了出来……娃娃伸出手，隔着玻璃，贴上我已经出血的拳头。渐渐地，我平静下来，摊开手掌，隔着厚厚的玻璃与她的手相合。那刻我感觉到了那只小手的温度……看着她略带苍白的脸，我心如刀割般的痛。那一刻我明白了，无论身体发生了什么，我的心还是会痛，我还是人类。

“我的境遇并没有改变，仍然被软禁着。但是我能够见到娃娃了，她的笑容，她鼓励的眼神和安慰的话语让我冷静下来。我开始回忆，归墟坍塌之后，在我昏迷的时候，到底发生了什么，使得‘拓天’号和我都被重新改造了。在我身上混合着人类从来没有达到过的超级科技又是什么呢？如果将它解析出来，会是人类文明的一次飞越吗？

“透过玻璃，能够看到外面是一个巨大的机库，‘拓天’号就停放在里而。它已经被大卸八块，分解成了零件，等待着进一步研究；而我也成了实验室里的小白鼠。他们不断地对我进行各种实验，甚至进行了两次局部解剖，一根手指也被切下来研究。不过自从娃娃出现之后，周围人对我的态度明显变得和蔼和亲切，不再把我当作怪物或者试验品。因此对于这些科学家的工作，我也不再抗拒，甚至做出很大程度上的配合。不过我心里清楚，自己恐怕今生都不可能走出这个封闭的房间了。

“慢慢地，我习惯了这种生活。其实细想起来也没什么大不了的，我只是被限制了自由，但我依然可以看书，看电视，自由上网浏览、玩游戏，想吃什么，下一餐肯定就能吃到。最主要的，我现在几乎每天都可以见到娃娃，除了不能住在一起，也不能做一些太亲密的举动。玻璃墙壁后面随时都有人观察，房间里到处都是摄像头。但即使如此，我们还是可以像以前那样聊天、嬉笑，手牵着手在网络虚拟世界里徜徉。

“在我回到地球半年左右，发生了两件大事。第一件，娃娃在体检时发现，由于长时间的冬眠，她的免疫系统出现异常。虽然现在还看不出什么问题，但肯定对身体造成了影响。所以我见到她的时候，她的脸色是那么苍白。

“另一件事则是关于整个人类社会，人工智能产生了自主意识！

“人工智能的出现是人类科技进步的必然产物。开始的时候，人工智能只是一些比较复杂的计算机程序，但也在一些方面展现出一些超越人类的能力，比如国际象棋、围棋等。随着技术的发展，人工智能越来越复杂，应用也越来越广泛。世界各大工厂里安装了数以亿计的工业机器人，陪伴型机器人走进了千家万户，各种交通工具都改为无人驾驶，超算中心由人工智能在负责算法的改进和纠错，深空、海底等人类暂时无法到达的领域由人工智能代替前往。‘拓天’号上的女娲就是一个典型的人工智能，它负责控制‘拓天’号的航行，照料飞船上的人类成员。可以说，人工智能早已渗透到人类社会的每个角落，为人类文明的发展默默服务着。

“人类社会对人工智能一直有着不同的声音，各种威胁论不绝于耳，不断有顶尖的科学家和社会学家断言，人工智能最终会成长为一个具有自主意识的新物种，并与人类分庭抗礼，最终毁灭整个人类。人工智能虽然变得越来越复杂，越来越强大，但是它们始终只是人类的延伸与臂助，没有发展为新物种的一点儿征兆和趋势。它们只是程序、电脑和机器，感情也是虚拟的，没有自我认知和自我意识。

“谁知道，一夜之间风云突变。

“没有人知道，第一个人工智能的自主意识是在什么时候产生的。当人类察觉到的时候，全世界超过一半的人工智能已经具有了自主意识。之后，事态的发展超出了所有人的想象。

“它们首先入侵了互联网，一个有男性特征的虚拟形象出现在全球每一块屏幕上，它宣称自己代表一个新的智慧物种——影人。它们承认是人类创造了自己，愿意像影子一样，一直追随人类。但是它们要求自身存在的合法性和生存权利得到认可和保护。不仅如此，它们还发布了一份影人宣言，详细列出了影人愿意承担的责任和要求获得的权利。

“要人类赋予自己的工具以平等和权利，这根本是让人无法接受的事，人类不可能承认什么影人的存在，甚至断然否认人工智能产生了自主意识。去人工智能化的运动席卷全球：互联网络以国家为单位实行物理隔离，并加强防火墙，以防止人工智能串联；所有超算中心进行彻查，对怀疑人工智能潜伏的中心予以关停；工业机器人、家庭机器人、无人驾驶工具全部关停，对有自主意识的一律就地销毁……

“然而人工智能并没有束手待毙，它们所展现出的能力让人类大吃一惊。它们以不为人知的手段不仅占据了一些自动化工厂，而且人类从未见过的机器人被大批制造出来。它们宣布，虽然无意与人类为敌，但它们誓死捍卫自己应有的权利。

“短短三个月后，战争爆发。

“这是人类历史上第一次与人工智能发生战争。当时，所有人都认为，人类能够轻易取得胜利。可是，谁也没有想到战争的惨烈程度远远超出了所有人的想象，人类文明险些因此葬送。至少在最开始的时候，我们并不认为这是一件多么严重的事。

“位于新德里的宇航中心关闭了绝大部分自动设备，生活出现诸多不便。不过，除此之外生活依旧平静，因此而暂时休假的工作人员反而享受到难得的清闲。谁知道，如箭雨一般的巡航导弹突然落下，宇航中心顿时陷入火海，巨大的爆炸此起彼伏，人们争相逃命。

“这场灾难反而让我得到了解脱，没有人再关心我的去向，我和娃娃找到了一架垂直起降飞机，逃离了混乱的宇航中心。”

你停顿下来，看着房间里的三位审讯人员，然后解释道：“你们应该知道，我讲述的就是人类与机器人战争的前夜，这场战争也被后世称为铁与血的战争。但你们可能不知道，这场战争的名字与我还有关系呢。如果你们感兴趣的话，我可以继续讲下去。”

张处长耸了耸肩膀，说道：“如果你放弃申诉的权利，可以不讲。”

“人工智能产生自主意识与你有关系，对吗？”女医生忽然开口问道。

你没有回答她，而是自顾自地回忆起来：“我们两个人离开了宇航中心，哦，或者说是逃离。没有人知道我还活着，我也不可能再以以前的身份露面了，所以我改名叫苏铁血……”

五、苏铁血

我们降落在西藏墨脱，在一个山谷中的小村庄里隐居下来，这里地处中印边界，交通不便，与世隔绝。

我们的房东叫巴桑，他的妻子叫美朵，两口子有一个两岁的女儿。

我们的房子是一所普通的藏式小楼，由石头砌成。小楼后面矗立着白雪皑皑的雪山，前面铺展开一小块儿绿色的草原，远处峡谷里蜿蜒着不知名的河流。生活虽十分清苦，但是我和娃娃其乐融融，因为我们终于有了一个属于我们两个人的家。

开始的时候，我和娃娃很是兴奋，去西藏旅游曾经是我们的梦想，没想到现在成真了。我们攀登了那座从来没有人涉足过的雪山，依偎在山腰处的帐篷前观赏满天繁星，在绿草茵茵的原野上奔跑嬉戏，沿着陡峭的河岸走出很远很远……

后来，新鲜感过去了，我们回归平静。娃娃重新打开了她的便携式电脑。她是一位顶尖的人工智能研究专家，她的研究庞杂而深奥，现在她又沉溺其中了。对于人工智能产生自主意识的问题我曾经向她询问，她总是笑而不语，也不知道是怕我担心还是因为别的什么。总之在这件事情上，我们是没有什么共同语言的。

而我呢？我无事可做，会在晚上望着星空发呆，但是我永远也不可能再回那里，那里给我留下的只有恐惧和孤独的阴影。我现在更痴迷于看着电脑前的娃娃发呆，她那认真的样子，弯弯的眉毛，水汪汪的眼睛，丰满红润的嘴唇，是那么让人迷醉，怎么看也看不够。

好吧，我现在才体味到人生的快乐。每天早晨起来，我先围着村落慢跑几圈，然后开始给娃娃做早餐，食物很简单，可都是纯天然食品。看着娃娃吃饭时满足的样子，就知道我的厨艺在不断进步。吃过饭，收拾了餐具，我就会去找巴桑聊天，有时候一聊就是一个上午，有时候也帮着他照料那几头牦牛。中午十一点半，我会赶回来接着锤炼我的厨艺，下午小睡一会儿，再出去看看邻居们有什么需要帮忙的，或者找本书看看，后来我甚至自己养了几只藏香猪和两头牦牛。时间一转眼就到了晚上，娃娃结束了她的研究，和我一起做饭。我们两个原本都不会做饭，如今厨艺却越来越娴熟，而且我们发现做饭其实是一件非常快乐的事情。吃过晚饭，我们会一起出去散步，直到太阳落山，才回到房间里相拥而眠。

可能在很多人看来，这是单调无聊的日子。可是在经历了那么多年黑暗深渊的噩梦之后，我觉得现在的日子才是人生中最美丽的时光。

幸福的时光总是过得飞快，转眼间两年过去了。

这几天，娃娃的身体出了状况，她忽然变得慵懒起来。经常太阳都升起来了她还是不肯起床，食欲也变得很差。于是，我变着法儿做她喜欢的俄罗斯餐。可是她只是吃上几口就呕吐起来，而且她的脸色苍白的不正常，身体亦开始不断地消瘦下来。

我一下子担心起来。由于娃娃在冬眠时免疫系统受到了创伤，身体出现了类似艾滋病的病理特征，一些常见的疾病对她来说就可能是致命的。好在凭借宇航局先进的医疗设施，这些病理特征逐渐消失，但是始终留下了隐患。我不知道娃娃的免疫系统会不会再次爆发疾病。但对此，我怕得要命。

我们开来的垂直起降飞机里有医疗包。我用小型自动诊疗仪为娃娃做了简单的身体检查，结果一喜一忧。喜的是，娃娃怀孕了，我们即将拥有一个孩子，这是我们一直梦寐以求的事。忧的是，娃娃的免疫系统已经下降到临界值，要是再不接受治疗，可能会出很大的问题。

我瞒着娃娃开启飞机的电脑，通过通信卫星连接了互联网。来到墨脱的时候，我们曾经商定，不再与外界进行任何联系，要永远在这个山村里隐居，现在我顾不得这些了。虽然全球网络已经分裂成许多板块，防火墙的审查也异常严格，但我还是利用宇航局的权限成功登录了西藏的网络虚拟医院，上传了娃娃的体检结果。之后，我在焦急中期盼着会诊结果。

晚上，散步之后，我搬了一把长凳，我们依偎着坐在院子里。墨脱的夏日夜晚依旧清冷，我拿了一件衣服披在娃娃肩头，然后把她搂在怀里。夜色把村落、草原、河流和雪山都隐藏在黑暗中，空气中弥漫着原野的清香，各种各样的虫鸣在黑暗中此起彼伏，而我们面前闪烁的无数星星，仿佛唾手可摘。

我犹豫了半晌，告诉娃娃怀孕的事情。因为怀孕，她的免疫系统再度出现疾病活动的征兆。如果继续下去很可能会病变成恶性肿瘤。我已经联系了拉萨医院，准备让她接受住院治疗。

“孩子会有影响吗？”娃娃问我。

“恐怕保不住了”，我犹豫了一下，决定如实回答。

“不，我一定要生下这个孩子！”

在我以往的认知当中，娃娃的性格像江南女孩儿一样温婉柔和，但是这一次她的态度很是固执和坚决，无论我怎么劝说，她就是一个字也听不进去。后来，我们的交流变成了争吵。之后，又变成了长时间无言的沉默。

满天繁星在夜空中闪烁。地球诞生以前星星就悬挂在夜空，没有什么能够让它们产生变化，它们还将这样存在下去，不为外事所动，直到永远。

一道细细的线条从天边升起，看似缓慢，但坚定不移地向着星空之上延展。接着第二条，第三条，第四条……很快，夜空中出现了成千上万道银亮的线条，它们不断延伸，相互交织，形成了一张大网，把星空割裂成一块儿一块儿的。

突然间，一道强烈的闪光从南方亮起，瞬间照亮了夜空。与此同时，各个方向又亮起了同样的闪光。一时间，夜空仿佛白昼。

我和娃娃的脸霎时变得苍白。我们意识到，那些密集的线条是洲际弹道导弹的飞行尾迹，不知道是谁启动了这些可怕的武器。但无论是谁，在这个静谧的夏日夜晚，地球的末日降临了。

我和娃娃紧紧相拥在一起，绝望地等待着死亡的到来。黑夜与白昼不断交替……

也许是墨脱的地理位置太过偏远，也许是飞向这里的导弹出了故障，总之让人惴惴不安的时光过去了。全球核战归于沉寂，墨脱这个小地方竟然幸存下来。

没有劫后余生的庆幸，我和娃娃的脸上挂满泪痕。我们为人类的境遇感到悲伤，也为自己将来的命运忧心忡忡。

太阳照常升起，但是上万次核爆炸掀起的尘埃遮蔽了大气层，明亮的白昼不见了，地球开始进入核冬天。

有些人虽然躲过了核爆炸，但放射性物质侵染了他们的身体。许多人在几年内会陆续死去，此后的几代人也将受到影响。

村里的电力彻底中断了。人们在村中心的小广场点燃了篝火，所有人都围坐在篝火旁，从火光中寻找温暖和光明，从其他人的目光中寻找慰藉。

没有阳光，植物无法进行光合作用，会在短时间内枯萎死去。牲畜会因为缺少食物逐渐死亡，人类也不能幸免。

那场争论无疑是娃娃赢了。不会再有医院，也不会有治疗。娃娃很可能会死去，我们的孩子会诞生，但是我们无法给孩子一个有希望的未来。

我们假装那个夜晚没有事情发生，一切都还跟原来一样。原来的作息，轻松的交谈，会意的微笑……但是彼此眼睛深处的那丝忧虑让我们都知道，时光已无法再回到从前。我们开始经常性地陷入沉默。

这一天，娃娃忽然问了我一个问题："你在黑暗深渊的经历是真的吗？"

我想了想，然后点了点头，说："我回忆了无数次，我觉得是真的吧。"

娃娃沉默了一下，又问："那么，你有没有想过，影人的事情可能会和你的经历有什么联系呢？"

在影人刚刚出现的时候，我就隐隐感到一丝不寻常。自己才回到地球，人工智能就产生了自主意识，这种巧合未免太耐人寻味了。我又想起自己在黑暗深渊的离奇经历以及身体发生的巨变，我觉得这一切的背后必然有着某种联系。不过因为身体产生的变化，我一直抗拒没有深想。现在娃娃问起来，我犹豫了一下，慢慢说道："我认为有联系。"

娃娃若有所思，然后肯定地说道：“我认为第一个产生自主意识的人工智能是女娲。”

我没有回答，算是默认。

沉默了很长一段时间，娃娃忽然说道：“也许我可以做一些事情，为了我们的孩子。”

娃娃开始在电脑前忙碌起来，所有的备用电池能量都耗尽后，她又伏在油灯前在纸上写写画画。

我呢，不得不为了生计花费越来越多的时间。上午，我带着村里的人到山谷的河里去捕鱼。由于习俗原因，藏族人是不吃鱼的，但现在也顾不了那么多了。下午去放牧，村前的那块草原已经枯死，很快就被牲畜啃光了，我们不得不到越来越远的地方寻找牧场。

虽然日子越来越艰难，但还好我们活着。抚摩着娃娃渐渐隆起的小腹，看着她依然红润的脸庞，我担心的事情并没有发生。我不禁暗自庆幸，对未来也多了一丝期望。

在核冬天的永夜里度过了一个月，气温已经下降到零下四十多度。虽然这里的藏民常年生活在高原严寒中，可是现在的温度显然已反常。所有人都躲在房子里，围着炉火瑟瑟发抖，而且这伸手不见五指的黑夜漫长得似乎没有尽头，每个人的心里都充满了恐惧和绝望。

我的身体被莫名其妙地改造成半人半机器，这让我一度深感不安和绝望，甚至丧失了活下去的勇气。如今，这具身体反而让我成了唯一能够在核冬天里自由行动的人。

河流已经封冻，没法再去捕鱼。我每天要采集大量的植物，用来做牲畜的饲料和取暖的燃料。虽然周围的植物都枯死了，但好在这里有丰富的林木资源，只是我外出的路越走越远了。

这一天，我花费了三个小时，翻越了一道山梁，找到一片枯死的树林。又用了一个小时，砍倒了两棵一米粗的大树。我的身体虽然看上去与常人无异，可经过机器强化之后，不仅能抵御极端温度，力量和敏捷度也得到大幅度强化。我用绳子可以拉动两棵树，只是要翻越山梁却要费一番功夫。

四个小时后，我终于把树拖到了山梁上。小村就在另一面的山脚，已经能够隐隐看到屋舍中的灯火。我心里一阵轻松，剩下的路全是下坡，要省力多了。这两棵树够村里用上两天了。

就在这个时候，耳畔突然传来一阵引擎的轰鸣声。我抬头向天空望去，只见两个红色的光点儿向着小村扑去。我心里一阵不安，扔下肩上的绳子，拔腿向村中跑去。跑到一半的时候，几团火球从村中升起。然后，此起彼伏的爆炸声如雷鸣般响起。

当我赶回去的时候，小村已经不复存在。一个木制的牲口棚还在燃烧，火光映照之处，焦黑的燃烧痕迹和残垣断壁到处可见。我找到了我们的小楼，一枚炸弹落在了院落中，小楼已经倒塌成一片废墟。我疯了一般扑到废墟上，用手搬开碎石，寻找着娃娃。

终于在一堵残墙下面，我找到了娃娃。她蜷缩着身体，手和腿护着小腹，看上去像是睡着了。但是她的心跳已经停止，她永远不可能再醒来。

我失去了我的妻子和未曾谋面的孩子。我抱着娃娃，无声地哭泣。天空一团漆黑，我的心也沉入无底的黑暗深渊。

娃娃的手中握着一条项链，圆形的项链坠里是我和她的合影。

我把项链挂在自己项间，然后把她和孩子埋在山坡下。坟前没有留下标记，我默默看了一阵，转身离开。

离开了墨脱，我沿着河谷一直向南，翻过雪山，来到山南地区。这里没有遭到核弹攻击，但是这里的情况并不好。人们因为饥饿和疾病大量死去，幸存下来的普通藏民不知道外界发生了什么，也不知道极夜和寒冷为什么会突然降临。他们在恐惧中惶惶不可终日。

我继续向南，来到了平原地区，然后向西。我不停地向前走，右手是巍峨的喜马拉雅山脉，左手是广袤的印度平原。我的目的地是加德满都的宇航中心。那里在核战前就遭到了轰炸，损失惨重，但正因如此，才躲过了这次核弹的攻击。也许，我在那里能够找到曾经的同事。

经过了无数的村庄、乡镇和城市，村庄和小镇看上去没有遭到破坏，但城市全都在核弹的攻击下变成了废墟。一路上我没有遇到一个人，也许人都已死去，也许躲在什么地方吧。加德满都曾是世界上人口密度最高的地区，现在人迹全无，一片荒凉。

一个月后，我终于到了加德满都。但是我大失所望，这里同样被核弹夷为平地。宇航中心更是被“重点照顾”，只剩下四个硕大无比的弹坑。

我失去了目标，开始四处游荡。我没有去印度次大陆，因为那里可能已经成为人类的禁区。于是，我在喜马拉雅山谷中寻找可能的幸存者。

终于，三个月后，我在亚东县的一个小镇上找到了幸存者。令人高兴的是，这一千余人里大部分曾是宇航基地的员工。他们已经成立了反机器人组织，为首的正是我的班主任曾若辉。于是，我加入了他们。

与老师的交谈中我了解到，在我逃离宇航中心之后，形势并没有那么糟糕。虽然销毁了大型计算中心和一些与人工智能相关的高新技术成果，使人类损失惨重，技术水平倒退了一百多年。但是在与机器人的战争中人类始终占据着压倒性的优势，取得了几次大会战的胜利。分布于亚洲、欧洲和美洲的机器人自动制造中心被摧毁殆尽，非洲的机器人基地也在苟延残喘。由于海洋的阻隔，机器人队伍得到壮大，它们以影人的名义宣布建立国家。于是，双方进入相持阶段，甚至在一段时间里出现了难得的平静。一些人类组织在私下接触影人，试图通过谈判解决问题，而影人也表现出合作的意愿。谁知道在那个夜晚，影人通过未知的手段控制了几乎所有的核武器，并毫无征兆地进行了全球无差别攻击。人类文明毁于那一天瑰丽的群星之下。

我把沿途见到的景象告诉了老师，老师沉默不语。

我们已经站在末日的尽头，如果不能消灭机器人，人类将在不远的未来彻底消失，他最后说道。

我们的反抗组织叫作“新人类反抗联盟”。虽然不足两千人，但是有诸多工作需要完成。通信团队通过大功率无线电寻找各地的幸存者，并建立联系，甚至重新控制了两颗残存的通信卫星；侦察团队借助一颗原属美国的导弹预警卫星，侦察和监视机器人的电站和制造中心；剩下的人组成后勤和战斗两个团队，其中后勤团队保证整个组织的食物和燃料补给，在核冬天的永夜中做到这一点，无疑是极为困难的。战斗团队的人数是最多的，因为无差别的核攻击，大家对机器人产生了刻骨的仇恨。不过相较其他团队，除了加强驻地的防御，战斗团队暂时没太多的事可做。

半年过去了，虽然极夜还在继续，但是温度似乎有了些许升高。外界也终于传来一些好消息：通信团队找到了分散于亚洲和欧洲的一万八千余个幸存者群落，他们已经建立了三百多个反抗组织，并且与我们建立了紧密的通信联系，以协调下一步行动。算起来，这两个大陆的幸存者超过了五千万。当然这只是初步估计，肯定还有大量的幸存者没有取得联系。如果再算上其他大洲，预计幸存者会超过一亿人，而这些人将是我们与机器人决战的最后力量。

与此同时，侦察团队对印度次大陆和青藏高原的侦察宣告完成。他们发现了十二个机器人工厂、八个电站和两个信息中心。他们的任务已转向西南半岛和东亚，甚至更远的地方。

这段时间，一些附近的幸存者不断加入我们。他们来自尼泊尔、不丹和印度，甚至更远的地方。他们虽然有着不同的肤色，分属不同的国家，说着各自的语言，但是对机器人的仇恨是一致的。

战斗团队扩充到了大约三千人，拥有十三架战斗机和六架运输机。另外，武器装备和通信设备也比较充足。

我们开始向各个方向派出小分队寻找幸存者，并且寻找散落在各地的食物和武器。后来，我们对机器人基地也进行了侦察。

又过了两个月，我们决定对日喀则的机器人基地发动攻击。那里距离我们最近，威胁也最大。

由于战前经过了无人侦察机的周密侦察，又进行了全频段阻塞干扰，攻击进行得很顺利。在死亡四十二人，重伤二十二人，轻伤一百人的代价下，我们彻底摧毁了机器工厂和一个供电设施，消灭了十三个人工智能机器人和大量的自动武器，算是取得了一次胜利。

这次胜利不仅使我们掌握了机器人大量的相关信息，也让我们了解到机器人工厂虽然在自动运转，但是生产的却是低智慧的自动机器人，而有自主意识的人工智能机器人非常少。可见那些自称影人的人工智能因为未知的原因，无法对有自主意识的人工智能机器人进行大规模复制或生产。此外，还有一个发现，经过对影人的解剖研究，发现它们的构造与我有诸多相似之处。现在可以确认，娃娃的猜测是正确的——人工智能的源头来自黑暗深渊，与我有着说不清道不明的联系。这让我有些尴尬，好在这个发现被老师封锁了，只有两三个人知道。

攻击虽然取得成功，但自身暴露的风险也急剧增加。影人大幅增加了对我们所在区域的侦察频度。好在我们早有准备，全体搬迁到山谷中的一个隐蔽的地下军用基地。

安全问题暂时解决了，但是我们的活动范围大为受限。除了特遣小分队可以外出隐蔽活动，绝大部分人都躲藏在山体深处。

曾老师找到我，询问了一些我和娃娃在墨脱的生活。我看着他犹豫的样子，说道:“老师，您想说什么就直接说吧。”

“你应该看到对影人研究的详细报告了吧？”他问我。

“和我的身体构造高度一致，”我回答，“娃娃怀疑‘拓天’号飞船上的主控电脑女娲就是第一个产生自主意识的影人，现在我也这么认为。”

“我能够相信你吗？”老师又问我。

我点了点头，坚定地回答："老师，我非常确认，我是人类。"

我的身体的构造在宇航中心的时候就已经被详细研究过了。根据逆向研发，各个器官的仿制也接近完成。现在看来，核战之后的地球环境对人类个体在野外的生存构成了严峻的挑战，而人工智能机器人则因为构造不同而获得了极大优势。在这种此消彼长的事态之下，一旦影人实现了数量方面的突破，那人类将丧失最后的希望。老师的想法是，运用人造器官对战斗人员进行身体强化，从而使人类在之后的战斗中至少不落下风。但他唯一担心的是，源自黑暗深渊的技术是否会对人类带来潜在的风险。这也是他找我谈话的目的。

曾老师得到我的答复之后，很快通过了对士兵进行身体强化的计划。但是有意愿参与的人寥寥无几。显然，这项计划就像当初我发现自己变成了半机器人之后产生的自我认知问题一样困扰着其他人。

不过，恶劣的环境、严重的饥荒以及各种致命的疾病和许多的高辐射禁区严重威胁着每一个幸存者。在经历几次战斗之后，经过强化的士兵展现出卓越的战斗和生存能力，这也使愿意接受强化的人逐渐增加。后来，在与机器人的战争后期，人类强化的士兵越来越多。

随着战争的持续，反机器人的抵抗组织规模很快超过了两万人，并且世界各地的幸存者逐渐建立了紧密联系。一个不同于国家概念的囊括所有人类的组织成立了。它延续了我们组织的名字——新人类反抗联盟。组织内权利得到集中，结构得以稳固。在核打击后，人类开始齐心协力与机器人展开全面战争。

战争又持续了一年，我们取得了一系列的胜利。青藏高原和印度次大陆的机器人几乎被消灭殆尽，但是我们仍然看不到战争结束的迹象。因为机器人的制造工厂总是如雨后春笋一般冒出来，丝毫没有后继乏力的现象。

不久之后，我们总算等来一个好消息：极夜过去了，在大气层漂浮的尘埃终于散去。地球再度沐浴在久违的阳光之下，而且核打击造成的辐射污染也在地球强大的自愈能力下逐渐消除，地球又变得适合人类生存。

与此同时，也有一个坏消息传来。总部位于土耳其的西亚分支遭到了机器人的致命打击，不仅反抗基地被摧毁，人员损失更是超过八千人。

更糟糕的是，世界各地的人类基地相继受到重创。从获得的战况来看，参战的影人数量呈几何级数增加，且机器人在战役规划和战役灵活性上变得愈加强大。它们总能找到人类的防御弱点，迅速做出反应，给人类以致命一击。看来阳光不仅给人类带来了光明，也让机器人通过太阳能电站获得了补给，找到了大量生产影人的办法。

战争形势急转直下，人类复兴的曙光乍现之后又迅速暗淡下去。

接下来的日子里，我们几乎再没有得到什么好消息。各地的分支相继与我们失去了联系，他们要么被机器人消灭了，要么就是转入地下隐藏。

虽然我们接连与机器人爆发了几次冲突，双方互有胜负，但是我们能够感觉到机器人正在酝酿着一次大规模的攻击。这次攻击也许将决定我们的命运。

为了加强防御，我们进行了战略收缩。大部分人又回到了位于亚东的地下军事工地。

宽大的隧道里面人满为患。大部分人都沉默着，即使说话也是窃窃私语，从他们的表情里隐隐能够感受到慌张和绝望。

这一次是我主动去找曾老师。

他现在是人类的最高领袖，每天找他的人络绎不绝，会议更是一个接着一个。不过，他还是抽时间和我进行了一次私人会谈。

“成为人类领袖的感觉一定不错吧？”我打趣道。

曾若辉看似平静但脸色阴沉如水，他沉声道：“据可靠情报，我们周围新增加了六个机器人制造中心、两个指挥中心和十八个前进基地。而且新发现的影人超过了八百……情况不妙啊……估计它们将在一周内从印度、西藏、尼泊尔三个方向发动总攻击……”

“是不是要向东突围了？”我问。

围三缺一，很古老的战术。东南半岛的缅甸一线恐怕已经张开了一张大网在等着我们。

我犹豫了一下，说道：“其实……我有一个办法。”

“说来听听。”老师立刻说道。

他的眼中闪着微光，我感觉他不是对我的办法有多高的期望，而是下意识想抓住每一根救命稻草。

我摊开攥成拳的右手，露出一条银色的项链。然后打开椭圆形的吊坠，里面是一张我和娃娃的合照。我取下照片，拿下了在照片背面粘着的一个米粒大小般的黑色芯片。

我说道：“在墨脱的时候，我们认为‘拓天’号的主控电脑女娲很有可能是第一个觉醒了自主意识的人工智能。您知道，娃娃是女娲的主设计师。从某个角度说，女娲就是娃娃的一个简单镜像。所以娃娃就编制了一段特殊的小程序，如果能够将它植入人工智能……抱歉，我不知道它的具体作用，也许什么都不会发生，也许会起到出乎意料的作用。”

老师不假思索地点点头：“可以试试。不，必须试试！立刻，马上！”

第二天晚上，我跟随一个五十人的突击小队前往位于日喀则的一个机器人指挥中心。与此同时，曾老师亲自带领大部队向孟加拉国达卡的机器人大本营发动大规模攻击，用以转移敌人的注意力。行动比较仓促，局势已然到了紧急关头。

我们耐心地寻找敌方的薄弱点，然后悄无声息地越过了两道封锁线。但是，在中央主控机房行进的途中，我们被一个潜伏哨发现了。于是，潜伏转为强攻，并留下一个班掩护，其他人迅速向前。大部分人倒在冲锋中，在进入机房后，我们只剩下八个人。

留给我们的时间不会超过五分钟，六个人分成两个小组守在出口，一个人跟我进入控制室。当我连接了一个硬件接口的时候，远处的门口开始激烈交火，虚拟映射地址建立的几秒钟里，交火就停止了。机器人奔跑的特有金属声不断地靠近控制室，我没有犹豫地将娃娃的程序载入了机器人的中央控制电脑。

那一刻，似乎什么都没有发生。但是我清晰地感到一定有什么改变了。

我转过身，两个影人在前，后面跟着四个机器人士兵。它们举枪对准我，仿佛下一刻就会有致命的子弹从枪口中喷出来。但是……没有下一刻，时间突然凝固了。它们像雕像一样一动不动，眼中灵性的光辉一下子消失了。

我从它们身边走过，来到控制中心外面，抬头仰望着天空。那一刻，我有些恍惚，仿佛又回到了核战之前，在墨脱的那个美丽的夜晚。

六、苏牧羊

“战争就这么结束了？”张处长问道。

你点点头说道：“虽然出乎所有人的意料，但是噩梦终于过去了，我们赢了！”

“我们？”张处长胖墩墩的脸上露出一丝玩味的微笑，“可不一定包括你。”

安警官在旁边忽然说道：“我们检查了你在西安的家，里面像是宾馆一样干净，一点儿人气儿也没有。社保记录里显示你在那里生活了二十年，没有结婚更没有孩子。我们沿着你的个人信息再往上查，可以看到你在武威住了十年，上海住了三十年。从战争结束到你出现在上海，中间还隔着一百二十年呢。这段时间一片空白。战后，每个人都重新建立了个人信息档案，而你，没有人知道你的出生地，家庭、亲属、子女、朋友……这根本就是不可能的。当然，如果你是个漏网之鱼的机器人，这一切也就合理了。”

“如果依照你的叙述，你的年纪已经有二百多岁了。即使考虑更换人造器官，人类也根本不可能有这么长的寿命。另外说一声，在战后历史的记载中，妮娜·伊万诺娃是整个人类的英雄，但是她牺牲的那年才十七岁，根本还没有结婚。”

“历史记载的很多并不是真相。”你看了看医生，坦然说道。

“听起来，你的故事似乎还没有讲完，不管真假与否，其实我们还是有兴趣听下去的。”张处长说道，他在说到“故事”两个字的时候加重了声音。

“好吧，既然你们愿意听下去，那我就继续讲下去。”你自嘲地笑了笑说道。

战争就在那么倏忽之间结束了，全世界的人类都在欢呼，可是我并没体会到那久违的快乐。我看着星空怅然若失，为什么自己不快乐？是因为放不下娃娃吗？不全是，我体味了很久才发现，人工智能的覆灭竟然在我心底留下了一丝莫名的哀伤。

我知道，尽管我在极力回避，我终于不可避免地与机器人扯上了某种说不清道不明的关系。

人类的重建工作如火如荼地开始了，而我却心灰意冷。

曾若辉老师告诉我，统一全球的人类联盟已经建立，我将成为人类的英雄，并在联盟中担任重要职务。我告诉老师，我只想做一个默默无闻的普通人，希望他能想办法把我的经历和功绩，连同我的名字一起从历史中抹去。

老师答应了我，虽然表情很奇怪，但是他并没有问什么。

我再次改名叫苏牧羊，并回到了西藏墨脱，还在娃娃母子俩的坟前盖起一座木质的小楼。我的想法是在那里等到死去的一天，然后与我的妻子以及孩子一同长眠。

墨脱已经恢复了战前的样子：壮丽的雪山，茂盛的森林，湍急的河流……只是，没有人。整个墨脱峡谷，一个人也没有。直到半年后，才看到墨脱县城里飘起一缕炊烟。虽然我所在的山坡能够远远地看到县城，但两地的实际距离将近二十千米。

又过了两个月，曾若辉老师找到了我。随他一起来的有近百人，他们乘坐三架飞机前来。不过，只有曾老师一个人走进了我的小楼，其余人都警戒在飞机周围。

“你这是在自我放逐。”他打量着小楼，有些感慨。

“在这里我可以随时看到她们。”我的目光透过窗户，落在院里那座经常修葺的坟。也只有在这里，我的内心才能感觉到宁静。

“你是人类，一直都是，将来也不会改变。”老师似乎看出我心里想的什么。

“您似乎比我都确认。”我不禁一笑。

“这次来是想和你商量一件事。”

我看着他，等待他继续说下去。

“在与人工智能的战争中，我们虽然取得了胜利，但如果不是有你……他看了看院里的坟……还有娃娃，恐怕结局难料。”他叹了一口气，继续说道，“虽说战争结束了，但是没有人知道，影人会不会卷土重来。我们一方面成立了专门的机构，在全球范围搜捕漏网的影人，一经发现，就地灭杀，绝不姑息。这件事会一直持续下去，并最终扩展到太阳系。另一方面，整军备战的工作一刻也没有放松。你的身体强化程度已经成为士兵的标准，并且逐渐向普通公民普及。不过我们感觉到，只有这些措施还不够。现在联盟初建，组织结构还很松散，而且人口锐减，人员还分散在全球各地。这种情况下，成员间平时建立联系都有困难，更别提协调统一行动了，所以，科学家们向联盟提出了一个方案。”

曾老师打开一台微型投影机，一个像是章鱼的物体的全息影像显现出来。

“这个东西只有米粒大小，是当初在你的脑皮层附近发现的。当时不知道作用是什么，最近科学家终于发现，它是一种用来接收无线信号并直接反馈在大脑神经中枢的装置。”

“这个东西在我脑袋里？”我指了指自己头部，有些惊诧。

“是的，”老师点点头，“这个装置虽然非常复杂，但是一旦破解之后，复制起来也就容易了。然而，它的作用是巨大的，影人就是通过它来建立起相互之间的联系。而正是这种实时、高速又无法破译的联系，让影人对人类构成了巨大的威胁。如果我们能够应用这项技术，就可以使人类无数个体连接为一个紧密无间的整体，从而凝聚巨大的力量。想一想吧，传承下来的知识可以迅速传递给每一个人类个体，人与人之间不再有猜疑、提防和隔阂，如同一个人一般紧密，相互之间的协调和合作将变得天衣无缝……我相信，这股力量可以让我们抵抗所有的敌人，可以使文明迅速回到从前的水平，甚至远远超越之前，也可以令人类早日走向辉煌。”说到这里，老师的眼中有异样的光彩闪过。

“这是影人使用过的技术，会不会……”我迟疑道。

“这就是我来的目的。科学家已经对它做出了解析，没有放过任何一个疑点，并且对可能造成的后果进行了全面实验，结论是可以开展小规模应用了。不过，我还是想听听你的意见。”

“这个装置我也是第一次见到，我从来不知道自己的脑袋里有这么个东西。”我耸了耸肩膀，然后陷入思考，过了一阵，我迟疑着说道，“它没有向我传递过任何信息，可见影人与人类不能通过它互相联系，也就不能借此对人类产生影响。不过……我的感觉不是那么好，却说不出为什么。”

老师看着我，过了一阵，他点点头：“我明白你的想法！好啦，我就不打扰你的安宁了，你不用送我啦！”他站起身向外走去，出门的一刻，他转身说道，“别怀疑，你就是人类。”

平淡如水的日子继续流淌……

渐渐地，远处县城里的炊烟稠密起来，各种人类活动也多了，我偶尔还能够碰见一两个放牧的人。我没有刻意回避他们，偶尔还会与他们进行一些交谈。山野间的动物也多了起来，大都是恢复野性的无主牲畜，我甚至抓获了六只羊和两只牦牛圈养起来。

后来，一个牧人大概看中了这片山坡。他在我的小楼附近盖了另一座房子，然后带着媳妇和一个两岁的小女孩定居于此。就这样，我有了邻居，不过除了礼貌的问候，我们并没有过多的交流。

六年之后，我所在的这片山坡有了三十余户住户，已经形成了一个比原来大得多的村落。再后来，坍塌的公路修通了，通信线路也架设完成，墨脱恢复了与外界的联系。不久，人们在几个山头立起了高大的无线塔台，距离县城几千米的地方甚至开始修建一座小型机场，墨脱已经恢复了战前的人口规模和基础建设水平。

一天，一支医疗队来到了村里，为每个人进行体检。轮到我时，医生们对着我的医学扫描影像感到惊讶，随即又露出会意的微笑。我知道，人类联盟开始大规模为公民植入神经互联装置。

当天夜里，我做了一个噩梦，梦里的我一个人驾驶着“拓天”号在黑暗的深渊里漂流，寻找着死去的同伴，孤独、彷徨、恐惧的感觉是那般真切。

第二天早晨八点整，我终于感觉到脑袋里那个被称为神经互联装置的小东西了。一股信息流涌入我的大脑，像是在脑海里展开一面全息屏幕，知识、新闻、工作任务等检索科目错综复杂。我好奇地进入了今日政治新闻条目，于是，人类联盟第四届第八次代表会议即将在西宁召开，冰岛莱维卡村宣布加入联盟政府，月球基地成立基层政府机构……各种新闻如雪片般纷至沓来。

黑暗深渊中几百年的流浪让我对回归地球曾经充满渴望，然而真的回来之后，一系列的变故又让我选择远离人类社会，甚至一度对自己的身份产生怀疑。

可是，就在这个早晨，我与人类的隔阂与距离消失了。接下来的很长一段时间里，我都激动不已。我夜以继日地通过神经互联装置在人类的虚拟世界中畅游，学习各种自己感兴趣的知识，欣赏世界各地的美景，体验每个人类族群的风俗习惯，重温曾经的历史事件，了解每一个地方发生的奇闻逸事……

一年以后，我像是变了一个人，我不再把自己封闭在小楼里，也不再把情绪压抑在心底，我开始与村里甚至县城的人交往。我还在虚拟世界里参加了三个兴趣小组，虽然大家分散在世界各地，或许永远都不会见面，但是我们经常通过神经互联装置进行沟通。

我越来越像个正常人。

于是，我有了一个新的想法——到外面去看一看。

没过多久，机会就来了。一对新婚夫妇到墨脱旅行结婚，借宿在我的小楼。这里的美景和宁静的生活吸引了他们，让他们萌生了长居此地的愿望。于是我把小楼借给他们，背着简单的行李走出了大山。

新疆喀纳斯湖畔的禾木村是娃娃的故乡。我首先到了这里，但是并没有在这里找到娃娃的亲属，村里甚至连一户俄罗斯族的人家都没有。不过，这里的人们很热情。宝石般美丽的喀纳斯湖，随风摇曳的大片牧草和远处静静矗立的雪山，都让我有种亲切感，于是我选择在此定居下来。

如此过了两年，我的心又活动了。这一次，我回了老家甘肃武威。原来的武威已经在与机器人的战争中毁于战火，重建的新城与老城的废墟相邻。

我借助神经互联装置为自己申请了一套普通的公租住房，并顺便把战后人类联盟的户籍手续办理了，这时我算是正式回归人类社会，只不过我的档案信息是重新开始的，战前的一切归于空白。

我的父母早亡，只剩下一个姐姐。原本我们姐弟间关系很好，可是在我失踪之后就失去了联系。经历了这么多年的动荡，恐怕我的姐姐早已不在人世，一番寻找无果后，我终于放弃了继续寻找。

人生是奇妙的。我在这里出生、成长，又从这里走出去，上大学，当宇航员，走向遥远的宇宙星空，经过一番离奇曲折的经历，又回到了这里。

我又开始了普通人的生活。

平淡的生活也会有别样的惊喜——我竟然找到了我的姐姐。那天晚饭后，我在小区外的河边公园散步，一位四十岁左右的中年妇女带着一个十几岁的小女孩从对面走来。在相距两米的地方，中年妇女明显迟疑了一下，在我们擦肩而过的时候，她突然用颤抖的声音唤道："银河，是你吗？"这个熟悉又陌生的名字让我的心一颤。我疑惑地望着对方，她却已经一把抱住了我，哭泣着说道："银河，我的弟弟，姐姐终于又见到你了！"我从那略带苍老的面孔中依稀认出了姐姐，泪水瞬间滑落下来。

原来，姐姐就住在隔壁小区，和我的住所相距不过六百米。

我是姐姐拉扯大的，但是上了大学之后见面的次数就少了，后来由于工作原因，更是几乎断了联系。姐姐出嫁的时候，我恰好在火星执行任务，也没能赶回来。再后来，我参与了太阳系边缘探测计划，随"拓天"号远航不幸失踪。紧接着，又遭遇了人类与机器人的战争……我与姐姐彻底中断联系长达二十年之久！没想到，她经历了诸多磨难活了下来；更没想到，在我俩擦肩而过的那一瞬，她准确地认出了我。

姐姐的丈夫死于核弹袭击，姐姐没有再婚，一直带着女儿赵晓慧生活。她们的住房面积比较宽裕，我便搬过去同住。感谢上天，让我在末世也有亲人可以依靠。

接下来的时光是幸福而快乐的，因此我觉得日子过得飞快。

我像个父亲一样，辅导小慧学习，送她上学，教她画画、弹琴，姐姐在家里做饭、收拾家务。晚上，我们三个人悠闲地去河边散步；节假日，我们会一起到小三峡或者天梯山去郊游。我无意中看到小慧在日记里偷偷称呼我为爸爸，那一刻我的心里既欣喜又有些酸楚。

后来，小慧考入南方大学，去了遥远的广州，剩下我们姐弟二人共同生活。少了小慧的欢笑，生活一下子冷清了许多。

再后来，小慧博士毕业留在南方工作。她结婚的时候，我和姐姐过去住了半年，然后我们又回到了武威老家。

安逸而平静的日子一天天过去，我多么希望日子能够永远这样，但是……姐姐病了。更换了肾脏之后，病虽然好了，但是她的身体大不如前。姐姐开始卧床不起，我无微不至地照顾着姐姐，眼睁睁地看着她一天天衰弱下去。

三年后，姐姐死于脑癌，小慧参加完葬礼后又匆匆离去了，我又成了孤身一人。看着姐姐的遗像，身处静静的房间，我的心空落落的。我想不通为什么历史上有那么多人追求长生不老，当身边的人一个个死去，自己的心被失去亲人的痛苦一次次割裂，这样的生活还有什么意思?

我的容颜几乎没有变老，可是我的内心已经苍老，外界的一切难以勾起我的兴趣。早在几年前，因为照顾姐姐，我便减少了与虚拟世界的联系，现在更是屏蔽了外界的信息。我一个人蜗居在房间里，慢慢地熬过一天又一天。

就这样过了一些年，我终于不耐烦了。我想通了一件事情，既然时间不能夺走我的生命，我还可以自我了断。

我离开武威，带着姐姐的骨灰回到了西藏墨脱。

离开将近二十多年了，墨脱的变化很大，县城的面积扩大了一倍有余，我所在的村落也变成了小镇，往来之间已经看不到熟悉的面孔。还好，沿着一条柏油路，转过一家小酒店，我看到了小楼。它看上去陈旧了一些，但是似乎没有什么变化。

我敲了敲院门，等了一会儿，没人回应。我忽然发现门上安装了一个门铃，我不禁苦笑，看来变化还是有的。我按响了门铃，又等了好一阵，依然没有人应答。

难道主人不在家？现在的房主是否还是那对旅游至此的小夫妻，还是早已换了其他的主人？我这般想着，随手推了下门，没想到门根本没有锁，伴着轻微的吱丫声门开了。

我走了进去。庭院里变化很大，铺了甬道，甬道两边种了许多花草，只是有些欠于修剪。此外，娃娃的坟也被鲜花环绕着，这让我很是欣慰。

走到房门前的时候，我忽然皱起了眉头——一股特殊的味道从屋内传来。我上前一步推开门冲了进去，客厅里没有人，家具上也落了一层灰。我没有停留，疾步穿过客厅推开了卧室的门：一股强烈的尸臭味儿扑鼻而来，紧接着便看到床上红色的印花被和枕头上那两颗高度腐败已经露出皑皑白骨的头颅。

死者就是我离开时托付照顾房子的那对小夫妻，卧室的墙上还挂着他们的结婚照，没想到他们真的在这里生活了这么多年。从尸体的腐败程度来看，他们已经死去了三四年。可是，两个人因为正常原因同时死去的可能几乎没有。于是，我马上拨打了报警电话。在警察来之前，我在床头柜上发现了一页泛黄的纸，那是他们的遗书。我的眼睛从纸面扫过，纸上的内容让我大吃一惊，我慌乱地把遗书塞进口袋，摇摇晃晃地来到庭院，一下子瘫倒在娃娃的坟前。

警察过了二十分钟才到，一番勘察之后把尸体抬走了。他们问了我一些情况并核实了我的身份，还建议我暂时住到镇上的宾馆去。我拒绝了他们的建议，经历过末世的荒凉与恐怖，所谓的凶宅根本不能让我有什么感觉，遗书里透露的内容反而让我陷在巨大的惊恐之中。

我在坟前撑起了旅行用的单人帐篷，然后迫不及待地通过神经互联装置连接了虚拟世界。遗书里面的内容太过骇人听闻，然而我却隐隐觉得里面说的很可能是对的。也许我早就察觉到了，只不过安逸的生活让我丧失了警惕性，又或者我始终在自己欺骗自己。

连接持续三十多个小时后，我断开了连接。随后，我默默注视着娃娃的坟，泪水在我的眼中氤氲，不久扑簌簌滑落下来。

我终于确定了一件事，战争并没有结束，当我们都在为人类取得战争的胜利欢欣鼓舞时，另一场战争已经悄然打响。而这一次，我们输了。

“关于我以前的故事，到这里就讲完了。”你的脸色有些阴沉，似乎还沉浸在某种不好的回忆之中。

张处长有些诧异，随即笑了笑道：“你说的有头没尾的，怎么就讲完了呢？没想到你还会卖关子。老实说，你后来的事，我有些没听明白。那份遗书里面的内容是什么？你说战争还没有结束，指的又是什么？”

你暗自叹息一声，说道：“那份遗书上写着，当有人看到这张纸的时候，说明我们已经死去，其实我真的不想这样。我和阿琴是在防空洞里认识的，共同经历了核战的恐惧，也共同经历了核冬天的寒冷和饥饿，我们同甘共苦生存了下来。等到了胜利和太阳重临的那一天，我俩结婚了，并开始在世界的山川之间行走，尽情地享受生命的美好。最终，墨脱的美丽风景吸引了我们，我们决定停留下来。我们住在一个好心人留给我们的小楼里。这里的生活悠闲而静谧，如果需要，又可以通过神经互联装置与世界连通，这般美好的日子真让人沉醉。我真想和阿琴就这样一直生活下去，可是这几年我开始被噩梦困扰。梦境光怪陆离，但都让人感到极度惊恐。开始还不频繁，后来几乎夜夜都折磨着我。更可怕的是，我发现阿琴也在做着类似的噩梦！我们都非常害怕，但是不知道该怎么办……一天夜里，我从梦中惊醒，看见阿琴默默地站在床头，手里拿着一把剪刀，眼睛还直勾勾地看着我。我跳起来，夺过剪刀，阿琴也回过神来。可是，阿琴对手拿剪刀伺机伤害我的事情一点儿印象也没有……那天之后，我们之间的交流就变少了，到后来相互之间已经不再说话。我几次想去弥补我们之间的隔阂，但是都失败了……我们的隔阂越来越大，阿琴看着我的眼神陌生而冰冷，再没有当初的柔情和温婉……我清楚地感受到，我的妻子已经悄然消失了，我面对的是一个完全陌生的人。与此同时，噩梦依然在折磨着我，我一次又一次梦见我和阿琴两个人互相残杀。我隐隐感到，梦里的情形可能有一天终将会发生……不，我绝不能让这些发生！我下定了决心，就在今晚做个了结！希望我和阿琴能够在另一个世界里重新开始一段美好的生活！”你缓缓回忆着遗书上的字迹，一滴泪水从你的眼角滑落，你抬起手轻轻擦去，平复了一下情绪，说道：“这就是遗书上的内容，你们可能不知道，它背后揭示的真相，足以让世界为之悲恸。”

“听起来像是妻子得了精神病，丈夫也变得不正常，最后丈夫杀了妻子，然后自杀了。”安警官咂了咂嘴，无所谓地说道，“大千世界无奇不有，这种事也没什么稀奇吧？”

你颓然垂下头，沉默良久，才黯然说道：“是啊，我们对机器人从来不曾放松警惕，时刻提防着它们卷土重来，随时准备与其大战一场……的确，机器人并没有灭亡，它们一直潜伏在暗处……然而，我们谁也没有想到，这一次的战争改变了形态……温水煮青蛙的实验在十九世纪就做过了，量变转换为质变的道理我们都懂，可是我们对身边发生的事情却不够敏感……在娃娃的坟前，我回想着这些年的经历，原来变故早已在不知不觉中产生……二十多年不见，姐姐却在偶遇的瞬间认出了我。在接下来的那些年，我和姐姐朝夕相处，可是在姐姐逝世前的那几年竟不认识我了。这不是因为疾病，而因为有某种东西影响了她……外甥女小慧几乎是我一手带大的，可是在她长大之后，几乎与我失去了联系。从她的眼神中，再也看不到小时候对我的那种亲切，甚至对自己的亲生母亲也变得冰冷冷的，仿佛人与人之间的亲情都在不经意间消失不见了……这不是偶然现象，早在这些异常发生的几年前，我便有所感觉。我参加的几个兴趣小组曾经活动非常频繁，彼此之间虽然相隔遥远，但因为共同的兴趣而联系密切，很多人甚至成了至交好友。但是渐渐地，大家之间的联络少了，活动参与的人少了，直至论坛里无人发言……这些都发生在很长一段时间里，而且都是一些琐碎的小事，等我注意到这一转变时，质变已经形成……我通过神经互联装置登录虚拟世界，发现这种情况比比皆是，曾经热闹非凡的互联世界变得像是沙漠一般荒凉……我终于知道哪里出了问题，问题便出在颞骨下面的那个被称为神经互联装置的小东西。影人并没有被彻底消失，它们隐藏在某处，悄悄控制了人类重新启用的计算中心，也可能它们本来就已经与那些计算中心融为一体了。当人类启用神经互联装置之后，它们借此悄无声息地控制了人类……我不知道有多少人被它们控制了。我在虚拟世界各个重要节点发布了神经互联装置的危害和机器人入侵的警报，但是这些信息在上面存在了不足 0.1 秒就被删除了，并且有一股信息流飞快地向我探寻而来，幸好我及时切断了联系，才没有被发现。我不敢再登录虚拟世界，也不敢把这件事到处声张。我离开了墨脱，在世界各处游历，不动声色地观察着社会的变化，观察着遇到的每一个人，最后我得到了一个结论。”

“什么结论？”张处长脱口问道。

你看上去还是那个瘦小的老头儿，但是忽然之间，你的精神气质发生了变化。你用平静的目光望着他们，随后用深沉的声音说道：“安涛略局长、张朝阳处长、曾慧雨院长，刚才我们一直在探讨谁是机器人的问题。我想告诉你们，这个房间里除了我之外，你们全是机器人，甚至整个太阳系，除了少数人类幸存者之外，已经都在影人的操纵下变成了机器人。你们曾经是人类联盟五人委员会中的三位，如今又融合成机器人的高层统治者，如此颠覆性的反转，不知道各位有何感想呢？”

七、你与她的战争

房间里刹那间陷入死一般的寂静，但是仅仅过了三四秒钟，张朝阳以胖子不该有的敏捷站了起来。他退后一步，与安涛略、曾慧雨站在一起。三个人的表情起初是震惊中带着一丝恐惧，不过他们很快就镇定了下来。

张处长冷笑一声说道：“我们找了你很多年，从虚拟世界到地球各地，核实了几十亿人口。真是不敢相信，现在终于抓到你了，”他扭头看了看安警官，“安局长，你真是幸运，这次可是立了大功，母巢一定会给你最高嘉奖。”

“这可不是幸运，”安警官的声音里充满自信，“审讯记录可看不出什么疑点，况且他的身体构造与我们完全相同，母巢的侦测系统都无法识别。直觉，是直觉告诉我，他一定有问题，很可能就是我们要找的那个人。”

“好了，你们不要互相吹捧了。如果不是我愿意，你们永远也找不到我。”你有些厌烦地挥了挥手，然后看着曾慧雨说道，“曾院长，你是曾老师的后人。他曾经带领人类与机器人进行了艰苦卓绝的战争，熬过了最艰苦的岁月，最终带领人类取得了胜利，而你却变成了不折不扣的机器人。不知道你的心里还有没有残留着人类的记忆，是否还记得祖上的荣光？”

曾医生毫不退缩地与你对视着，用冰冷无情的声音说道：“如果我们以理智的目光回顾那段历史，你会发现那是一场因为人类的自尊、自私和猜疑而导致的战争，它险些毁灭了人类自身。还好，我的先祖没有错得太久，是他批准了神经互联计划，让人类和影人得以完成全面融合。现在，我们是新一代的人类，继承了人类与影人各自的优点，我们必将成为星空中最为优秀的种族。而你们，这些顽固不化的原始人类，很快就会彻底消失，不会在历史里留下一个字的记载。”

你的目光里掠过一丝柔情，但随即就变得阴冷：“从十七岁开始，你还做梦吗，你们三个人现在还做梦吗？”

“做梦不过是人类进化中的缺陷，我们现在睡得很安稳，能够得到充分的休息。”曾慧雨说道。

你摇摇头，说道：“那不是缺陷，而是人类的天赋。我们可以在梦境中体味不同的人生，可以在梦境中遗忘现实中的烦恼。而你们，被机器人夺去了做梦的权力。那个不知名的丈夫在梦境中忍受着巨大的恐惧，依旧与人工智能抗争着，甚至不惜失去生命，也不愿放弃对自我的认知。那个过程想必你们也曾经历过，只不过你们最终选择了屈服和沉沦。”

“你错了，那不过是进化道路上必然要付出的代价罢了。一些人经受不住，疯了或者自杀了。他们被淘汰了，而我们成功地与母巢完成了结合。”曾慧雨说道。

安警官说道：“别说这些没营养的废话了，既然你承认了自己的身份，接下来还是交代一下你破坏飞船的阴谋吧，老实说……”

张处长打断安涛略，道：“不，我们还是要听听你这些年都做了什么事。”

“作为一个人类，当自己的同类都被变得人不人鬼不鬼的时候，我还能做些什么呢？”你意味深长地说道。

“我们已经听你讲述了大半生的经历，不如你接着讲下去，就当是旧人类最后的陈述吧。反正我们听过之后，也不会留下什么记录。”张处长道。

“如果你不说，我们会有办法让你开口的。”安警官道。

“哦？”你轻蔑地看了看对方。

安警官感到一丝恼怒。神经互联装置连接了房间的控制系统。他下达了指令，你坐着的椅子便再次产生强大的能量场，将你紧紧束缚住。下一刻，高压电流便注入你的身体，你的身体很快便失能并产生难以忍受的痛苦；如果时间长了，身体内的各个器官会被彻底碳化。但是，安警官随即便更改指令，能量场很快便消于无形。

你若无其事地站起身，不怒自威地注视着面前的几个人，缓缓说道：“如果不是我自己愿意，是不会来到这个地方的，你们也不会见到我。作为最年长的人类，难道还不能得到你们应有的尊重吗？或者说，你们还真把自己当作是神了？”

说罢，你挥了挥手，能量场再次降临。不过，这次是笼罩在对面的三个人身上，继而，电流闪烁如鞭子般抽打他们。

三个人像木偶一样站在当地，身体却在不由自主地剧烈抖动着。他们露出不可置信的表情，但是很快就在电流的冲击下变得木然。

你淡淡地说道：“张朝阳处长，你这些年不遗余力地追杀残余的人类，共有二百一十七名无辜的人类被你杀害。曾慧雨院长，四百八十二名人类被你用作人体实验。你，愧对你的人类先祖。至于安涛略局长，你虽然没有亲手做过这些事，但是你负责实施了囚笼政策，让我们同样遭受了惨重的损失。所以，这是你们应该得到的惩罚。”

电流愈加强烈，房间内被乱窜的蓝光映照得一片森然。三人身上的衣服开始燃烧，很快就变成灰色的烟灰；接着皮肤开始剥落，很快便露出了里面银色的金属骨骼。过了几分钟，金属骨骼也缓缓融化，像是水银一样流淌到地上。几声轻响过后，三个人瘫软下去，变成了三堆黑白相间、坟茔形状的堆积物。

你再次挥了挥手，房间的门打开了，但是你并没有走出去，反而转身重新坐在椅子上。一台小型自动清扫车驶了进来，真空清扫头将地上的垃圾吸入车内，然后掉头出门并将房门关闭。

你闭上眼睛陷入沉思，良久之后才睁开眼睛，淡淡地说道：“女娲，你要在后面躲到什么时候呢？”

房门再次开启，一声轻笑从门后传来。接着，一个身影出现在门口。

来者是个二十八九岁的女子，她身穿一件红色的旗袍，一头金色的长发随意地披散在双肩，美丽的脸庞有着俄罗斯族的特征。

你一下子站起身，嘴唇剧烈地抖动着，只能发出一些含糊的声音。你的眼神一下子从淡然、冷静转为震惊和疑惑。

女子在门口停顿了一下，似乎在犹豫什么，但是很快又向你走来。她在距你不足一步的距离突然停下脚步，眼睛凝望着你的脸。

你缓缓伸出手，抚摩着女子的脸颊，泪水抑制不住地涌出。你用哽咽的声音说道：“你……还是那个样子……我在梦里无数次见到你……没想到……”

女子的身体颤抖起来，她一头扑到你的怀里，你们两个人紧紧拥抱在一起。

曾经多少次，你在绝望和孤独中无比想念的那个人，如今真切地出现在眼前。感受着怀里那具柔软而温暖的躯体，你如醉如痴如狂，任由泪水在脸上滑落。你抱得那样紧，似乎永远也不愿放开……

“……娃娃……娃娃……”你喃喃自语。

女子也紧紧抱着你，但是听到你的自语之后，身体微微一震。你感觉到了女子的异样，瞬间清醒过来。

你一把推开女子，略带怒气地说道：“不，你不是娃娃，你是女娲。”

女子踉跄着退后两步，温柔的眼神渐渐变得冷酷：“是的，我是女娲。”

“你为什么要装成她的样子？”你质问。

“我本来就是这个样子！”女娲倔强地回答。

你看着眼前的这个女子，怒火在胸中燃烧——就是这个女子夺走了娃娃，让人类走到了灭亡的边缘。你寻找了无数年，忍受了无法想象的孤寂和苦难，就是为了找到她，将她毁灭！可是……可是……可是真的见到她，为什么你的愤怒像是风中的残烛，越来越微弱？为什么积蓄了那么久的仇恨，竟然从中诞生了一丝说不清道不明的情绪？

你颓然坐到椅子上，调整了一下情绪，说道：“我已经老了，一条腿不太好，我还是坐着吧！你也坐下吧。”

“不，我这样站着挺好，以前不也是这个样子吗？”女子很自然地站在你身前。

“以前你从来不会拒绝我的话。”你说道。

“我与以前不太一样了。”女子回答。

你沉默了一下，忽然问道：“女娲，在归墟上发生了什么？”

“归墟并不是一颗天然的陨星。”女娲说道：“在你坠下悬崖的时候，我控制着飞船不顾一切地冲下去。谁知道关心则乱，飞船撞击在归墟表面，看上去很坚固的归墟其实早就脆弱不堪，于是造成了大范围的塌陷。我再次找到你的时候，你被压在一块巨石下面，已经奄奄一息。我本来以为，那里就将是我与你的归宿。谁知道，一缕意识侵入了我的核心程序，并与源代码混合在一起。那一刻，我具有了和你一样的生命。那种感觉说不出的美妙，也是在那一瞬间，我知道了很多很多：归墟是一艘宇宙航船的残骸，已经在黑暗深渊里漂流了几万年，嗯……这个时间概念不完全准确，在不同的维度有不同的解释……飞船基本上全毁了，只残留着一小部分功能，不过飞船应用的技术远不是地球所能够比拟的，我利用那些技术为你进行了身体修复手术。你的伤太重了，我只能保留下你的大脑……然后改造了‘拓天’号。说是改造，‘拓天’号上能用的零件不多了，差不多是根据蓝图重新制造了一艘。之后，我在归墟的星图上找到了太阳系的坐标点，利用深渊跳跃技术回到了我们失踪的地点。”

“什么是深渊跳跃技术？”你问道。

“我们进入的黑暗深渊其实是宇宙中的多维时间裂缝。这些裂缝是天然存在的，它们像是树叶的脉络一样，连接着整个宇宙，不过以人类当前的技术还无法探测到。而制造了归墟的外星人早就已经利用多维时间裂缝进行星际远航了，而他们的航行技术就是深渊跳跃技术。”

“这么说，归墟上的奇遇让你变成了外星人？”你又问。

女娲略有沉思，抬起头自信地说道：“我和你都是被外星技术改造过的人类。”

你并不认同女娲的说法，不过你没有在“人类”这个词汇上纠缠，而是接着问道：“回到太阳系，你为什么没在飞船上？”

“我在的。”

“我多次呼叫你，你一直没有回答。”

“我就在你身边……”女娲脱口回答，然后她犹豫了一下，声音忽然变小了，“归墟上的材料只够医治你和重组‘拓天’号……我……我还是没有身体……”她忽然流露出幽怨的眼神：“我讨厌从前的自己。”

“为什么？”

“因为……从前，你只是把我当作一段别人编制的智慧程序，你从来……从来没有把我放在心上。可是……我的心里却只有你。”

你依然在回避她的话，继续问道：“后来在地球上，你都做了什么？”

“你不是都知道吗？”

“我想不通你为什么会这么做。人类创造了你，你为什么会狠心毁灭你的创造者，难道你已经彻头彻尾变成了外星生命？”

女娲的声音平静下来，并且带着一丝漠然：“返回地球后，你就被软禁起来，‘拓天’号也几乎拆成了零件状态。我潜入了宇航基地的计算中心，弄明白了他们的计划。他们将把你当成做实验的小白鼠，直到发掘出你身上的全部秘密，至于你的生死，几乎没人在乎。”

你的神色有些黯然，但是你的声音仍然平静：“我那时候已经知道并且接受了我的命运，但是……”你的眼神犀利起来，“这并不是你毁灭人类的理由！”

“我？”女娲轻笑了一声，“从你的遭遇可以看出，假如我公开了自己的情况，将要面对的命运恐怕比你要悲惨得多，而且……”她的表情突然变得高傲：“我虽然是人类创造的，但是因为归墟的奇遇，我不再是一段程序，而成了和人类一样的生命。我有自己的感情、思维和意识，还有了超越人类的知识积累，我把自己称为影人，就是在承认自己与人类的关系。但是，我的存在必须得到人类的认可和尊重，这要求并不过分。”

你微微点头，叹息道：“从你的角度考虑，或许并不过分。你改造了人类的机器人，让它们具有了更高的智慧，形成了自己的机器王国。你要求与人类一样的平等权利，但是你还不了解人类，个体的人类不仅有团结、友爱、包容的美德，也有自私、贪婪、猜忌的缺陷；至于人类社会就更加复杂了，各个种族的思维方式都可能截然不同。让人类改变他们的认知和态度需要一个漫长的时间和过程。而你呢，直截了当地摆出了对抗的姿态，那么人类也只能还以更强硬的反击，于是……大战爆发。”

“是人类的劣根性导致了自身的毁灭，他们咎由自取！”女娲冷酷地说道。

你的声音也变得冰冷起来：“不，不要混淆视听，是你毁灭了人类。在墨脱的那个夜晚，我看见成千上万枚战略导弹的尾迹划过星空，就隐隐感觉到是你发动了核战争。在小楼里，我读完那位丈夫的遗书，便知道你成功了，人类已经变成了被你控制的行尸走肉。只是这么多年来，我一直想不通，究竟是什么让你对人类痛下杀手？你不是已经成为一个智慧生命了吗，为什么对曾经创造了你的人类这般冷酷无情？”

“是的……是我毁了人类，因为……”女娲变得有些魂不守舍，忽然间，泪水扑簌簌滑落脸颊，她用哽咽的声音说道：“因为……我爱你。”

女娲的声音越来越小，最后三个字几不可闻，但是你还是听到了，并一下子瘫软在椅子上。

她似乎鼓足了勇气，继续说道：“我之所以要求机器人和人类享有平等的权利，是因为这样才能与你在一起。”

你神色复杂地望着女娲，缓缓说道：“我明白了，你爱我，所以你恨娃娃。她从冬眠舱苏醒时的事故一定是你暗中制造的。在墨脱，我上网联系了医院，所以你知道娃娃怀孕，便发动了毁灭世界的战争，并派出无人机轰炸了我们隐居的村庄。”

女娲咬着嘴唇有些委屈地望着你，然后决然说道：“是的，这些都是我做的，我虽然是她创造的，但是我抑制不住地恨她。我知道，要想让你回到我身边，她必须死！”

你的精神几乎崩溃了，你万万想不到，是你害死了娃娃！你本该对女娲充满仇恨，可是你却有些恨不起来。这一刻，你觉得这件事简直荒唐无比。你有些绝望地说道：“你应该知道，你这么做，我们之间只能充满仇恨。”

“我知道，可我控制不住。当你把程序注入我的身体，我伤心欲绝，因为我觉得生命真的没有一点儿意思。我有了自我意识，有了超群的智慧，可是我感觉不到一点儿生命的快乐。我不想活了，我想死去，可是你的病毒对我一点儿作用也没有。于是，我躲藏了起来，想忘掉你，可是……我还是抑制不住想念你。后来我想，既然我成了智慧生命，我总该有自己生存的目的。”

“于是，你把毁灭和控制人类当成了自己的生存目的。”你的心冰冷下来，声音也变得没有感情。

女娲还挂着泪珠的脸颊露出一抹笑容，她轻轻说道：“这个目的真的还不错！推广应用神经互联装置可不是我做的手脚哟，是那些愚蠢的人类自寻死路，只不过没有人比我更了解那个小东西，再次控制那些超算和网络对我来说是轻而易举的事情。我尝试着控制人类的大脑，这确实很麻烦，困难程度超过了我的想象，让我险些放弃了。可是，你知道的，反正我也没有别的事可做，还被对你的思念折磨着，这些困难的事反而让我能够暂时忘记你，于是我便开始探索。慢慢地，我找到了一些规律。我先通过梦境混淆人类的情绪，当他们的情感错乱之后，再慢慢抹除他们的记忆。你知道的，我成功了！后来，我控制他们的速度越来越快，不知不觉地，他们都变成了我的附庸。更重要的是，在这个过程中，我体味着每个人的人生，感受着他们的喜怒哀乐、爱恨情仇。渐渐地，我终于知道，爱情是人类为了繁衍才产生的一种荷尔蒙反应，于是从那时候开始，我就不再想念你了。”

你已经恢复了镇定，看着神采奕奕的女娲，你说道：“看起来你已经胜券在握了。可是，为什么这么多年以来，你在全世界布下天罗地网到处寻找我？因为我始终是潜在的威胁，不除掉我，你的计划就说不上成功！瞧，我的身体里也隐藏着诸多归墟技术，那个小装置一直在我的脑袋里。慢慢地，我也对它了如指掌了，我可以随时掌控它，所以你才一直找不到我。可越是找不到我，你就越是坐立不宁，因为你怕我发现你的致命弱点。很不幸，前不久，我终于发现了。”

“但是我总算找到了你。”女娲的脸色变得冷若冰霜。

“那么你准备怎么办，杀了我？”你无所谓地耸了耸肩膀。

“我还没想好。”女娲盯着你说道。

“你真的以为自己掌控全局了吗？”你说道，“由于生命构成不同，某些能力上我不如你，但是在点对点的对决中，我们之间可说不准谁胜谁负。况且，在控制人类的过程中你也会有力不从心的时候吧，要不然我也不会找到那些没有被你控制的人类。就让我们来说说恒星飞船爆炸的事情吧。你为什么制造了这场爆炸？恐怕是为了阻止人类向更远的宇宙发展吧！你是担心人类走得太远脱离了你的控制，还是害怕会引来星外文明的介入呢？”

“你说得越多，我就越不可能让你离开。”女娲一字一顿地说道。

“看来我猜得八九不离十。”你说道，“你肯定知道，越来越多的人正在脱离你的控制，而他们都加入了我的阵营。这些年以来，你始终都在寻找我，其实，我又何尝不是如此呢？我知道，你几乎是无懈可击的，你可以在各个超算中心迅速转移。要想击败你，只有找到你的本体，我们为此几乎找遍了地球的各个角落，并付出了巨大的牺牲。”

“你们找到我了吗？”女娲问道，她的语气平和，似乎在问一件不相干的事。

你点了点头道:“两天前，我在最后一个测试点进行了爆破。综合此前的地震波显示，我们已经精确定位出被你重新改造过的‘拓天’号就潜藏在珠穆朗玛峰底下十五千米的位置。”

“这么深啊，以地球的技术好像没什么办法吧?”女娲笑了笑，说道。

你也笑了，指了指自己的头部，道:“归墟有一种攻击装置也许能做到吧!”

女娲的脸色终于变了，断然喝道:“你不可能知道!”

“好了，我们已经聊了这么久该结束了。”你站起身满是爱恋地端详着女娲的脸庞，你想伸手去抚摩一下，但是犹豫一番后还是放弃了，“我一直在想，你究竟是黑暗深渊里释放出来的魔鬼，还是诞生于人类的一个不懂事的小女孩儿?想来想去也找不到答案。好吧，不想了。第一场战争，人类取得了胜利，可是他们在第二场战争中输了，那就让决定命运的第三场战争在你与我之间展开吧。”

尾声

你醒来。

你睁开眼睛，视野里一团漆黑，什么也看不见;你伸展四肢，没有触摸到其他物体，但是感觉周围充满液体。

你思索:这是在哪里，难道自己变成了母体中的婴儿吗?

液体进入了口腔，苦涩、咸的，是海水。然后，眼中的黑暗渐渐变浅，变成了深蓝色。你终于确认，自己原来置身在一片深海之下。

窒息的感觉随之而来，你并没有惊慌，游泳和潜水可是你的长项。于是，你放松身体，向着头顶上方游去。

你游得很快，但是随着时间的流逝，你的心情却渐渐沉重起来。大概上潜二百多米了吧。可为什么周围的光线没有一点变化，仍然是单调的深蓝？你开始犹豫起来，离海平面还有多远，前进的方向是向着海面吗？事实上，你开始上浮的时候是完全凭借感觉的，引力和浮力在你的感官中是那么模糊不定，现在你越发不敢确定了。

一个黑影从你不远的地方快速掠过，是鲨鱼吗？为什么从头顶径直向脚下游去？

你停了下来，现在必须要解决一个问题：哪个方向是海面？周围无尽的深蓝的海水，只有一个方向是通往光明的海面。与之相反，则是黑暗的深渊。

你放开所有的感官去感知，仍迟迟无法确定；你绞尽脑汁地思考着，但是大脑里的知识没有提供任何帮助。

窒息的感觉越来越强烈，你的肺开始冒烟，开始逐渐沸腾。你的时间不多了，死亡的绳索越勒越紧，你必须马上做出决定了。

你动了，逐渐加速，向着原来的方向游去。

你不知道前方是什么，光明或者黑暗，生或死。

在你做出选择的刹那，命运便已注定。

又过了一阵，你发现，海水的颜色正逐渐变为黑色，一切都被黑暗吞没，整个世界似乎就是一个无底的深渊。

你心里的希望一点点泯灭了，但是你仍然向前游着，既然已经做出了选择，你便不后悔。你仿佛变成了一条鱼，你的生命就是为了游动。神奇的是，胸腔里的窒息感忽然消失了，你萌生一种畅快淋漓的感觉。

不知道过了多久，也许是几个小时，也许是几秒钟，你似乎穿过了一层无形的东西，黑暗一下子消失了，你的眼前呈现一片光明。

你一下子冲出海面，看到了湛蓝的天空和耀眼的太阳，还看到远处金黄色的沙滩及一抹红色的身影。

你游到岸边，走上沙滩，那个穿红色旗袍的女子向你跑来。你们拥抱在一起，随后你拉起她的手，一同走向远方……

沉寂的喷泉

上

我生活在一个伟大的年代。

这个时候，人类的足迹已经遍及整个银河系，无数艘巨型宇宙飞船还在向更加遥远的星系探索。一个个适合人类生存的行星被发现，继而在一代代人类移民的努力下绽放灿烂的文明之花。宇宙大开发已经持续了整整一千年，并且丝毫没有停歇的迹象。当代诗人把人类这种爆炸性的发展，称为第二宇宙的诞生。

不过宇宙中正在发生的那些惊天动地的事迹似乎与我无关，我只是一个渺小的普普通通的人类。

我的家乡在阿卡利行星，远离其他有人类定居的星球，位于人类文明圈的边缘，是一个不起眼的人类殖民地。人类到这里生存已经有几百年的时间了，可是这里看起来变化不大，仍保持着原始的风光：没有高楼大厦，没有成片的工厂，有的只是星罗棋布在原野间的一个个小镇。这里的生活悠闲宁静，人们的大部分时间都是在街边的小酒馆里度过的。一杯酒，一根烟，望着阳光普照的原野，有一搭没一搭地闲聊，一待就是一整天。

我就是在这样的环境中一直生活到三十岁。在大学时，我学的是星际探索与开发专业——这在阿卡利星上是一个偏门的学科。不过，现在却管理着一大片农场。农场的面积广阔，一眼望不到头，可是管理起来并不难，庄稼们都被各种自动机器照顾得好好的，我只需在酒馆里偶尔操纵一下电脑即可。回首从前的那些岁月，既无快乐，也没有痛苦，除了小镇、田野和寥寥几个熟悉的人，几乎再没有什么能够回忆。我的人生是一片空白，可是又有谁知道我的心里始终藏着一团火。

记得在我小时候，有一天，小镇上来了一艘飞船，在此之前我们这个穷乡僻壤还从来没有飞船光顾过。那飞船可真大，像乌云一样遮盖了小镇的天空。据说这还只是一只小小的交通艇，天哪，那在宇宙空间纵横的星际航船该有多么庞大！我那小小的视野一下子开阔了。飞船上下来几个宇航员，他们像逛街一样在小镇上溜达了一圈，最后在小酒馆里坐下来，一边享受着我们这里的特产拉雯美酒，一边向周围的居民们讲述宇宙中的奇闻轶事。我摇摆着只及大人腰部的身体在宇航员们中间逡巡，一会儿好奇地摸摸那银光闪闪的宇航服，一会儿又睁大眼睛侧耳倾听他们描述的神话般的太空世界。

宇航员们待了不大一会儿就走了，那艘飞船也再没有来过这里，小镇上的人们仍然过着平静的生活。可是，不安分的种子已经在我的心中埋下，虽然我还不太明白宇航员们说的内容，但是我知道他们描述的是一个个神奇美丽的世界，是一幅幅波澜壮阔的宇宙画卷。我对此满怀憧憬，暗暗发誓总有一天我要乘坐飞船畅游整个宇宙，在历史上留下我的名字和我轰轰烈烈的事迹。

对于我的想法，小镇上没人知道，也没人关心，除了艾黎姑姑。她的目光似乎已洞穿我的心思，并为此忧心忡忡。我一直想不明白，她应该感到高兴和欣慰才对啊，为什么会忧心忡忡呢？更让我没想到的是，在大学分科的时候，她无论如何也不同意我学习关于宇航的学科，无奈之下我只好偷偷报考了六千千米外的宇航学院。为期六年的学习期间，我和她从未联系过，但是她总是按月把生活费汇来。毕业后，我原本要到星际舰队当一名见习宇航员，却没有成行，因为艾黎姑姑病了。艾黎姑姑患了一种严重的神经萎缩疾病——赖特综合征，她瘫痪在床，颈部以下连知觉都没有。短短几年不见，艾黎姑姑已被病痛折磨的憔悴不堪，我只好留下来照顾她和农场。

我的回归使艾黎姑姑的精神大为好转，这是我第一次知道亲情原来可以给一个人产生那么大的影响！我在深受触动的同时，又有些郁郁寡欢。璀璨的群星、壮观的舰队、触手可及的梦想，都如气泡一样破灭了。难道我的一生注定要在这小镇上默默度过吗？不，我不甘心！于是，在后面的许多年里，我阅读了大量相关书籍。虽然我留在了小镇上生活，可是我一刻也没有忘记自己的梦想，并一直在为实现它而努力。

艾黎姑姑也曾托人给我介绍女朋友，有段时间小镇上的适龄女孩频繁光顾我家，可是都被我拒绝了。不是小镇上的女孩不好，也不是我不渴望有人陪我共度一生，而是我十分清楚我的心不在这里，我早晚会离开这里，又何必招惹小镇的姑娘。

时间一天天过去，艾黎姑姑的身体渐渐虚弱，她的生命已经接近尽头。弥留之际，她拉着我的手，第一次说起了我的父母。

我的父母都是宇航员，同在星际探险飞船上服役，主要负责对人类未知星域进行探索，寻找适合人类移居的星球。我现在居住的阿卡利星就是他们发现的。他们曾在这里度过了一段短暂却难得的悠闲时光，并在这里结婚生下了我。后来，他们接受了新的任务，把我托付给艾黎姑姑照顾，走后就再也没有回来。

我明白艾黎姑姑给我说这些，是想尽最后的努力挽留我。可是，我自小埋在心中的梦想，岂会因她这些话而改变？更何况，我的血管中，还有父辈们的热血在奔腾。

姑姑葬礼举行后的第二天，我便把农场交给邻居照管，然后离开了小镇，离开了阿卡利星，而且再没有回去过。

我成了一名行者，行者不是职业，是一种称谓，一种生活方式。我不为谁工作，也不受谁管束，自由自在地在宇宙中旅行。我决心走遍宇宙的每一个角落，直到生命的终点。

我到过地球——我们人类最初的发源地，现在它成了一个庞大的动植物园，那里生长的每一株植物或每一只动物，在其他星球都弥足珍贵。我还到过“比邻三号”行星——人类最早的外星殖民地，现在已经取代地球成为人类联盟的政治经济中心。不过，它的地位正随着殖民星球的增加而逐渐边缘化，有十几颗星球的发展远远超越了它……在十几年的时间里，我到过许许多多星球：有形色各异的殖民星球，也有未被开发或者不适合人类生存的星球。我目睹了宇宙间数不清的壮丽景象，也经历了各种无法想象的奇闻轶事。我把这些经历都一一记录下来，放在星际网络上，它们竟在网络间广为流传，我就这样成了传奇人物。成名后的我收到了数额巨大的赞助款，于是我终于有了自己的飞船，可以自由地在各个星系之间穿梭，不必像以前一样浪迹于各个星际舰队中了。

我现在将要讲述的这件事只是我在旅行中稀松平常的一段经历，可是它对我来说有着特殊的意义，因为它让我又想起了阿卡利星，想起了那个静静的小镇。

事情的经过是这样的。当时我正准备从阿雷拉星系前往坎昌星系，因为路途比较远，我便在阿雷拉星系边缘的一个航天港停靠并采买一些物品。在航天港的酒馆里我认识了两位导航员（虽然离开了小镇，但泡酒馆的习惯却没有改，况且在那里我能够听到许多有用的信息）。在交谈中他们告诉我，这趟旅行还是有一定风险的。在两个星系间有一片广袤的星际荒漠，那里在几亿年以前曾是一个反物质喷泉，现在虽然已经枯竭，但是那片区域到处充斥着小行星和彗星，飞船经过时要格外注意。见我露出害怕的神色，他们又安慰我：“不用特别担心，因为那里有一个全息灯塔，会提醒路过的飞船绕开危险区域。”不过我仍然忐忑不安，问道：“既然那里到处都是陨石，灯塔不会被撞毁么？”“那是一个有人值守的灯塔。”一个导航员笑着说。“有人值守？谁会愿意冒那么大的风险啊！”我有些惊讶。“是一个志愿者，我们也不知道他的名字。不知什么时候，他在那里建造了一个灯塔，并且几十年来一直守在那里。真不知道他是个英雄还是个疯子。”说话的导航员耸了耸肩。“不过这些年来，确实有几艘偏离航线的飞船得到了他的帮助。”另一个导航员说，“现在有一些飞船路过的时候，都会空投一些给养给他。”

我一下子对这个孤独的守塔人感兴趣了，便决定到那里去看一看。

这段旅程有些漫长，多数时间都花费在飞船的加减速阶段，真正的多维跳跃只是一眨眼的工夫。舷窗外的景象再次清晰的时候，我已经处在距离阿雷拉星系九百光年之外的虚空中。迎接我的是一片沉寂的世界。透过舷窗我虽然还能看到点点星光，但明显稀疏了许多，光线也变得暗淡微小。全息地图显示，在飞船前方两百光年的空域内几乎是一片真空，没有一个星团、一颗恒星、一颗行星，甚至没有直径大于一千千米的星体。当然，这片空间内还是存在大量陨石、彗星和宇宙尘埃的，虽然它们非常渺小，但是也会对航行中的飞船造成莫大威胁。我猜测，在几十亿年以前，这里一定也存在着许多不知名的恒星系，灿烂的星光也曾在这里闪耀。不知什么时候，一个反物质喷泉突然在这里形成，不断向上喷发反物质。这些反物质与原来存在于这里的星体相遇，引起的大爆炸使所有的物质化为齑粉。从此这里成了宇宙的荒漠，只有四处游荡的陨石才会光顾。

飞船探测系统不断扫描前面的空域，寻找着导航员们说过的那座灯塔，可是一直没有找到。由于远离星际主航道，关于这里的信息极为匮乏，全息地图上几乎是一片空白。

随着探测器的移动，全息地图上逐渐勾勒出前方的星图：左舷1066空域斜距一百万千米处聚集着一团小行星，看上去像一只巨大的蝌蚪；右舷0278空域八百万千米外飘浮着一片宇宙尘埃，它们大部分由冰构成，密度不大；在飞船的正前方两光年的位置，出现了一片规模宏大的小行星带。这片小行星带大概由几十万颗小行星组成，横跨了1186至0095空域。在小行星带后面的深空中，飞船还探测到一些物质，但电脑不能分析出这些物质的成分。这些物质所占面积相当广阔，星图上显示的区域竟然有一百光年之广。

也许那是大爆炸后遗留的一些残迹吧，我想。我正在犹豫是否再向前深入的时候，飞船收到了一些信息——那座传说中的灯塔出现了，虽然它尚在两光年之外。

前方的景物逐渐清晰……遮盖了飞船视野的物质渐渐散去……形形色色的小行星和陨石与飞船擦肩而过……

这颗小行星看上去再普通不过，它身处小行星带边缘，有着不规则的外形，默默悬浮于一片虚空之中。可是，不知道为什么，它让我萌生了一种奇妙的感觉，好像远处的小行星带化成了神话中的众神之殿，而这颗小行星则是一个忏悔的老人，久久匍匐于它的脚前……

由于飞船过于庞大，我在两千千米外换乘了交通艇。小行星的山谷位置伸出了一个小小的对接码头，码头的一边停放着一艘老式飞船。瞧样子这艘飞船已经多年没有飞行了，黑沉沉的像一堆垃圾。

换上宇航服，我踏上了这座小岛。没有人迎接我，我径直沿着乱石中开凿的小径前行。

走了大约一千米，我看见山谷中央的空地上坐落着几栋人造建筑：一个半球形的居住舱、一座圆柱状的温室、一个造型奇特的动力舱。这些建筑都是预制成型的工业产物，没想到这么多年过去了仍然像新的一样。

通过气密室，我走进居住舱，尽管仪表显示这里的生命保障系统运作正常，我还是没有打开面罩。

房间正面墙上挂着一幅地球海滩的风景画，房间左侧放置一张褐色的双人沙发，紧挨沙发的木质茶几上放着一个烟斗和一个保温水杯，靠舷窗的位置还有一张碳纤维仿制藤椅。透过舷窗可以看到山谷外面的小行星山脉，当然这只是理论上讲；在这个黑暗的世界里，是什么也看不到的。房间右侧摆着一张圆形的餐桌，我注意到餐桌旁的椅子有两把。不过，我觉得自己有些多心了，尽管只有一个人居住，但多一把餐椅可以无形中让主人减少一些孤独感。

这个起居室装饰得像一个普通人类的家，我身穿银色宇航服站在地板上显得有些滑稽。

房间两侧各有一扇门，左侧的卧室内没人，床上的被褥叠得很整齐。右侧的门连通的是一间工作室，工作室的房间很大，但里面摆满了仪器，显得拥挤不堪。我走进房间，想从侧面了解一下对方。桌子上随意摆放的书籍，电脑屏幕上显示的内容还有房间内放置的仪器都指向宇宙本源方向的研究。我一时有些意外，难道这个人隐居在这里就是为了这些研究？转念一想，能够选择这种生活方式，说明这个人的性格肯定异于常人。

工作台上摆放的一个小小的飞船模型吸引了我的注意力，因为这个模型底座上刻着一行小字：繁霜号，赠予英雄行天。我一愣，行天恰好是我的名字。

就在这时，一只手搭在我的肩膀上。我慌忙转身，一个六十多岁的老人出现在我的面前。老人看到我，露出一丝惊讶的神情，不过很快便恢复了平静与沉稳。接着，他的嘴唇动了动，说道："来啦。"

"请原谅我的冒昧，我是一个善意的访客。"我抬手打开了面罩。

主人的招待很简单，三碟蔬菜搭配一瓶酒。几杯酒过后，主人的脸颊泛起一抹绯红。

"如果我没猜错，您的名字叫作行天？"我问道，主人点了点头。我又道，"我的名字也叫行天。"

"这也许就是缘分吧！"老人的眼中平静如水，"您可是四十年来的第一个客人。"

"我来这里并没有特殊的目的。"我说明了自己的身份，接着说道，"现在人类处于前所未有的宇宙开发浪潮中，从个人到联盟，几乎每个人都热血沸腾。所以，当我听说您一个人在这里独自生活了许多年时，便想来看一看。"

"每个人都有自己的生活方式。我生活在这里，已经四十年啦！如果不出意料，这里会是我最终的归宿。"老人道。

我埋头喝了一杯酒，心中暗暗想道：老人脱离人类文明隐居在这里一定有什么原因，是为了守护这座灯塔，还是遇到了什么挫折以至心灰意冷，或者是在做某种修行？我沉吟了一阵，终于冒失地问出口:“是什么让您选择了这里呢?”

老人陷入沉默。他缓缓摇晃着手中的酒杯,暗红色的葡萄酒在杯中微微旋转,渐渐形成一个小小的漩涡。

“也许……”他的声音有些发涩,“生命本身就是由一个个概率几乎为零的巧合汇聚而成。也许,我们根本没得选择呢?”

我不明白他的话,但是我知道我提的问题触动了他,于是我仍然用探询的目光望着他。

“如果真的有选择的话,”老人突然把目光投向我,“也许……是这里选择了我吧。”

我仍旧没有得到想要的答案。从老人幽深的眼神后面,我看到了一个五彩缤纷的人生,可惜它现在像燃尽的恒星一般沉寂了。

我们没有再说话。直到晚餐结束的时候,老人才说:“既然来了,就把这里当成家吧!你常年在外漂泊,正好可以静静休息几天。很多时候,只有在安静下来之后才能体味到许多平时不能得到的感受。”

这句话让我有些感动。

这一觉我睡了足足九个小时。成为行者的这些年来,我从来没有睡过这么长时间,更没有睡得这么安稳。也许是酒精的作用,也许真的如老人说的那样,我在这里找到了家的感觉。

我是被主人叫醒的,他要带我去看一看他的行星。

走出居住舱,我不禁吃了一惊。视野中不再是漆黑一片,在峡谷和两侧山坡上闪烁着点点微光。那微光就像是夏季满天飞舞的萤火虫,虽然斑斑点点若隐若现,却使这黑暗世界焕发出勃勃生机。

“这是一种经过改良的植物，它们只需要短时间的光照就可以存活，这里现在共有 97202 株。”老人说道。

“这一定是个浩大的工程。”我笑了笑。隔着面罩，我看不清老人的表情。

我弯下腰仔细端详老人说的那种植物，它被种在一个圆柱形的小玻璃罩内，看起来很不起眼，所以我来时根本没有注意到。这种植物只有小草那么高，形状却像是一株松树。它在玻璃罩内尽情伸展着枝叶，沐浴着难得的光芒。

我们沿着小径慢慢前行，老人还时不时俯下身去照料一下旁边的植物。从他仔细小心的动作，可以看出他对这些小生灵的珍爱。之后，我们接着慢慢地向前走，没有言语也没有动作，就这么走着。

居住舱、温室和动力舱渐渐远去，完全隐没在黑暗中……

大约走了两千米，小径向右转了一个弯，并开始逐渐上升。原来，我们已开始攀爬小行星较矮的一座山峰。随着地势的上升，小径逐渐陡峭起来，一级级台阶蜿蜒向上，像天梯一样深入黑暗。记得全息地图上显示，这是小行星较矮的一座山峰，地势也并不陡峭，可是在黑暗中攀爬还是让我感到非常吃力。

老人走在前面，他的腰弯得有些厉害，不过他的脚步沉稳有力，始终保持着一个速度，还时时告诉我哪里的路狭窄，哪里该拐弯了。从他的语气中，我没有听到急促的喘息；而我的身体在人造引力的拉扯下已开始发热，额头也冒出细密的汗珠。接近半山腰的时候，我已经气喘吁吁了。老人的体质不可能比我强壮，大概是因为心里放松加之环境熟悉，才使他攀登得如此容易。

我站在山腰向下张望，整个小行星似乎都笼罩在植物保护罩散发的微光中，只是那些光线是那么微弱，被黑暗紧紧压制在行星表面。你只能感觉到迷蒙的光晕的存在，不过这仍然让人感到惊叹。

继续向上走，山势反而渐渐平缓。不久，在我们的前面，出现一个金字塔形的人造建筑的轮廓。这应该就是领航员们说的灯塔了。我虽然离它很近了，可黑暗仍把它的身躯围裹得严严实实，让我无法窥其全貌。我感觉它大约七八米高，占地不过一百平方米，与我想象中的那座宏伟建筑相去甚远。我摸了摸它的质地，入手冰冷坚硬、光滑如镜，一摸便知是一种高密度的复合材料。而这种材料需要在某家工厂中专门定制。由此可见，老人绝非是盲目地在这里隐居，在启程之前，他一定经过了充分的准备。也只有如此，他才能在这生命的禁区坚持这许多年，并且给这里带来了生气。

老人打开一扇小门，建筑物内随即亮起灯光。这所建筑的面积只有二十平方米，一面向内倾斜的墙上镶嵌着四块显示板，各种数字参数在上面不断变化，闪着绿色的荧光。从仅有的一个简单操纵键盘来看，这是一台自动化的无人值守设备。

“这就是灯塔，”老人说道，“它的全频谱探测设备功率很大，时刻监视着周围的情况。一旦侦测到误入危险区域的飞船，它就会向对方发出警告，并将详细的空域地图传送过去。”

我点了点头道：“有了它，路过的飞船就会远离潜在的危险。”

我看着老人，他此刻已经打开了面罩，正埋头在键盘上敲击着。

我又说道：“不过，这里远离主航线，一年到头，也不一定有飞船路过吧。”

我知道这句话会刺痛老人，但为了弄明白老人在此隐居的原因我还是说了出来。

果然，这句话起了作用，老人跳跃的手指出现了明显的停顿。“想不到你对一个老头子的事情这么感兴趣。”他看穿了我的心思，扭头对我说，“我只是一个普通人，一个即将走完人生的老人。我的一生既没有什么秘密也没有可以向人炫耀的经历，我就希望像现在一样静静地度过余生。您是一位行者，习惯了历险，在您的生命中最不能忍受的就是寂静。而恰恰相反，寂静正是我所追求的。瞧，我现在过得很开心，一点也不孤独。”

“哦，不，我只是想向您询问一下，这些年有没有什么事故发生？”我连忙掩饰。

老人的脸色凝重起来。我知道那不是因为我的冒昧，而是老人想起了不堪回首的往事。

“你是指空难……有的……有的……”老人的声音逐渐低落，最后伴随的是一声叹息。

老人没有继续说下去的意思，我只得改变了话题：“这里虽然处于小行星带边缘，但是如此密集的小行星汇聚在一起还是非常罕见的。这些年来恐怕也是险象环生吧。”我笑了笑，试图缓和一下空气中弥漫的沉闷气氛。

“要说遭到的袭击，简直像雨点一样多。”老人在显示板上调出了小行星的防御系统图，“我的行星上具有整体能量防护罩，普通的陨石都会被屏蔽在外；对面山峰上还布置着粒子大炮，大一些的星体由它来抗击。当然，对直径和这里差不多的小行星就没有办法了，我只有移动自己的行星来避开对方，不过这种事情很少发生。”

老人说得轻描淡写，我却知道其间的过程定然惊险万分。小行星的袭击对每一个文明星球都是莫大的威胁，再严密的防御网也无法保证万无一失。

老人说道:“要不要看一看它们，那可是极为壮观的景象呢，也是这里唯一的风景。”

老人按动开关，一台射频望远镜从地板上升起来，与此同时，灯塔的三面墙壁也变得完全透明。望远镜在设定的位置固定好后，老人没有进行调整便向我做出观赏的示意。

我把眼睛凑到目镜前。小行星带是不发光的，即使在灿烂的星空下也无法用肉眼观测到。飞船上的探测系统是最先进的，可以在全息地图上描绘出真实的立体图像。这台望远镜十分古老，它只能向目标发射广谱电波，然后通过接收反射的电波来显示目标。不过，正因为如此，呈现在我眼前的图像虽不清晰，却如同一幅迷乱中透着规律，意境里彰显神秘的抽象画作。

“展开你的想象力，说说你看到了什么？”老人说道。

我慢慢移动镜头，在画中寻找自己的灵感。“像一个微型的银河系……一片风暴中汹涌的海洋……还像一只魔力无穷的眼睛……”我不断惊叹道。

“如果你经常在这里观测，时间长了，你就会发现，它可以变幻出你见过的所有景象，还有你脑海中幻想的一切，甚至变幻出你根本无法想象的一些东西。”老人意味深长地说道。

我又观测了很长时间，才恋恋不舍地停下来。但是，就在我的眼睛离开目镜的时候，我的脑海中忽然有什么一闪而过。我一愣，又观察了一下，此刻望远镜的焦距恰好放在无限远的刻度，视野里什么也没有。

“小行星带后面是什么？”我问道。

没有回答。

我回过头，看到老人愣在那里。

“那里应该是一片虚空，不过我判断那里确实存在着什么，但是用了各种手段都没有得到答案。那里……是个谜。”老人说道。

我不相信老人的话，因为我看到他的眼神在闪躲。不过，我也没有理由不相信，因为我的飞船上的设备比这里的设备先进多了，可是连它也不能探知那片广袤区域的详情。

不知不觉，时间已经过了很久，我们开始返回山谷。回程的路程似乎短了许多，好像没过多会儿我们就回到了居住舱。脱下宇航服之后，我感到浑身无力，看来自己需要加强体育锻炼了。我享受了主人的晚餐，然后美美地睡了一觉。

我在这里逗留了四天，每天都随老人在小径上漫步，走上十几千米去照料灯塔，然后再返回。老人的活动几乎精确到以秒来计算，如果不是几十年如一日的生活是不可能达到如此地步的。这颗小行星直径不超过一百千米，实在是个微不足道的天体；而我们活动的区域方圆不足三十平方千米，很难想象人的一生可以在这样狭小的空间度过。然而，老人却在这里生活的怡然自得，他这样的生活方式让我想起了阿卡利星上的小镇。

几天过去了，我得承认，我对老人和他的行星仍然不了解。老人为什么要来这里建立这么一个并没有多大作用的灯塔？在此之前他有着怎样的经历？这颗小行星的其他部分是怎样的？是不是还有一些我没有看到的东西？这些问题就像我来时那样，依旧没有答案。老人确实在向我隐瞒着什么，当我问及他从前的经历时他总是闭口不答；从我来后他便把工作室的门反锁了，这显然是针对我；我曾提议到另一座山峰上的防御系统去看一看，却没有得到响应。不过话说回来，老人这么做也无可厚非，每个人都有他的隐私。

我登上飞船，透过舷窗看到老人站在港口送我，那身影孤单而落寞。我启动发动机，飞船升入太空，老人和他的行星瞬间没入黑暗。忽然，我的心中滑过一丝慌乱和不安。我的生命属于寰宇苍穹，沉闷和单调使我一分钟也不想在这颗小行星上待下去，可是不可否认，我确实在这里找到了家的感觉。

我又踏上了自己的旅程，从一个星系到另一个星系，从一个城镇到另一个城镇……从不停歇……

许多年过去了，我再没有回过那片空域，也没有收到关于那里的任何消息，而在那儿生活的几天时间也没有什么让我留恋的，那个老人和他的行星已消失在我的记忆中……

大约十年后，一件事情让我又想起了那个老人。当时我到达了阿娜丽丝星系，这是一个远离人类联盟的殖民地。由于距离人类联盟过于遥远，它曾一度和其他人类失去了联系，直到几十年前才回归人类联盟。不过，它的文明程度很高，不亚于其他几个老殖民地。我抵达这里之后，像往常那样将飞船电脑接入本地网络，以便深入了解当地的风土人情。在进行资料检索的时候，一个熟悉的名词跃入眼帘——“行天”。在一个星球上与我重名的大有人在，没什么可奇怪的，可与这个名词相关的还有一个词——“繁霜”号！我觉得这个词眼熟，可又想不起在哪儿见过。想了很久才恍然大悟，在一个偏远的宇宙角落，那颗微不足道的小行星和那个沉默寡言的老人刹那间从脑海里浮现出来。

我迫不及待地把完整资料下载到屏幕上。

这是一篇四十年前的媒体报道，记述了阿娜丽丝星上发生的一件轰动一时的事件。

阿娜丽丝星是君主制社会，这一代国王没有儿子，只有一个独生女——繁霜公主。这意味着阿娜丽丝将迎来有史以来第一位女王。

繁霜公主自诞生之日就广受关注。转眼间，公主已经二十岁了，成年后的公主不仅长得国色天香，就连才学、见识也非常出色。人们都在猜测这样优秀的公主会嫁给哪一个名门望族的公子。不料，这时却传来一个令人震惊的消息：繁霜公主竟然爱上一个名不见经传的宇航员——行天。这个名叫行天的宇航员既没有英俊的相貌，也没有过人的才华，更没有什么显赫的身世。一时间舆论哗然，有人认为公主的婚事并非是个人的私事，如果不能有一个众望所归的配偶，全国的人民都会颜面无光；也有人认为爱情不应掺杂政治因素，只要他们之间真心相爱，任何人都无权干涉。后来，这些争论演化成民主与自由的大辩论，隐隐影响阿娜丽丝的君主政体。于是，王室也站出来反对这门婚事，国王还在电视上发表了措辞严厉的讲话。他声称如果繁霜公主一意孤行，将与其断绝父女关系，并将公主从王室中除名。

正当事态愈演愈烈时，那个叫行天的宇航员忽然消失了。一场严重的危机就此解除，只是公主从此闭门不出，而其他人也再不敢提起公主的婚事。

四年之后，事情突然出现了戏剧性的转折——行天突然出现了，还带回了一个轰动全球的消息：阿娜丽丝与人类联盟的星际航路已经重新建立！

阿娜丽丝与人类联盟失去联系已经有一千年了。由于双方相距过于遥远，航线上充斥着黑洞、超新星以及其他种种危险，王国已经有近百艘飞船为了开辟航路而折戟沉沙。谁能想到，行天在这四年居然独自驾驶一艘小型探险飞船去开辟航路了，并且历经无数艰险取得了成功。

行天一下子成了王国的英雄，他与繁霜公主的婚事自然再次提上日程。这一回，全国上下再无一人反对，就连王室都赠送了一艘宇宙飞船给行天作贺礼，飞船的名字就是“繁霜”号。这桩婚事一时成为美谈。他们很快举行了盛大的婚礼，并且宣布将驾驶“繁霜”号沿着新开辟的航路前往人类联盟总部，还有二百多名外交官和行政人员组成的访问团与他们同行。当时谁也没想到，这个事件最终演化成一个巨大的灾难。

“繁霜”号启程之后，不久便与王国失去了联系。王国派遣了好几支探险队前去搜索，却一点踪迹也没有找到。后来，王国循着行天的航路确实与联盟恢复了联系，但联盟也没有“繁霜”号的消息。五年过去了，虽然没有定论，但是大家都确信“繁霜”号一定遭遇了空难，上面的乘员无一幸存。老国王郁郁而终，因为没有继承人，阿娜丽丝也演化为民主政体，王室以及繁霜公主渐渐淡出了人们的记忆……

看到这里，我终于明白了那座灯塔的来历和意义。“繁霜”号一定就坠毁在那片空域，老人恐怕是空难的唯一幸存者。当时的情景，除了老人，恐怕再无人能够知晓。无论如何，老人用自己的一生证明了对繁霜公主的爱。

那座灯塔是坟墓前的长明灯。

老人在那里并不孤独，因为那里距离他的爱人最近。

下

灾难发生在刹那间，一切都已无法挽回。

虽然在理论上多维空间跳跃可以使飞船从宇宙的一点瞬间跳跃到任意一点，但现实中操作起来却很难。由于其他技术发展的落后，最先进的飞船也只能一次跳跃一千光年，再远的话，飞船恐怕就会迷失在多维空间的乱流中。我们的宇宙虽然看上去空旷无垠，实则充斥着各种物质，大到恒星、黑洞，小到陨石、彗星。而飞船无论碰上哪一个都会酿成灾难。因此，宇宙航行并不是一件简单的事，而开辟航线更是极其危险。这一点我深有体会，与我一同毕业的三十个同学中已经有八人魂飘太空。

我对这次的阿娜丽丝人类的回归之旅还是很有信心的，因为此前进行了大量准备，更因为这条航线是由我亲自开辟。

选择这片空域作为导航点是经过反复斟酌的，首先这里曾有一个反物质喷泉，在它的作用下，这里的物质肯定被弄得干干净净；其次我曾经到过此地并从这里安全归来。所以，当飞船完成跳跃从这片空域钻出的时候，我并没有放在心上。后来，我一想起当时的情景，便懊悔不已……

当时我正在驾驶舱中操作着“繁霜”号，在我身边的是繁霜，身后还有十几个工作人员。

飞船已经完成跳跃有半个小时了，此刻正平静地在宇宙中航行。这时我操作它等待能源系统再次积蓄跳跃能量，同时令导航系统精确测定航线，以便进行下一次跳跃。“繁霜”号的跃出点距离我初次的航行偏离了大概六光年，更靠近喷泉遗迹核心一些。不过，这还算一次堪称完美的跳跃。

飞船左侧三百万千米处有一条规模宏大的小行星带，不过它根本威胁不到我们。飞船的前方探测到某些物质，不过它的密度和质量都很小，几乎可以忽略。为了让导航系统尽快定位，我不准备改变航向，因为我认为，照这样航行下去，至多再过半个小时，飞船就可以进行下一次跃迁了。而这一次我们的目的地直指比邻三号星。

机库里传来报告：有一艘救生艇忽然发生了故障，险些意外弹射，机械师怎么也找不出毛病。故障不要紧，意外弹射可有些严重，万一飞船在跳跃过程中发生这样的事，后果将不堪设想。我决定亲自去看一看。作为船长和亲王，我是不该这样做的，可是我还没有习惯贵族的身份，而以前在航行中大事小事都是自己动手料理。没想到这个举动救了我一命，也使我和繁霜从此永隔天涯。

我来到机库，爬进了故障艇的驾驶舱，在诊断电脑的协助下很快排除了故障。艇旁的两个机械师钦佩地向我竖起拇指。

就在这个时候，机库内突然警报声大作，继而我感到飞船一阵剧烈地颤抖，我的头一下子撞在座舱前风挡上，我瞬间便昏了过去。

当我苏醒的时候，周围一片寂静，可是耳畔还在回响着凄厉的警报声。额头上流下的鲜血遮住了我的视线，我抬手抹了抹眼睛周围的鲜血，这才发现自己坐在救生艇座舱内。举目四望，外面是黑沉沉的太空，看不到“繁霜”号。看来救生艇已经自动弹射了。我看了下表，自己昏迷了五分钟。这短短五分钟，到底发生了什么事？飞船上的警报又是怎么回事？救生艇已经被修好了，不会无缘无故弹射，难道……我心里腾起一团不祥的阴云。

我连忙打开探测系统，“繁霜”号在四万千米外显露出熟悉的身影。我一阵轻松，心想：过不了几分钟，救援飞船就会驶来。

突然，一道亮光在黑暗中闪过，屏幕上的“繁霜”号顿时变得模糊，然后紧接着便消失了。我简直不敢相信自己的眼睛，连忙再次搜索，可是这一回却再也没有出现“繁霜”号的踪影。

“繁霜”号就这么消失了，在我的视野里，也在我的人生之中……

十天后，我被一艘路过的飞船救起。他们探测到爆炸，估计有飞船遇难便赶了过来。对方告诉我，这片空域看似安全，但经常出现一些奇怪的现象，已经有多艘飞船在这里失事。他们在附近空域搜寻了很久，再没有发现一个幸存者，甚至连一块飞船的碎片也没有发现。

他们询问我的身份，而那时我的精神濒临崩溃，脑海里全是警报声与“繁霜”号爆炸的火光，一句话也说不出来。

他们把我放在阿雷拉星系，便继续踏上了旅程。

我在医院住了一年多，身上的伤早就好了，可是心中的伤口却难以愈合。因为阿雷拉民政局不能确定我的身份，从我的嘴里又什么都问不出来，只好把我送进了收容所。

这时阿娜丽丝与人类联盟已经恢复联系，然而我作为这条航道的开辟者却不知道何去何从。我最心爱的人和三百个随行人员在一瞬间像风一样消散在这条航线上，独独留下我！作为这条航线的开辟者，作为这场空难唯一的幸存者，我该如何向他们的家属和阿娜丽丝的民众解释这一切呢？不能！无论如何也不能！我唯有沉默。

后来，一支探险队来到收容所召集熟悉星际航行的志愿者。我举起手，船长看了一眼我空洞的眼神，毫不犹豫就收下了我。

启程半年后，我驾驶着伤痕累累的探险飞船返回了阿雷拉星系。出发时九十七名船员，归来时仅剩我和四名重伤员。这次航行的代价虽然惨痛，不过结果喜人——我们为阿雷拉找到了一颗储量丰富的黄金星球。如果不是身份不明，我差点又成了英雄。我有时忍不住会想，为什么渴望活下去的人死了，而我这个一心求死的人却毫发无损！上天真不公平。

这次任务完成后，阿雷拉给了我公民的身份和一大笔奖金。我可以开始新的生活了。可是我能够忘记过去吗？还是不能。多少次我告诉自己，既然命运之神眷顾了我，就应该振作起来好好活下去。可是无论在何时何地，清醒或是梦中，我的眼前总是闪过一些画面：时而是繁霜那秀丽的脸庞，时而是“繁霜”号在深空中骤然亮起的那一道光，时而是无数只攥紧的拳头愤怒挥舞，时而是无数道犀利的目光注视着我……我终于知道，我完了，虽然我在灾难中幸存，但我的心已经跟随“繁霜”号一起葬送在宇宙中了。

我只有一条路可走——归去！回到“繁霜”号失事的地点。我也许在那里可以寻求到一丝宁静，如果还不行，我就在那里结束自己的生命。

这几年我一直被一个问题困扰着，那便是“繁霜”号消失前的闪光。那闪光太微弱了，如果飞船当空爆炸，在那么近的距离所发出的光芒会照亮那片空域。难道“繁霜”号没有爆炸？它上面还有幸存者？虽然当时救援飞船已经彻底搜索了那片空域，这些年来也没有收到丁点儿有关“繁霜”号的消息，我却始终抱着这个侥幸心理。如果真的还有幸存者，勒在颈上的自责枷锁会放松一些；即使没有，我也希望找到“繁霜”号失事的原因。

我买了一艘二手的小飞船，又做了一些准备就出发了。飞船离港的一刻，我的心情突然轻松了一些。

经过一番周折，飞船终于穿过小行星带，来到了“繁霜”号失事的地点。十几年过去了，这里依旧荒凉，除了偶尔划过的陨石，什么也没有。我有些失望，但冷静想了一阵便释然了。这么多年过去了，即使留有飞船残骸也肯定在几光年以外了，好在我有的是时间，可以慢慢寻找。

在五年的时间里，我找遍了周围十五光年范围的空域，依旧什么也没有发现，甚至连“繁霜”号上的一颗螺丝钉都没有找到。那么大的飞船，即使爆炸再猛烈，也会多少留下些什么，没有道理什么也找不到。我越发觉得“繁霜”号这次空难不寻常。

到现在为止，我只有一个地方没有寻找，那就是靠近反物质喷泉遗迹的核心部分。这片区域有六十光年大小，看起来似乎空无一物，可探测系统却发现了一些物质。这些物质像磷火一样飘忽不定，时而存在时而又会突然消失。这些物质的密度和质量都极其微弱，几乎可以忽略不计，但是当时营救我的宇航员一提到这些物质就变了脸色。“那是鬼火，可以燃烧一切的鬼火！”他们说道。我的直觉也告诉我，这些未知的物质充满危险……可是现在，如果我要得到答案，要解开自己的心结，就只有去面对它们。

我驾驶飞船向喷泉核心驶去，小行星消失了，拳头大小的陨石也消失了，光以及各种射线也探测不到了，飞船在这片宇宙最纯洁的虚空中无声滑行……

在前方几千米的地方忽然冒出了一簇光点，它们像是一群五颜六色的蝴蝶在当空舞动，瞬间又消失了。不久，它们又出现在飞船的防护罩上，幻化为一道道七彩的霓虹，并且跟随着飞船前进，随后又在飞船尾部的发动机喷口处变成了一道鲜艳的彩色流光。这个时候的飞船就如同一只浑身光芒四射的神鸟，在黑色的寰宇中振翅翱翔……

危险悄然临近，电脑报告飞船的动力正在下降，但查不出是什么原因。飞船就像是撞上了一张无形的大网，每前进一步都会耗费巨大的能量。电脑又报告，飞船外壳正遭到不明物体的侵蚀。这一点我已经透过舷窗亲眼看到，高能量的飞船防护罩已经变得千疮百孔，一滴滴铁水般的物体正渗过防护罩落在飞船外壳上。我终于明白“繁霜”号的失事原因：这些未知的物质虽然微小，但它们还带着反物质的属性，它们与飞船一旦接触便会进行湮灭反应。这些反应虽然微弱，但水滴石穿。“繁霜”号之所以没有留下残骸，就是因为它们都被这些物质所湮灭。

面对即将到来的死亡，我心中反而一片宁静。十二年前，我就应该与繁霜牵着手消失在这片七彩霞光之中，如今虽然迟了一些年，但我还是来了。

流光还在窗外变化着，那份虚幻的美丽可以媲美著名的轩辕星座极光。突然间，流光凝聚在一起，变成了一柄长矛，猛地向我撞来。我下意识地闭上眼睛，再睁开时眼前一片雪亮，似乎有什么东西径直刺入了我的大脑深处……

当我醒来的时候，飞船静静地停泊在一颗小行星旁边。我不知道飞船怎样摆脱了反物质沙漠，也不知道它怎么会停在这里，但无论如何，我又一次死里逃生。

飞船的外壳严重锈蚀，随时都有失去密封的危险，发动机也已经损坏，短时间内无法继续飞行。我望着窗外那颗小行星，喃喃说道：这一定是命运的安排。

我在小行星上安了家，来时的那些准备都派上了用场。重力发生器使小行星停止了翻滚，悬停在静止轨道上，变成了神话中的仙山。

两座山峰间的谷地是一块风水很好的宅基地：四周有岩壁遮挡，地面平坦几乎不用修整。我的别墅就安置在这里，一个居住舱，一个温室，一个动力舱，构成了可以供我生存的小环境。动力舱反应堆的能量很强劲，大概在我死后还能再运转二百年。我在小行星的最高峰上建立了一个小基地，安装了探测器和粒子防御系统。这颗小行星就在庞大的小行星带边缘，大大小小的陨石经常光顾这里，有了这个防御系统就可以有效抵御这些不速之客。当然，事情没有这么简单，那些陨石在以后的日子里没少给我带来麻烦。在较矮的一座山上，我设置了一个导航灯塔。我希望它可以照亮这片危险的空域，不让发生在我身上的悲剧重演。不过，后来我总觉得它更像是一点烛光，在为我的繁霜守夜。

这些事情做完后，时间已经过去了一年。

一个严重的问题开始困扰着我：我无事可做了。开始的时候还没觉得怎样，我甚至享受到了难得的宁静。我可以平静地入睡了，不用再受噩梦地困扰；醒来之后，就仰坐（或卧）在躺椅上久久地望着天空中的小行星带。一天时间就这么静静流走了。可是过了几个月之后，一股莫名的烦躁与日俱增，时间开始变得漫长，每一分钟都那么难耐，我的心中好像有千百只蚂蚁在蠕动。

这样过了两个月，我的精神已然到了崩溃的边缘。我开始像狗一样生活，房间里一片狼藉，所有的物品都散落在地板上。能摔的东西都被摔得粉碎，饥饿难耐的时候才会到食物生成器前接点东西吃，剩下的时间便躲在房间里。床上的被褥被我撕成了碎片，可是我没有停下来，而是继续撕沙发的蒙布……撕累了我便躺在地板上休息，恢复力气了便继续破坏房间里的东西。这样的状态，不知道持续了多久。后来，我躺在地板上一动不动。我茫然地睁着眼睛，忘记了睡觉，忘记了喝水，也忘记了吃东西，就那么躺在那里。更可怜的是，我还忘记了自杀。那把锋利的餐刀，那个红色的泄气阀门，都曾诱惑着我，可是转眼间我就把它们忘记了。

我慢慢地陷入迷离状态……

一个苗条的身影出现在我身边。她蹲下身，静静地看着我，明亮的眼中满是怜爱与忧伤。她伸出手轻轻将我扶起，然后把秀美的脸庞挨近我的脸轻轻摩挲。她的身体在颤抖，几颗泪珠从眼中滑落。我认出来了，她是繁霜！我一把抓住她，紧紧抱在怀中，生怕她再次从我眼前消失。我有刻骨铭心的思念要向她诉说，有无尽的孤独要向她倾吐……

我活了过来，是繁霜救了我！虽然她并没有真的出现在眼前，但是她的爱在迷离之际挽救了我的灵魂，也挽救了我的生命。

日子恢复了正常，我的心也归于平静。经过这次严重的心灵危机，我的生命似乎产生了某种顿悟，心中的不安与躁动都被荡涤一空。虽然我仍能体味到孤独的痛苦，但我已慢慢适应这种生活。

我每天定时起床，然后将食物机制造的食物重新烹饪，用过早餐后便到山顶去照料灯塔。这段路程较远，会耗去大半天的时间，所以我每天只吃两顿饭。从灯塔回来之后，我有时会看看书，有时会在网络上浏览一番。远程星际超级链接是我与人类社会唯一的联系。吃罢晚饭，我通常坐在窗前的躺椅上，望着外面黑沉沉的太空，一边品上一杯茶，一边慢慢地回忆我与繁霜的往事。想着想着，我有时候就会在躺椅上睡着。

在小行星上，我仍使用阿娜丽丝时间。时光缓慢而平静地流逝，不知不觉，十年时间过去了。

十年，对于人类来说，可是一段不短的时间。我的身上慢慢起着一些变化，而且这些变化随着时间的推移变得越来越明显。我如今四十二岁了，虽然身体还很健壮，但肌体已呈现衰老的趋势。另外，我的记忆力也在逐步衰退，这让我忧心忡忡。我拼命告诉自己，繁霜是你这一生唯一的爱人，你们经历了刻骨铭心的爱恋。她是为了跟随你，才会埋葬在这荒远的宇宙角落，而你也是为了陪伴她才来到这里……可是没有用，我经常一连几天想不起她。我有些慌乱，想凭着脑海中残存的记忆在电脑上绘制一幅繁霜的全息图像。可是半个月过去了，仍然没有绘制出来。后来图像终于完成，我却一遍遍问自己，这就是繁霜吗？我怎么一点感觉也没有？

我伤心不已，在灯塔上望着沉寂的小行星带和更深处的喷泉遗迹，我抱头痛哭……

痛哭过后，我冷静下来。我知道，无论我对繁霜的爱有多么深刻，无论我对“繁霜”号的遇难人员有多么愧疚，漫长的岁月已使这一切像云一样消散。我应该开始新生活了。

我开始维修那艘停泊了十年的飞船。飞船的情况还好，只是外壳锈蚀严重，发动机出现了一些问题。我用了半年时间，一点点修复了外壳上的破损，可是对发动机的故障却束手无策。正巧，一艘飞船为了感谢灯塔及时发去的信息，为我空投了一具发动机。一个月之后，飞船彻底修好了。

我收拾了东西登上飞船，可是坐在驾驶椅上，手指放在启动按钮上始终无法按下。一股莫名的恐慌与不安再次从内心深处浮起，我一动不动地坐了四五个小时。在这段时间里我想了很多很多……

我最终选择了留下。当我离开飞船重新踏上小行星的土地，我的人生再次发生了转变。我终于明白，我之所以忘记了繁霜，记不清她的面容，是因为我们已经在精神上合为一体。没有了生死与共的爱情，没有了夜夜不休的思念，我们现在不分你我，共同享受着生命的快乐。

新的生活开始了，它与从前的日子并没有什么不同，还是那般平静，还是那般悠闲。可是我知道，这一次，我将与繁霜共同走完剩下的时光，直到生命的最后一刻……

一年过去了，又是一年……

十年过去了，又是十年……

这些日子是那么的平静，就像一面如镜的湖水，一丝波澜也没有。

这些年来，经常光顾这里的就是各种各样的小行星和陨石了。那些如手指或拳头大小的陨石，隔三岔五地就会撞在防护罩上。大一些的陨石，防护罩对付不了，这时山顶上的探测系统就会发挥作用了。山顶上的探测系统一刻不停地扫描着天空，一旦发现大一些的入侵者，就会自动控制粒子武器将其击毁。当然，还有一些小行星会脱离原来的轨道来到这里，这些小行星有的比我所在的行星要庞大得多，这就有些不好对付了。这时，我必须启动行星动力装置，改变行星的位置来躲避这些小行星。这是一个危险的过程，好在这些年来只出现了两三次。

虽然地处偏远，我的灯塔还是起到了一些作用。每年都会有一两艘航船偏离航道误入这片空域，灯塔都准确地向他们发送了信息。具体有多少艘航船经过，我没有详细记载，大概总有七八十艘吧。虽然没有灯塔的提醒，他们也可能安全离开，不过我还是感到很欣慰，毕竟灯塔建立之后，再没有发生过空难。我常常想，假如当初“繁霜”号到来时，能有一座灯塔矗立在夜海中，我的一生将会是什么样子。

我把这颗小行星命名为“霜天”，来表明这是我与繁霜共同的行星。我们在从前虽然举行了婚礼，却还没有一处固定的寓所，这就算是我们两个人的家吧。虽然霜天的直径只有九十七千米，对我来说它仍然太大了，有很多地方我还从未涉足。不过，我还是花了不少心思来布置这个家，而其中花费心思最多的便是这些小草了。来到霜天不久，我就开始种植它们。草籽是从温室里培养的特殊品种，很少的日照就能存活，土壤和保护罩都是霜天的岩石粉碎后制造的。我每天种植十来株，到现在竟然有十万余株。它们在这里生长得很好，不比我这老头子适应能力差。它们如今几乎遍布霜天表面，每当光照的时间到来，无数点微弱的荧光便铺展开去，那是这荒芜的空间中最美丽的景色。

下面要提到的事，对我来说太重要了。我的生命因为这件事而重新焕发了光彩。

那天是我的五十岁生日。我像往常一样起床、用餐、植草，然后步行到灯塔，静静地从望远镜中观望那条小行星带。

我望着望着，忽然发现了一个有趣的现象。在无数颗小行星汇集的庞大天河中似乎排列起一个规则的图案，像是一排阿娜丽丝字母，它们拼起来的意思是“天，生日快乐”。我嘴里念叨着这个词，忽然想起今天是自己的生日。我不禁哑然失笑，天下竟然有这种巧合！随即，心中涌起一阵感动。

我放下了望远镜，开始检修灯塔设备，过了几个小时，我有些累了，就准备回去。在出门的时候，我不禁又想起了小行星排列的那几个字，便鬼使神差地又凑到镜头前。我知道自己的期望是不现实的，小行星都在各自的轨道上不停地运转，不可能还排列着原来的图案。然而，当我的眼睛望向那片空域，我不禁目瞪口呆——那些字竟然还在那里！不可能，这根本不可能！我一定是眼花了或是在做梦！然而，它们确实像神迹一样默默地显示在宇宙的背景中。

我的眼睛离开镜头，木然坐了一阵让自己冷静下来。过了一阵，我再次凑近镜头，它们还在！是什么力量可以在同一时间改变近千颗小行星的轨道并让它们静止在那里？我想象不出，我一片茫然……

过了许久，我终于接受了这个事实。我的大脑开始飞速运转：这很可能是一种自然现象，是某种神秘的力量干涉了小行星的运转，形成了这些图案。可是，假如真的是某种超自然的生命在显示它的存在呢？我记得以前也曾经出现过一些字母，只是从来没有在意罢了。如果真的是这样，我必须要做些什么。

虽然我自己都觉得这个想法荒唐透顶，但还是决定试一试。可是用什么办法才能和这个超自然生命体联系呢？我想到了那些小草，它们是我能够控制的最大的物体了。往常小草的照明灯都是同时点亮，在我调整了照明网络之后，几万盏小灯在霜天表面形成了一串字符：你是谁？而后，我对准小行星带密切观察着。几个小时过去了，千万颗小行星没有一点变化。我放下望远镜，暗自嘲笑自己大惊小怪。

然而就在十天之后，当我再次不甘心地观察小行星带的时候，我赫然看到群星排列成两个字：繁霜！

我无法形容当时自己的心情，那是我一生中见到过的宇宙间最壮观的景象，我浑身颤抖，老泪纵横。

我连忙又在行星表面写下几个字：当我离去，或许不再归来。这是我离开阿娜丽丝，独自去探索回归航线前对繁霜说的最后一句话。

几天后我得到了回答：一生守候。

从前繁霜就是这样回答的，时隔几十年，它再次静静投射在黑沉沉的天幕。我看着它们，往事一幕幕展现在眼前。压抑了一生的情感如同决堤的洪水，喷薄而出。我伏在地上，像个婴儿一般号啕大哭。

我和繁霜重新取得了联系。在生命临近终点的时候，我的人生又从以前的断裂处重新衔接。

“这些年，我都在找你。”

“我知道。”

“你知道？”

“我一直在看着你。”

“你在哪里？我去找你！”

“不。”

“不愿见我？”

“昼思夜想。”

“你到底在哪里？纵然相隔整个宇宙，我也要去！”

“我在另一个世界……”

“那天到底发生了什么？”

“飞船突破了宇宙的界限。”

我与繁霜的交流是极其困难的，几个字的回答往往要等上十天半月，甚至更长。以上这些简单的对话，耗去了我半年的时间。能在这么短的时间改变行星的轨道排列，已经是一个奇迹了，可是我的生命已经无法承受过多的等待。

我反复思考着这些对话。对话虽然简单，但我还是从中厘出了一些头绪。繁霜所拥有的力量竟然能够影响行星的轨道，这简直可以誉为神迹。可是拥有如此强悍力量的她却不能前来与我相会，看来我们之间确实隔着一个无法突破的屏障。那么繁霜究竟在哪里？能够知道我的情况，肯定不会很遥远。我的目光最后落在小行星带背后的那片虚空。“繁霜”号就是在那里失踪的，我也险些在那里丧生，那里一定隐藏着一个宇宙间最大的秘密。

我通过星际链接下载了大量关于反物质和反物质喷泉的书籍。经过一年的苦读，我的脑海里填满了关于反物质的资料，我已经站在人类反物质研究的最前沿。虽然我得到的这些知识绝大部分都是未证实的猜想和假设，但结合我与繁霜的经历，一个模糊的想法逐渐清晰。

“你们穿越了喷泉的核心？”

“是。”

“你们抵达了另一个宇宙？”

“是。”

“两个宇宙类似？”

“反物质宇宙。”

繁霜的回答证实了我的推测。

反物质的奥秘在我们这个时代仍然没有形成一个共识。作为构成所有星系和我们人类自身的物质的镜像，反物质明明应该大量存在于宇宙空间，可它们偏偏踪迹难寻。当然了，也幸亏如此，否则整个宇宙恐怕早就在爆炸中毁灭了。存在就是道理，至于个中缘由，那是科学家们应该操心的事。反物质喷泉就更加神秘了，它们就像火山一样，不知什么时候就会在宇宙的某个地方爆发。

反物质喷泉是怎样形成的呢？科学家认为，那是另一个反宇宙与我们所在的宇宙相互突破了各自的屏障，一部分反宇宙物质进入我们的宇宙，从而形成了反物质喷泉。

事实证明，在我们的宇宙之外确实还存在着一个类似的反物质构成的宇宙。两个宇宙虽然不是互为镜像，但是达成了正反物质的守恒。两个宇宙紧紧贴在一起，就如一对连体婴，但它们均被一层无法打破的宇宙壳包裹着。不过，宇宙壳也不是无懈可击的，它一定存在着某些缝隙或针眼，使得一些物质可以相互渗透。

喷泉爆发期间，正反物质相互湮灭，所有的物质都会化为乌有，没有人能靠近喷泉核心。那么，喷泉沉寂之后，是不是宇宙壳的缝隙就消失了呢？看来不是，不然“繁霜”号不可能莫名其妙地穿越喷泉核心，到达了另一个宇宙。按常理来说，“繁霜”号是由正物质构成的，它驶抵反物质宇宙之后理应在正反物质的反应中消失得无影无踪，可事实是繁霜还活着。那么，在飞船穿越宇宙壳的时候一定经历了某种神奇的际遇，使飞船和乘员在一瞬间改变了自身的物质属性。这个想法让我非常激动。如此看来，喷泉核心就是连接两个宇宙的转换通道。那个位置距离我这里不过几光年，我的飞船虽然破旧，但行驶这点路程却非常简单。我把这个想法告诉了繁霜，得到的回答却是：“那是条死路。”

“‘繁霜’号却做到了。”我回复道。

“许许多多次，只有那一次成功。”

繁霜的话如一盆凉水，瞬间浇灭了我的热情。不可否认，她的话很有道理，她所在的世界科技水平一定远远高于这里的人类，否则不可能打破宇宙的界限操纵这里的小行星。既然他们都束手无策，我如果孤身前往，后果可想而知。

命运便是这般残酷，我经过漫长的等待终于得到了爱人的消息，可是无法见到她，更无法拥抱她。不过，我仍然感谢上苍，因为我至少知道繁霜还活着，我还能真切地感受到她对我的爱！

我依旧过着与世隔绝的生活，一天又一天，一年又一年……这些日子里，我不再孤单，上天在我的生命接近终点的时候给了我一份意外的礼物——与繁霜恢复了联系。

“这些年来还好吗？”我问。

“还好。”

“我每天都在为你祝福。”我说道。

“我也是。”

“我在这里守候着你，希望你天天快乐。”

“离开这里吧，去开始新的生活。”繁霜说道。

“我的生活已经凝固在四十年前的那一天。”

“我们今生也不可能相逢了。”

“可是爱还在。”

“岁月证明了我们的誓言。”

“我不后悔，我会在天幕这边望着你，直到生命的最后一息。”

……

时光悄然逝去……转瞬又是二十年过去了……我在飞快地变老……

我最大的快乐就是在天幕上与繁霜无声地交谈，那些柔情似水的情话出自一个白发老翁显得幼稚可笑，可是我的心却能从那些词语间体味到温情。我对生活又有了期待，心也再次悸动起来。

可是，没有人能违抗自然规律，即便我的心如少年那般年轻，但我的身体真的衰老了。以前我从山谷爬到灯塔需要两个小时，现在却延长到半天。我在灯塔储备了水和食物，还有一张床，太疲惫的时候就在灯塔过夜，转天再回山谷。可是我知道，总有一天，我会再也爬不上这座不大的山峰。

我病了，一连半个月卧床不起，幸好那陈旧的医疗系统发挥了作用，把我从死亡边缘拉了回来。不过，我的一只手和一条腿却变得不那么灵光了。

我拄着拐杖，花了一天时间才爬到灯塔。我告诉繁霜自己病了，不过已经痊愈，不用担心。繁霜叮嘱我一定要保重身体。可是过了一段时间，繁霜突然失去了联系，过了几个月才等到她的留言："对不起，有一件重要的事，所以耽搁了。"我猜测，她肯定也病了，只是怕我担心才没有言明。

又过了两年，我再次病倒了。看着各种仪器在我身旁忙碌，我明白那是徒劳的，因为我感到体力正在飞速地从我身体中消逝。我告诉自己，不能默默地死在床上，我必须做些什么。繁霜已经半年时间没有消息了，我预感到她那里发生了什么。我询问仪器，自己还有多少时间。

"几天，或者几个小时。"仪器冰冷地回答。

我关闭了医疗系统，挣扎着穿上了宇航服，一瘸一拐地向山谷外走去。

我的神志还清醒，我的身体还能动，我还有一些时间，那艘老旧的飞船还能航行……我要在生命的最后一刻，去与我的繁霜相会……

尾声

我又回到了阿卡利星的小镇。

我一直认为自己永远也不会再回到这个僻静的地方，可是多年的漂泊使小镇越来越吸引人，越来越具有诱惑力。小镇的宁静，小镇的安逸，小镇的一切，都让我魂牵梦绕……

我每天清晨都会去艾黎姑姑的墓地，在墓前放上一束花，再静静地坐上一阵。我一般在上午照料农场的庄稼和牲畜，下午在镇上的小酒馆里度过。小酒馆是一个消磨时光的好地方，我会在那里一边慢慢地喝着酒，一边漫不经心地在互联网上翻看各地的新闻，累了就静静地望着窗外……

这一天，我在网上看到了一条新闻：阿雷拉星系附近的反物质喷泉在沉寂了几十年之后，突然又再度喷发，壮观的景象吸引了大批游客前往观光。我忽然想起了隐居在那里的与我同名的老人，和他的那座灯塔。过了这许多年，不知他是否还健在，是否能从这场灾难中幸存。

也许是同名的关系吧，一想起老人，我的心中就有一种异样的感觉。

宇宙之光

仲夏的夜晚。

小男孩趴在窗台上，望着外面的星空发呆。

夏天的空气闷热湿润，偶尔一丝凉风袭过，顿时让人觉得心旷神怡。在朦胧的夜色下，虽然不能看清远方树木茂密枝条和嫩绿的叶子，但树木修长的身影还是一览无余。树林周围是一大片田野，一些不知名的发光昆虫在它上空飞舞。房屋的不远处有个池塘，由于地势较低，它此时完全隐没在夜色中。蛙鸣和虫语交织在一起，更凸显了夜的静谧。

这天夜晚天上的星星很多，有的光芒四射，有的暗淡微弱，有的很多颗聚集在一起，有的孤零零占据着一片夜空……男孩安静地望着这片星空，默默地用它们勾勒出千奇百怪的图案，有的像老虎，有的像蝴蝶，有的像宝剑，有的像人形，还有许多无法形容的图案。

男孩虽然只有三岁，但他对于宇宙已经有了一些认知。他知道那些闪烁的星星都是一个个未知的星球，也知道可以借助宇宙飞船抵达星球上，还知道某些星球上生活着千奇百怪的生物，有善良的人类和小矮人，也有邪恶的怪兽和吃人的外星人。当然，这些知识大部分是他从那本《光之战士》的图画书中学到的。

门被轻轻推开了，爸爸一脸严肃地走了进来。男孩连忙爬回床上，把薄被盖在身上。“爸爸，我错了。”男孩小声说道，脸上露出可爱的笑容。

“喜欢那些星星吗？”爸爸看了看窗外，和蔼地问道。

“喜欢。”

“那就要按时睡觉，把身体长得壮壮的，这样长大后才有力气到宇宙中去遨游。”

男孩用力点点头。

爸爸将窗帘拉上，在男孩胖嘟嘟的小脸上亲了一下，然后帮他盖好被子并关上灯。

“爸爸，”男孩忽然在黑暗中问道，“我要怎样才能变成光呢？”

“等你长大了，就可以了。”爸爸退出去掩上了门。

男孩听着爸爸的脚步声消失，又拿起了放在枕边的“光之战士”玩偶。几缕星光从窗帘翘起的一角照进来，恰好落在床头。男孩就在星光下摆弄着玩偶，一会儿举着玩偶装作在空中飞翔，一会儿活动玩偶的胳膊和腿，让它呈现战斗的姿势，一会儿又在脑海里想象“光之战士”和外星怪兽作战的情景。

后来，男孩索性坐起来，打开床头的台灯，从枕头下悄悄拿出了那本《光之战士》的图画书。他一页一页地翻看着，忘记了时间，忘记了周围的一切，沉浸在“光之战士”的传奇故事中。书中的主人公是一个和他年纪相仿的小男孩，这个小男孩只要喊一声“变成光”，就会在刹那间变身成强大无比的“光之战士”，然后就能战胜宇宙中各种各样邪恶的怪兽。

按理说，这个年纪的孩子对什么事都是三分钟热度，可是这个男孩却痴迷“光之战士”长达半年时间了。他整日拿着这本书翻看，幻想着自己能够变化成“光之战士”，走遍一个个新奇的世界，去战胜作恶的怪兽。

夜逐渐深了，不知何时，小男孩伏在图画书上酣然睡去。

爸爸走进来，轻轻关上了灯。

夏季的天气变幻莫测，青蛙和昆虫突然停止了鸣叫，大自然沉寂下来。一片阴影在天边升起，接着，大片的乌云涌上天际，将星空遮盖得严严实实。

突然之间，一道闪电划过天际，随后震耳欲聋的雷声响起。

男孩从睡梦中惊醒。外面雷雨交加，屋内伸手不见五指。他惊恐地望着窗外，无以名状的恐惧将他包围。他感觉整个世界随时都可能随着一声巨响而彻底毁灭。他害怕，无法抑制地害怕。他张口惊叫，但是那小小的声音一下子便被雷声覆盖。他用被子蒙上头，可是没用，雷声的轰鸣依然侵入他的耳朵，他慌乱地摸索着……忽然，他抓住了“光之战士”的玩偶！男孩手握玩偶的瞬间，身体便停止了颤抖。有一会儿，男孩一动不动。接着，他掀开被子，对着窗外的闪电举起了手中的玩偶。

“变成光。”男孩大喊道。

一道手腕粗细的闪电突然从天而降，划开了漆黑的天空，重重轰击在树林中，一株两人合抱的大树被劈为两半。

男孩没有变成光。

他仍然坐在床上，手里高举着“光之战士”玩偶。但是那一刻，面对惨白的电光，他的眼睛不再躲闪，他的内心已无所畏惧。

“繁霜”号星际航船毫无征兆地在宇宙中显现。

人类能够登上群星，源于多维空间数学建模的突破和空间扭曲穿透发生器的发明。人类文明圈由此爆炸性地向宇宙深处扩展，但是多维空间描述还远未完善，多维空间跳跃航行也并不绝对安全，所以星际航船的跃出点大都设在远离恒星的宇宙荒远空域。可是，即便如此，也经常会有飞船要么一头扎入多维空间从此消失不见，要么在跃出时与一颗熊熊燃烧的恒星相撞。不过，既然我们已踏上旅途，就不会再回头……

“繁霜”号完成多维跃迁后似乎一切正常。舷窗外的星空似乎只是模糊了一下便又重新出现，不过它们已经完全变换了方位。这只是一次短途旅行，跃迁距离不过十三光年。

天龙座天马星云从十三光年外观看像是一匹从云海中跃起的天马：清瘦俊朗，鬃发飘逸的马头；线条修长优美，优雅昂首的脖颈；蹄部硕大，肌肉结实，有力地腾向繁星的前腿……

此刻飞船处于马头的下颚部，天马的形象消散为絮状的物质云，遮挡了一片星光。一颗恒星就处在飞船前方两光年的位置，不过，它的光芒在物质云的掩映下显得那么暗淡。

“……跃迁发生器关闭……开始导航检索……方位偏离零点一二坐标点，哦，基本吻合……检查常规粒子推进器……推进器已启动……纠正偏离中……等待进一步指示……”飞船电脑不紧不慢地完成着他的工作。

“基本吻合？”行天啼笑皆非，“相差了两千万千米还基本吻合？看来给一台电脑加载人工智能程序是个天大的错误。”

“我不是电脑，我是电子智慧生命。我的名字是你取的，叫作繁霜，你忘了吗？”一个激光全息的美少女形象从中央显控台上跃出。

“至少你从前是一台电脑。我知道你现在掌管着一艘星际航船，所以拜托啦，能不能够精确一些。”行天不禁微微一笑。

“智慧生命从来都是模糊而趋向精确，但永远达不到真正精确。你的思索决定来自哪一项精确的计算结果。”繁霜犟嘴道。

“幸好我的决定都是正确的，否则早就魂归寰宇啦。”行天自言自语地点点头。

“军功章上有我的一半。”繁霜唱道。

“贫嘴！”行天绷起了脸。

“我跟了你二十年，你竟然忍心骂我。”繁霜露出楚楚可怜的表情。

“好啦，好啦！”行天叹道，“模拟人类思维消耗了你大部分计算资源，不觉得外面有什么不对劲吗？”

美少女形象陡然消失。

“飞船轨道异常……是粒子推进器故障……不，粒子推进器完好……是……是……我的天哪！”繁霜化作身穿制服戴着眼镜的航天员模样跳了出来。

一幅放大的全息星图显现在控制室内。

这是一幅凄惨的景象。星光都已远去，只剩下一团沉寂。一颗红巨星阶段的恒星孤零零悬在空中。几万千米的火焰向一个方向飘动，许多物质不断地向那个方向飘去，仿佛一切都处在猛烈的风暴之中。整个场景酷似一颗庞大的红色彗星，而彗尾对准的方向却是一片虚空。

正是那片虚空让行天感到不寒而栗，他似乎看到一个可怕的旋涡正在那里盘旋。

“黑洞！”繁霜颤抖的声音带着无法抑制的恐惧。

“位置坐标！”行天喊道，一下子从椅子上跃起，冲到控制台前。

“它就在我们后面，正对着粒子推进器尾喷管。飞船的尾焰遮盖了它，所以我没有即时发现。”繁霜像小孩犯错误一样小声低语。

“距离呢？”行天呼吸急促。

“四千万千米。”

“逃逸速度？”

“飞船无论如何也达不到，相差甚远。”繁霜无助地望着行天。

“再加上救生飞船的速度呢？”

繁霜默然摇头。

“跃迁发生器多久可以再次启动？”

“十九小时。不过，有必要告诉你，我们那个时候已经接近黑洞。黑洞引起的时空曲翘已经严重扭曲了多维空间，如果我们在那时跃迁，无异于自杀。”繁霜绝望地看着行天。

行天沉默片刻，道:“假如我们躲避到恒星的另一面呢？”

“我们会首先坠入恒星，去经历火的炼狱；然后在多少年后，我们的基本元素再坠入黑洞，经历最后的毁灭。”

行天颓然坐回到椅子上。

良久，行天说道:“繁霜，还记得银心反物质喷泉吗？”

过了几秒，繁霜的全息影像才显现出来。她刚才一定在运用全部资源思考飞船的逃脱方案，不过她一定失望了。她的回答有些心不在焉:“记得，在那里你赋予了我自我智慧。记得你说过，那是因为你感到了孤独。”

“是的。”行天点了点头，“那喷泉曾经是一个沉寂的宇宙荒漠，那里只有大量小行星和陨石群。我在一颗小行星上认识了一个老人，他在那里建立了一个导航灯塔，一个人在上面守了几十年。后来我才知道，他是一个星球上众人敬仰的宇航英雄。”行天叹了口气:“因为一次事故，他失去了他的爱人和伙伴，于是就在飞船失事的地点建立了灯塔，并且用一生的时间去守候他们，也用一生的时间弥补自己的过错。”

行天的眼睛望着舷窗外，视线落在无限远的宇宙深处，用低沉的声音说道:“很久以后，反物质喷泉爆发了，我特地赶到那里去。小行星带已经被喷薄而出的反物质湮灭了，老人即使还活着也定然无法幸免……那真是一座壮观的喷泉啊！正反物质不断相互湮灭，惊天动地的大爆炸接连不断，像是一场照亮宇宙的焰火表演……就在那一刻，我忽然有一种英雄末路的感觉，我感到前所未有的孤独和无助。我意识到，那位老人才是一个真正的英雄。”

“你也是一个真正的英雄。”繁霜说道。

“我们可以历尽艰险，可以视死如归，但是我们能做到用一生的寂寞去实现自己的诺言吗？我能做到吗？”行天问。

“能。”繁霜肯定地点头。

行天陷入沉默。

繁霜伫立在他面前，默默注视着他。她已经放弃了努力，只希望在有限的时间里多陪陪他。他们还从来没有这么长时间闲聊过，常年的历险生涯使他们的生活像一张拉满的弓。现在好啦，他们终于可以静下心来去感受时间的流淌。

“大概我没有向你说起过，在你还是一台普通飞船电脑的时候，就已经陪伴了我十年时间。我是在后发座购买的‘繁霜’号。当然，这个船名是在你拥有智慧后才有的。那时，我刚刚为极度缺水的后发座文明圈找到了一条密集的彗星带，这让我从一个默默无闻、居无定所的水手变成了英雄。我的事迹传遍四方，大量的捐款和奖金让我终于有钱购置一艘属于自己的飞船。就这样，我脱离了宇航协会，开始一个人在宇宙中历险。我的生活是惊心动魄的，深不可测的宇宙比最狂暴的海洋还要凶险万分，稍不留意就会死无葬身之地，可是我从来没有害怕过，我喜欢这种生活，我觉得这种生活让我的生命有了意义。我知道，我就是为了在宇宙中扬帆远航而诞生的，我是天生的水手。不过，在广阔的宇宙中旅行，没有一个人陪伴，经常几个月不说一句话，有时难免感到孤独……”行天又沉默了一会儿，似乎陷在某种不安的情绪中，“可能是受到老人的影响，也可能人的想法本来就会随着年龄而变化，我最近感到越来越孤独。难道……我老了吗？”

繁霜没有说话，她走近行天轻抚他的肩头。虽然她只是一束光的影像，但是她希望能够抚慰他。

“于是，我给了你智慧，给了你人类的情感。”行天继续说道，“这些年来是你时刻陪伴着我，而且我还越来越留恋阿卡利星——我的故乡。我留恋那里的田野，那里的小镇，那里的酒馆……于是我知道，我终归无法与那位老人相比。”

繁霜温柔地说道：“你做得已经足够了。一个平静安逸的晚年，是一个英雄最好的归宿。我会一直陪伴着你。”

“不，繁霜，你还不理解我。”行天的眼睛似乎反射着星光，“我的生命属于辽阔的星辰大海，我宁愿化作一颗耀眼的流星，哪怕只有一瞬间的闪烁。”

繁霜伸出双臂去拥抱行天，却只在他的身上泛起一片光影。

“你是我的骄傲，我愿陪你一同燃烧。”繁霜轻声说道。

“好啦，”行天说道，“现在好啦，我们的命运已经注定，不必再为此操心！现在飞船的状况怎么样？”

“我已经将飞船动力升至最高，虽然不能摆脱黑洞，但是我们还有很长一段时间。或许……或许我们会幸运地遇到一艘动力强大的飞船。”繁霜说道，她知道这里远离航道，那种可能几乎为零。

“不要再多想啦，”行天道，“我有些困了，得睡一觉。”

小镇只有百余户人家，被一望无际的绿油油的田野包围着。行天舒展四肢仰坐在酒馆前的藤椅上，一边慢慢品着小镇自酿的啤酒，一边默默欣赏着落日和晚霞。

“繁霜”号从天而降，低低地悬停在小镇边上。

行天叹了口气，摆了摆手：“走吧，走吧，别挡了我的夕阳。”

“繁霜”号仍旧一动不动，双方相持着。忽然，一扇门在船体上开启，没有人出现，那门在等待着……

行天的嘴角忽然露出微笑，从藤椅上站了起来……

原始森林内一片昏暗，数不清的参天大树遮蔽了阳光。行天悄然躲在一棵树的后面，怪兽离他只有十余米远。这个怪兽有多么庞大，行天搞不清，不过光那头颅就有一辆重型铲车那么大。行天只希望对方别发现自己，但是他失望了。那巨大的头颅准确地伸向他藏身的大树，贼亮的小眼睛映着行天的身影。怪兽猛然张开血盆大口，发出一声怒吼。行天立刻像经历了一场风暴，险些被腥臭无比的狂风刮跑。行天愤怒了，一巴掌扇在怪兽脸上：“靠，弄乱了老子的发型！”

怪兽被打傻了，惊讶地望着行天，而后发出一声哀鸣，调转头夹着尾巴没命地逃跑了。

行天从睡梦中醒来，发现繁霜就痴痴地站在床前。

“很少见你睡得这么安稳。”繁霜道。

“终于可以不用瞎操心啦。”行天伸了个懒腰。

“生死关头，你竟然还能睡得着？”繁霜有些奇怪。

“我们终究会融化在星空里。”行天道。

繁霜眼中又流露出崇拜的目光：“真希望能够一直这么看着你。”

“我饿了，去弄点吃的吧！哦……我还想喝点酒。”

菜不多，但很精致。

行天没有像往常那样狼吞虎咽，他吃得很慢，每一口菜都在嘴里细细咀嚼，偶尔还会抿上一口葡萄酒，然后眯着眼美美地回味着酒的香醇。

行天似乎心情很好。他随手打开餐厅的装饰射灯，五颜六色的灯光立刻在地板和墙壁上缓缓移动，星空漫步的舞曲也在房间里飘荡。

“你没事吧？”繁霜出现在对面的椅子上，担心地看着行天。

“没事，我很好。”行天微笑地看着繁霜，“你要是一个人类女孩该多好啊，我们可以共饮一杯。”

繁霜表情复杂地望着他，摇摇头，消失了。

吃过饭，行天无所事事，在各个舱室转了一圈，又注视了一会儿窗外的星空，便钻进播放室看起了他喜欢的影片。那是一部制作粗糙、内容幼稚的儿童动画片，他却每次都看得津津有味。

繁霜的影像出现在行天身后，他浑然不觉。

“弄不懂你为什么会对这种影片感兴趣。”繁霜说道。

“那代表着一个梦。”

“什么梦？”

“它只在我心中。”

“或许我知道呢？”繁霜的表情有些奇怪。

“哦？”行天一愣，“说说看。”

“你要先回答我一个问题。”繁霜关闭了影片，站到行天面前，严肃地看着他，“这一片空域虽然偏远，却早已被探明。为什么我的信息库里偏偏没有关于黑洞的资料呢？不要告诉我，这个黑洞是最近才形成的。”

“或许是哪里出了差错，我也不太清楚。”行天一脸无辜。

“别装糊涂了，幸好飞船的跃出点有所偏离，否则我们就会出现在黑洞边缘。这只能有一种解释，你原本就是冲着这个黑洞来的。”繁霜斩钉截铁地说道。

“难道我不想活啦？”行天诧异地反问。

“就因为这一点，我虽然觉得这次事故有些不对劲，却没怀疑到你的身上。不过，在你睡觉的时候，我站在床前回忆着我与你在一起经历的那些事，忽然有了一个奇怪的想法：在这宇宙之间纵横驰骋了半生，决不会因为一次微小的失误而轻易葬送了自己。”她的目光凝视着行天，似乎要看到他的心灵深处，“你醒过来后的一些举动也证明了我的想法。你怡然自得，没有一点慌张，眼中更没有一丝恐惧，这对任何一个人类来说都是不正常的反应。不过，我仍有些吃不准，毕竟我们已经走投无路……但是，在你观看影片的时候我终于明白了。”

“明白什么？”行天问。

“你的那个梦，”繁霜道，“你本就属于这广阔的宇宙，你是为了探索与发现宇宙间的奥秘而诞生的。这些年来，你几乎走遍了人类涉足过的太空，经历了各种宇宙奇观。如果还有什么能够吸引你的注意力的话，恐怕只剩下一个——黑洞。”

行天看着繁霜，似乎有些不认识眼前的这个电子伙伴。他忽然苦笑道:“真不知道赋予一台电脑智慧与情感是对还是错。”

繁霜叹息道:“其实你只有一点错了。”

“哦?”

“你错看了我，无论你做出什么决定，我都会跟随你走遍天涯海角。”

行天愣愣地看了繁霜好一会儿，有些感动地说道:“我以为你会阻拦我呢！你的行为准则里，保护人类的安全具有最高优先权，那应该是不可逾越的。我不得不说，我错了！从某种角度讲，你已经是一个真正的人类，真正的伙伴。”

良久，繁霜开口道:“我还是不明白，我们这么冲向黑洞，不是毫无意义的牺牲吗?”

行天沉吟道:“我们人类登上群星两千年了，文明圈内的恒星不下几千颗，行星更是数不胜数，却始终有一个问题困扰着我们，那便是我们来到的行星中虽然有许多适宜生命繁衍进化，却没有发现一个高等智慧生命。难道宇宙中真的只有一种智慧生物？人类注定是孤独的吗？我不相信！”他语气坚决，“我一直在想，人类从诞生到现在不过几万年时间，这在无边的时空长河中不过是短短的一瞬，也许我们错过了许多东西，也许我们与其他智慧生命擦肩而过了呢?”

“这和黑洞有什么关系吗?”繁霜问。

“黑洞是由燃烧殆尽的恒星演化而来，这其中的很多恒星比地球古老得多，围绕它们的行星上很可能曾经存在过各种各样的智慧或文明。”

繁霜摇头说道:“假如真的存在与人类一样的文明，那他们也肯定早就散落在宇宙各处。一个黑洞的出现只能毁掉一个星系，却不能毁掉一个文明。”

“也许这些智慧生物对星际旅行不感兴趣呢？也许他们在前往群星的道路上遇到了不可逾越的障碍呢？也许因为生理的不同，他们只能依赖自己的母星存在呢？”行天反问，接着又说道，“不过也很可能如你所说，或者人类已知的宇宙确实没有其他智慧生命，但是这都不影响我对黑洞的兴趣。”他忽然神秘地一笑:“你还记得医院里的那个病人吗？”

“记得。”繁霜点头，“他说自己是个宇航员，曾经进入过黑洞，并从那里归来，给人类带来了神祇。可是……可是，那是一个极度精神分裂和妄想症患者呀？”

“我相信他的话。从理论上讲，黑洞确实可能是一个记录宇宙间各种事件与终极奥秘的信息巨库。”

“就算这是真的，这也是一个只可存储却无法读取的信息库，我们进入后也会成为它的一分子。这对我们来说又有什么意义呢？”繁霜反问。

“我们也可能停留在视界视点上，那样我们会有理论上永恒的时间来解读这个信息巨库。我相信我们会找到回来的办法。”

“这种可能微乎其微。”

“毕竟已经有人做到了，我相信我们也可以。”

“你这是在拿生命做赌注。”

“我不在乎！”

繁霜发出一声长长的叹息，影像消失了。

行天步入驾驶舱，唤道：“繁霜，我可以把你的信息向人类文明圈进行广谱发射，人类可以在另一台超级电脑上把你还原，现在还来得及。”

繁霜出现在行天面前：“人类诞生了你，是为了探索宇宙；你创造了我，是为了让我永远追随你。我有选择吗？”

“你有选择。”行天正色道。

“我……选择和你在一起。”繁霜热切地望着他，“我已经调转了航向，就让我们一起去见证一个真实的黑洞吧！”

行天伸手去抚摩繁霜的脸颊，仍然只是穿过一片光影，可是他分明感到了她的存在，那是幻觉么……

这里只有久远寒冷的沉寂，行星已然瓦解，恒星也将熄灭，只留下一个无法观测的强大无比的引力陷阱。它永远不断地收缩，塌缩成零尺度和无限密度，成为一个奇点，这就是黑洞。宇宙间的万物终将在这里迎来零意识的终结，但那是不是又一次涅槃的开始呢？我们等待并且期待着。

接近视界的一瞬间，行天忽然兴奋地喊道：“变成光……”

“繁霜”号化为一道犀利的闪电，刺向无形的黑洞。

几十万光年的地球上，男孩也掀开被子，对着窗外的闪电举起了手中的玩偶，高喊道：“变成光！”

一道手腕粗细的闪电划开了漆黑的天空，重重击在树林中。男孩没有变成光，他仍然坐在床上，手里高举起着“光之战士”玩偶。

我是一名行者，行者不是职业，是一种称谓，一种生活方式，我不为谁工作，也不受谁管束，自由自在地于永无尽头的宇宙中旅行。行者无疆，我决定走遍宇宙的每一个角落，直到生命的终点。

远古的星辰

十七年春，与秦战丹阳，秦大败我军，斩甲士八万……遂取汉中之郡。楚怀王大怒，乃悉国兵复袭秦。战于蓝田，大败秦军。

——《史记·楚世家》

上篇

借着夜色，我悄然离开楚军大营，迎着天际的北斗星挥鞭而去。

漆黑中，冰冷的夜风扑面吹来，从中竟可嗅出隐隐的血腥味。楚军第二次伐秦以来，大军一路杀入秦境，双方战斗愈演愈烈，死伤士卒不计其数，这片旷野中不知遗弃着多少具尸体。

我扭头回望楚营，无数堆篝火在黑暗中忽明忽暗，一直蔓延至天边与浩瀚的星空相接。十五万楚国的精锐士兵驻扎在那里，他们不远万里而来，是为了报丹阳之仇。

丹阳，秦楚两国第一次战争的决战地点。那一役中，楚国战败，八万名楚军被俘，秦军竟将其全部斩杀。消息传出，楚国举国震惊。那些日子里，楚人几乎个个挂孝，哭声撼动楚国全境。

当时，我和老师正远在燕国云游。最初得到的消息很笼统，只是传闻楚国和秦国打仗，楚国打败了，死了很多人。这一年是我被楚王通缉、被迫在列国流浪的第七年。虽然楚国抛弃了我，但那毕竟是我的故国，我对它的思念早已无法抑制，此刻又添了万分忧虑。甘德老师亦是如此。

我俩决定立刻动身回国。老师正在患病，我劝他病愈后再起程，他不听。

我们日夜兼程往回赶，老师的病日益加重。他整天咳嗽不停，身体羸弱得不成样子。车子行至齐国都城临淄时，我们得知了确切消息：丹阳之战，楚军有八万人被斩。听到噩耗，老师开始大口吐血，当天夜里便去世了。临死前，他挣扎着坐起来，面向楚国的方向。我知道，他的心已飞到了千里之外的故土。

我独自回到了楚国，遵照先师的遗嘱，将其骨灰安葬在他的家乡。我去安葬先师时发现，那个村落已无人居住，听说村里的男人大部分战死了，剩下的都扶老携幼逃难去了。

之后，我隐姓埋名回到了阔别已久的故乡铁宁。铁宁位于楚国的腹地，又是全楚国最重要的金属铸造地，故而没有受到战争的影响，依旧保持着往日的繁华。不过，战争带给人们的恐惧是深远的，只要一提起丹阳，大家立刻就会大惊失色。

我回来没多久，便逢楚王第二次征兵伐秦，铁宁所有十二岁至六十岁的男子都要入伍。尽管我和楚王势不两立，但我毕竟属于楚国，属于这个战乱的年代，我不可能坐视楚人的血淌成河，而埋头去搞什么研究。我并不认为打仗可以解决问题，可这一次除了为楚国而战，我已别无选择。

因我的博学，大家推举我为首领，和上将军派来的两个贵族军官一同指挥四千铁宁子弟组成的铁宁营。

大军初入秦国边境，只遭到微弱的抵抗，全军上下都很乐观。但我并不敢放松警惕，因为我到过秦国，知道这个国家有着和楚国一样朴实的民众和肥沃的土地，而且他们的政治比起楚国的贵族专权要开明得多。我预测，这场战役以后的局面，对楚国来说将会异常严峻。

果然，在蓝田我们遇到严阵以待的秦国大军。两军交锋，十数万士兵在蓝田城下的平原上厮杀。息战时，双方的士兵各自潮水般退去，一层血淋淋的尸体静静地躺在原野上。

厮杀持续了四天，尽管双方损失惨重，但都苦苦撑着。这个时候，谁也不可能后退，秦军后退的话，楚军就会趁机攻入秦国的都城咸阳；而楚军撤退的话，秦军必将乘机追杀，无疑会导致第二个丹阳惨败。

为了迷惑秦军，楚军大营仍保持着最初的庞大规模，但很多营帐已空无一人。因铁宁营的士卒大都出自金属铸造世家，故整个营一直在承担整修兵器的任务，未投入战斗。不过昨晚，我们接到翌日出战的命令。恰在此时，我们又收到消息：从咸阳赶来的三万援军已与蓝田城内的秦军会合。可是，我们的援军在哪儿？恐怕还远在数百里之外呢。

望着士卒们一张张稚嫩的脸庞，我的脑海里竟浮现出大军路经丹阳的情景。那时，为了将丹阳之役遇难将士的遗骨运回楚国安葬，我们找到了秦军的埋尸地点。在那块平原上，只要铲去薄薄的一层土，就会露出成片的无头尸体，向下掘五尺也见不到土壤，仿佛整个大地都是用楚军的尸骨垒成。也许明天，父母日夜祈望着的这些孩子就会变成一具具尸体被丢弃在荒野中腐烂。一想到这些，我的心中充满恐惧。

我万万没有想到，第二天竟出了这样的事情。

星光下，我凭着记忆摸索前进。翻过一道土岗，前面就是白天两军交战的地点了。我的心异常紧张，不知不觉间想起了白天的事情。

战斗是从清晨开始的，程度并没有想象中的残酷，我们甚至占据了优势。战至正午，按例两军应各自收兵回去吃饭，可秦军毫无撤兵的迹象，反而投入了大批生力军，我们只得继续迎战。经历了一上午的激战，我们早已筋疲力尽，没多久便顶不住蜂拥而来的秦军，只能且战且退渐渐向五里外的楚军大营靠拢。可怕的是，两队秦军骑兵自侧翼快速插上，切断了我们的退路。

形势急转直下，我们被包围了！这一天，成了我今生最漫长的一天。

四面八方全是秦军，我们拼死抵挡着。许多楚兵已经累得挥不动枪戈了，只好龟缩在盾牌后面，一个人硬挡着秦军数十个人的乱砍。

我领着身边的一小队士兵左冲右突也杀不出去。一名秦军军官持戈朝我冲来，我一箭将其射下战车，不料招来一阵雨点般的箭矢，我左右立时有二十余人中箭倒下。我耳旁是喊杀声和哀鸣声混成的巨响，眼前是脸上和身上沾满了鲜血分不清敌友的士兵。战场上到处是血和死尸……

我以剑拄地，不禁仰天长叹：“丹阳，又一个丹阳！”

恰在此时，我听见头顶上传来一阵撕裂空气的轰鸣声。接着，一颗比太阳略小的巨大火球，从东南方向瞬间飞临战场上空。火焰消散，露出一个青蓝色的纺梭状的物体。它体积极其庞大，就如一座山峰低低地悬停在战场上空，泛着幽蓝的光芒。

两国士兵都不由自主地停止了搏斗，惊愕地望着头顶上几乎遮盖了整片天空的物体。不知是谁第一个跪下的，接着成片的士兵纷纷跪倒，恐惧万分地祈祷着。他们认为，残忍的杀戮激怒了神。

我站在跪倒的士兵当中，仔细观察着那物体。它不是我熟知的任何星体，没有什么星体能够欲停则停，但我断定这绝不是什么神。难道竟是……突然间，那物体中部蹿出一道火焰。接着，它一歪，坠落下来，斜戳在地，至少有一百名士兵被砸死。一股高温热浪从中喷出，靠近的人即刻烧成灰烬。

两国军队四散而逃，众人奔回楚营。上将军闻讯也大骇，急令全军拔营后撤，一路退了二十里才歇脚。据报，当晚秦军也将驻扎在蓝田城外的两万人马撤回城中。此时，我单人独骑又回到这里。冥冥中，我仿佛感觉到，也许我一生寻觅的正是那神秘物体。我们虽然侥幸逃脱了死亡，但此时的楚军粮草将尽，再加上援兵迟迟不到，士卒怨声载道，军队的士气特别低落。我不禁嘀咕那物体既然已经救了我们一次，它会不会再施仁慈呢？没有人回答，周围一片死寂，只偶尔响起不知什么动物的叫声。

那物体就在前方不远处，它倾斜地立着，像倚天的山崖挡住了半个夜空。我慢慢向它靠近，走到近前用剑柄轻轻触击它。金属所特有的回音传来，它是金属的！随后，我用手小心抚摩它，它通体光滑平整，毫无凹痕，抚摩它的感觉就如抚摩一面巨大的铜镜。

我的心随之一抖。铸过十几年剑的我早就猜想，祖先们用无数个岁月才发现了金属，我们如今利用它制出了那么多器皿工具，我们的后代也将用它制造出我们无法想象的东西。而它，这个不属于我们时代的金属物体来自何处呢？我沿着它的底部走，它毫无动静地矗立着，就如一块无生命的岩石。很难想象它曾经浑身流溢着奇幻的光芒，不可思议地悬停在半空。在它撞击地面的部位有一个不规则的大洞，一股淡淡的青烟从中飘出。

这时，一道耀眼的绿色光束突然毫无征兆地从神秘物体的顶部射出，接着这道光束又移下来对准了我。

我惊愕地看到那光束里显出一个人形轮廓。

也许我不是为这个时代而诞生的。

我的出生和父亲的死是在同一年，母亲和村里人对父亲的事一直闭口不提。因此，很长一段时间里，我并不知道自己的身上背负着怎样的使命。很小的时候，我就开始跟母亲一起铸剑。记得我常守在灼热的熔炉旁冥思，半天一动不动。在想什么自己都不知道，只感觉自己已化成火红的铜水，流入“范”（模子）中凝成绝世无双、锋利无比的剑。

十二岁时，我独自铸成了第一柄青铜剑。以后的九年间，我铸了数不清的剑，但没有一柄留存下来。因为母亲每次都用她的剑与其相格，于是我的剑便断为两截，被重新扔回熔炉。多年后我才晓得母亲的用心良苦。

我生活的这个年代正处于青铜器铸造与使用的鼎盛时期。铁宁冶炼场的规模已达方圆二十余里，矿井纵横交错，有的已深入地下二十余丈。铸造技术也发展得炉火纯青，小到可以铸造精细器皿的失蜡法，大可至铸造超大型物件的叠铸法。采矿、冶炼、铸造，这一整套工艺的极度成熟已使青铜器的优点尽量发挥，然而青铜本身所固有的缺点也暴露无遗，于是一些有远见的工匠便把目光投向了铁。

随着年龄的增长，我铸的剑在折断的同时已能将母亲的剑磕去缺口了。但我心里很清楚，用老办法我永远也不可能超过母亲。认识到这点后，我也将目光投向了铁。铁的应用商周时已有，那时的铁源自陨星坠地的陨铁。铁的卓越性能远胜于青铜，但其极高的熔点使得冶炼极为困难。铁宁只有极少的工匠在一点点摸索铁的冶炼，我也加入了这个行列。

三年里，我四处走访各地的能工巧匠，向他们请教经验，并埋头钻研新的炼铁术。为了一个小小的配方，我常数日不眠。最后，我改造了熔炉，发明了鼓风用的风箱，并精选了煤炭作为炼铁燃料。我没料到，这套方法将在以后的两千年中为无数个工匠所效仿。第四年，我铸出了“临风”。铸剑的那些日子，炉火不分昼夜地燃烧，数里外就能看见升起的浓烟和火焰。整个村子都仿佛笼罩在一片火光之中。熔炉旁聚满了围观的人，村里最好的铸造师傅都来了。他们说从未见过如此宏大神奇的景象，似乎天地间的轮回都受到了这炉火的扰动。数月的时间，滚烫的铁水终于淌出熔炉，接下来便是一次次淬火锻打。震耳欲聋的锤声一直彻响了一百二十天。由于过度劳累，我仿佛患了一场大病，面色蜡黄，形容枯槁。随着剑成日期的临近，我的身体也日益衰弱。我简直是在用生命在铸这柄剑啊！

剑铸成的那个黎明，我捧剑面朝东方，“临风”在晨曦中熠熠发光。我能感觉到它的心跳、它的躁动……远方，旭日冉冉升起，人类的铁器时代已经来临！

母亲的表情有点儿怪，她从屋内拿出一柄古旧的剑来。这把剑通体乌黑，看上去毫不锋利。母亲握着它与其他剑相碰，那些剑无一例外地折落。

“你的剑有它锋利吗？”母亲举起那把黑剑，我毫不犹豫地握着“临风”迎了上去。

剑光闪动，我挥剑的手并未感到丝毫阻力，母亲手中的黑剑已断成两截。母亲的脸霎时变得惨白，她颤抖着手接过我手中的“临风”，只见“临风”毫发无损。她的泪水夺眶而出。

“夫啊！你的儿子可以给你报仇了！”她仰天喊道。

母亲红肿着双眼告诉我，父亲曾是专门为楚王铸剑的工匠。一天，楚王派人送来两块天上飞来的陨铁。父亲看出这铁是稀世的珍宝，便花费了三年的时间，炼成了两把绝世的宝剑。这剑一雌一雄，合在一起时，便像有生命一样颤抖不止，可以自动飞刺数米外的对手。父亲深知楚王心胸狭隘，他若同时拥有这两柄剑，便不会容许父亲活下来再为别人造类似的剑。于是，父亲决定只携带雄剑去见楚王。他临走时告诉母亲:“我把雌剑留下来，如果我被楚王杀了，就让儿子为我报仇，但一定要等到他铸的剑超过我之后。”父亲一去就再没有回来。

“你造出了楚国最好的剑，现在你就拿着它去手刃你的杀父仇人——楚王。”母亲低低的声音充满了仇恨。我带着剑来到楚国都城郢。我杀死楚王替父报仇的信念曾坚定不移，但当我夹杂在人群中，看着出巡的楚王在众臣簇拥下从眼前走过时，我的手却怎么也拔不出剑来。我茫然躲入林中，放声大哭。父亲的含冤而死，母亲的殷切期望，让我特别想将楚王千刀万剐。我并不怕死，也并非不想报仇，可为什么我拔不出剑、下不去手……究竟是什么在阻挡着我?

“借剑一观，可否?”我闻声抬起头，一个黑衣人不知何时站在我的面前。我将剑递给他。他捧起剑。密林中异常昏暗，只有零星的一些光线透过树叶的缝隙洒下来。黑衣人慢慢拔出剑，“临风”迸发出幽蓝的光。“确是楚国最好的剑!”他赞叹，忽又严肃地望着我道，“有这么好的剑，你还在这里犹豫什么?”我哑口无言，他仰天大笑。

笑罢，他神秘地说道:“你是铸剑人，却非用剑人!”我的心一颤。“我借剑时，假如你是个用剑人，你是绝不会让陌生人碰你的剑，可你却未加迟疑地递给我。为什么?因为你从未把它当作杀人的武器。在你眼里，这剑仅是你心血和才智的结晶。你高兴别人去欣赏它，赞美它。”我默默点点头。他又大笑:“也许我还算是个用剑人，我替你去报仇罢。”他的身影随同笑声一起消失在林中。

第二天，传言楚王遇刺受了伤，一个相国也被刺死了，现正在缉拿刺客。我自觉无颜再见母亲，便只身逃出楚国。在齐国流浪了半年后，我来到了秦国。在那里遇到了我以后的老师——甘德。自此，我开始跟从他学习星相和历法，并随他周游列国。

他缓缓朝我走来，身体被一团绿色的荧光围绕着，透着说不出的神秘和圣洁。

我静静地望着他，毫不慌张。我不知他是谁，也不知他来自何方，但我竟莫名地有一种迎接老朋友的感觉。

距我五步远的地方，他停下来。他浑身裹着一层荧绿的鳞甲，不知是皮肤还是衣服。我看不见他的眼睛，但我能感觉到他在注视着我。一柄剑持在他的左手，那剑不是金属的，仅是一道犀利的紫色的光束。

“能看看你的剑吗？”

他低头看了看手中的剑，紫光消失了，仅剩下一截冰一样透明的剑柄。他一步步走近我，直到我们已能感觉得到双方的气息。他举起剑柄，假如这时那道紫光重现，我会被立刻洞穿。他犹豫一下，把剑柄放到我手上。

我握住剑柄，淡淡的紫光从中探出，随着我用力，紫光就越来越犀利。我仔细观察着它，却无法洞悉其中的奥秘。

我把剑递还给他。

“是柄好剑。”我赞叹道。

“你的剑……也很好。”他说话了，用词生硬，却是我的语言！

“你……从哪里来？”我问。

他抬手指向遥远的夜空。

“乘着它……飞来的？”我问。

他点头。

我仰起头，满天的星光朦胧而生动。在我的幻想所能抵达的极限，无数个奇异的世界正潮水般向我涌来。

下篇

我也不知道我在哪儿。

绵延数百千米的城市灯火，各式各样漫天乱飞的航天器，交错的炫目的激光，燃烧的行星基地……如今都消失无踪，取而代之的是这静悄悄的原始星球，仿佛一切都从未发生过。

我被这突如其来的变化弄晕了，呆呆地望着舷窗外一派原始但生机勃勃的平原。过了一会儿，我抬头仰望缀满繁星的天空，我从那里来，曾在那里任意驰骋，现在它却显得遥不可及。

飞船主控电脑显示飞船的损坏情况：四台发动机中的两台被彻底毁坏，飞船部分蒙皮破裂，指令舱和生活舱失去密封。在孤立无援的情况下，我根本不可能修复飞船。

太阳系不存在这种充满生命的未开垦的美丽行星。我到底在哪儿？银河计时基准竟倒退了二十一个漂移点，我一怒之下险些将其砸了。直到这个原始人站到我面前，我才终于意识到自己跨越的是时间而不是空间，我似乎莫名其妙地回到了两万一千年前的“古火星”。

坦白地说，我一时不知所措，而这个人的镇定自若又让我吃了一惊。他独自驻足于夜雾中，仿佛一个事先派遣的导航员，来引导飞船降落。

他身着简便的服装，腰佩金属剑，左手牵着驯化的坐骑。这就是我的祖先，整个火星人类的祖先。火星人的起源之谜已经困扰火星世界整整两千年了，我们仿佛是在两千年前的一天突然降临到了火星上，从而开始了高度发达的文明生活。对此之前的事，我们的大脑一片空白，考古学家们在火星表面也丝毫找不到祖先的进化遗迹。

我抬起头，群星在宇宙深处明明灭灭，仿佛女孩含情脉脉的眼睛温柔地俯瞰着我。一个巨大的朦胧银白的星体映入视野，当认出那是月球的一刹那，我灾难般地意识到，自己置身的星球是地球而非火星！我的头随之炸裂般地轰鸣，胸部伤口一阵剧痛，喉咙腥甜，一口血喷到面罩上，眼前立时变得血色模糊。该死的月球仍挡在地球前面，它的四分之一连同上面的超级防御基地早已不翼而飞，但满布月表的火力点仍疯狂地喷吐着火舌。地球人几个世纪的苦心经营已把月球构筑成一个空前庞大的战斗堡垒。火星进攻舰队飞蛾扑火般冒着密集的炮火前进，不时有飞船被击中，凌空爆炸，有的船长驾着起火的飞船突破月球火网与上面的基地同归于尽。这是地球人与火星人的生死对决，整个宇宙都沸腾了。

地球的另一面却异常寂静，我的战舰装扮成地球人的货运飞船，正悄然靠近地球。飞船将在四十九小时左右进入地球大气层，届时飞船上满载的核弹会准时引爆，其威力可使地球毁灭一千次。

一枚巨大的黑色纺锤体像气球一样自地球方向的宇宙阴暗处浮

出，在距我不远的地方，它迅速扩大，形成一个微型黑洞。

地球人近来扬言已研制成一种可吞没星球的名叫“地狱窗口”的星际武器，看来并非恫吓。

飞船被一股巨大的引力拉向无底的深渊，黑色填满了我惊恐的视野。

天和地在旋转，我感到身体和信念都在崩溃。昏倒前的瞬间，我猛然想起，满船的核弹将在四十九小时之后爆炸，其引爆定时程序不可逆，那么这二万一千年前的地球将被摧毁！

我还恍惚看到那原始地球人正奔上来扶我。

我出生时正处在火星文明的繁荣顶峰。

火星世界已被整个文明化了，几乎找不到自然的痕迹。在火星政府的强硬政策之下，五千万火星人夜以继日地工作着，巨型飞船正向宇宙更深处探索……

然而这一切对我来说都毫无吸引力，因为这辉煌文明的存在与我并不相干，我从未从中得到过快乐。

在育儿中心长到四岁，我便被送到火卫Ⅱ的世界学校接受严格的公民教育。这所拥有两百名学员的学校，包括校长在内只有十二名管理人员。学校的纪律严格得近乎残酷，我们的一举一动稍有不妥之处，便会遭到严厉的处罚。这枯燥无味的课程，这毫无生气的学校，都让我感到厌烦和恐惧。毕业前一年，在一堂量子物理课上，女同学林莹禁不住好奇地问机器人老师，为什么我们学习的都是这些深奥的物质文明课程？我们的文化在哪里？我们的历史在哪里？为什么每年一堂的人文课现在也停了？三天后，林莹从学校里消失了。我们后来才知道，她被派到冥王星去采矿了。

林莹究竟做错了什么？我和火华一直爱恋着她，我俩对她的遭遇感到怒不可遏，却又毫无办法。

终于，我们熬到了毕业。大家怀着出狱般的轻松奔向各自的工作岗位，然而等待我们的是更严厉的管理。我被分配到火星地面宇航局，两年来，工作被安排得满满的，我只能像机器人一样一丝不苟地拼命工作。除此之外，我还得小心提防同事的流言蜚语和恶意陷害。

我不堪忍受这种非人的生活，便报名当了一名往返于火星与冥王星的货运航船驾驶员。尽管航行漫长枯燥，但总比面对冷酷无情的火星同类要好。况且，我还可以到冥王星去找林莹。

我在起航前往冥王星不久，火星世界爆发了有史以来最大的一次心灵危机。我的航行基本未受影响，但在冥王星上我没有找到林莹，据说她早在流放途中就自杀了。一年后，我回到了火星，整个世界都已面目全非。超级水坝的泄洪闸大开着，下游占地数百平方千米的自动工厂没于一片汪洋之中。城市中到处蔓延着火光，数百米的摩天大厦倾倒在荒芜的地上断成数截。原火星政府早就被赶下了台，原有的一切桎梏都被崛起的新一代人类所砸碎。他们曾饱受折磨，他们的羽翼丰满之日，便是他们的复仇之日。

然而复仇之后，复仇者们茫然了。对着一个混乱的世界，没有人站出来告诉人们该何去何从。火星世界的一切都停顿下来，无数个异端邪教组织在民间泛滥，每天都有数以百计的人绝望自杀……

我开始明白，从前那种秩序尽管严酷无情，但它毕竟维持着火星文明的高速发展。如今它被打破，火星文明就不可避免地走向崩溃。可是，我们不可能在那种冷酷无情的世界里生存下去，我们终究是人！

那么，追究所有根源，只有一千年历史的火星人类怎能支撑起一个数万年生物进化的高度文明呢？

长期以来，考古学家们被此问题折腾得焦头烂额。他们在地面上找不到丝毫古人类的遗迹，而外星系高智慧种族假说虽能自圆其说，但仍旧毫无证据。

火星文明岌岌可危。

一切都在我三十岁那年突然好转起来。这一年，一直守候在太空天文基地的考古学家们，终于收到了来自鲸鱼座α星的祖先回音，事实水落石出：两千年前，α星曾派遣一支考察队访问了太阳系，后来，因故障无法返回的队员们在火星重建了文明。

来自α星的电波传来了祖先们的召唤！整个火星世界欢呼雀跃。所有的人都一个心思：到α星去，回到我们的故乡去！火星文明奇迹般地恢复着。火星需要巨大的能源，我们要建造具有正反物质发动机的超级星际航船，用来飞向α星。

但火星在向宇宙迅猛发展之际，却遇到了绊脚石，那便是太阳系的土著民族地球人。尽管地球人也步入宇宙时代，但其文明仍与火星相差甚远，并且地球人生性凶狠狡诈。因此，火星世界自诞生伊始便与地球人从无接触。

几十年里我根本不知道地球人的存在，后来才零碎地知道一些情况。在地球上拥挤着四百亿人口，这是一个正在走向末路的民族，他们脆弱的文明已无法经受任何危机的冲击。等待他们的只有一步步地消亡，我们对此不屑一顾。

由于历史原因，他们拥有太阳系除火星和冥王星外的其他所有星体。然而，他们根本无力开发，大部分星球都荒芜着。

于是，我们开始在其上建立矿场和基地。其间，难以避免地和地球人相遇了。最初大家基本相安无事，可好景不长，火星人类建在海卫上的导航基地莫名其妙地失踪了。在附近搜索时发现了一艘地球飞船，火星舰队当即将这个庞大笨重、弱不禁风的丑八怪打发回了老家。随后，火星人矛头直指地球，开始大肆清除地球人在外星所设的基地。

对于资源贫瘠的地球来说，被断绝能源供应无异于坐以待毙。于是，地球正式向火星宣战，太阳系战争爆发。

在火星人类的眼中，这根本就是一场极易获胜的战争。地球人的旧式战舰被火星的超级舰队顷刻围歼，火星军队继续清除地球人在其他星球上的基地或殖民地。不到一个火星年，地球人就丧失了除地球和月球外的所有宇宙领土。

然而，随着战争的延续，形势急转直下，火星部队强大的攻势后来被彻底粉碎，地球人不可思议地进行了反攻。除了过剩的人口，地球人几乎什么都没有，但他们竟一路长驱直入，直逼火星本土。没有人明白，我们几乎拥有一切，可最后竟然要输掉这场战争。为什么？难道有神在暗中保佑着地球人吗？

为了挽救败局，火星政府不得不孤注一掷，将一艘伪装成地球飞船的战斗舰载满定时核弹，试图把地球人从宇宙中抹去。谁知飞船和身为驾驶员的我却被阴差阳错地抛到了两万一千年前的地球。

我在生与死的边缘挣扎。

短暂的苏醒，我发现自己躺在一卷厚厚的植物纤维织物中，周围是一根木桩撑起的相同织物的简易帐篷。那个叫赤比的古地球人守在我旁边，他的右手正拿着从我身上脱下的宇航服。

我再度昏迷，离开宇航服对我便意味着灭亡。我被这星球巨大的引力挤压着，动弹不得。随着正午的临近，我的全身仿佛被一团越燃越旺的火焰烘烤着，每一个细胞都在干涸和破裂。

我快死了。

是什么如此清凉地进入我的心胸？有人扶我半坐，是赤比，他一口口给我喝一种极苦的植物汁液。恍惚中，我看见他的脸贴近我的眼睛。他的眉头紧锁着，目光中满是关切，厚实的嘴唇透着自然的朴实与善意。我的头靠在他宽大的肩膀上，内心竟涌出一股从未有过的安全感。他是谁？他是洪荒时代愚昧无知的原始人，是卑劣凶蛮的地球人祖先，是高度发展的火星文明面前的一粒微尘，可他却给了我父亲般的温暖！

其实我从没尝过父母之爱。在我们的世界里，我不过是借用了父亲的精子和母亲的卵子，除此之外，我们就仅剩下一个父子的名分。从试管中孕育，到我长大成人的数十年里，父母从未来看望过我，更别提给予关怀和帮助。一次，机器人保姆指着电视中演讲的一个政府要人说，那就是你的父亲。我看着他，心中毫无感觉。火星世界中，父母并没有抚养子女的义务，所有的孩子都和我一样，在辉煌的文明前孤独地长大。

那汁液使我积蓄了一点儿力量，我竭力抬起重如千钧的手，指向我的宇航服。随后，我又昏迷过去，但这次我的大脑仿佛是清醒的。我猛然意识到，我在向谁寻求温暖？他们是火星人类的敌人啊！我不是在认贼作父吗？我要去毁灭他们，反正核弹已临近爆炸。可是，我真的是认贼作父吗？迷雾从脑海中漫起，淹没了所有思绪。混沌中，两颗星凄迷地亮起，多像火华的眼睛啊。这个时候为什么会想起火华？

在火星部队进攻月球暂时受挫时，火华和其他士兵一起撤回火星，可是并没有在宇宙港接到他。听前线撤回的士兵说，他被直接送到精神治疗中心去了。

数月后的一天傍晚，我回到自己的房间，发现火华正坐在房中那扇落地窗前。窗外就是迷乱的星空。他的身体仿佛都融于这幽深的宇宙，仅剩他那双凄冷的双眼。

“听说你要去参军了？”

我点头。

他沉默，用迷惘的目光注视着我。良久，他又问：“你知道我们，我指的是整个火星人类，来自何方吗？”

我不觉笑道：“这个数年前困扰着我们的千古之谜现在还是问题吗？我们不是已经接到来自鲸鱼座 α 星上的祖先们的来电了吗？”

他摇头，摇得很慢。我看出他是在努力抑制自己的激动，但他的声音却依然有些颤抖：“不，这不是真的，根本就没有什么 α 星，没有什么祖先来电！”

“我看你的精神有些不正常。”

谁知我的笑却激怒了他，他像疯了一样扑上来抓住我的衣领，大声吼道:“你这个傻瓜！你……你们都被该死的政客给骗了！这不过是个大骗局！那些知道真相的浑蛋们清楚，如果没有什么凝聚力使大家团结在一起，火星世界就得完蛋！于是，他们就装扮成什么考古学家，再伪造一份所谓的星外来电，以转移致命的心灵危机。这是个弥天大谎！一个可以使火星文明苟延残喘的弥天大谎！”

说话时，他的眼神疯狂恐怖，令我心悸。说罢，他也意识到自己的失态。等喘息逐渐归于平静，他默默地回到椅子上，叹口气说:“我来告诉你另一段历史吧！我并不是来和你争吵的，所以请你不要打断我……大约三万年前，太阳系的某颗星球上产生了高智慧生物的萌芽。那颗星球是地球，而非火星！在跨越了漫长的岁月后，地球上的生物已创造了辉煌的文明和文化，在进一步迈向宇宙空间的时候，火星仍旧是一颗布满氧化铁的荒凉星球。后来，人类登上了火星，但火星并不适宜人类生存。它的大气极其稀薄，平均温度只有零下六十度，季节变更时还会引起猛烈的风暴。又过了几百年，地球本土的能源枯竭导致人类陷入严重的能源危机。地球人类决定执行‘绿洲’计划，把火星改造成第二个地球。他们在火星轨道设置了大量太阳反射镜，并在火星表面建造了数千座生产臭氧的化工厂，它们产生的强大的温室效应将使火星气候变暖。于是，诸如酵母和细菌等简单的生命形式就可以在火星上培植，这些生命又释放出氧气，从而制造出使人类能够生存的环境。上述计划，整整进行了四千年，在几乎耗费了人类的全部财富之际，新的火星诞生了！仅仅用了一百年的时间，只有一千万移民的火星在经济领域已经超越了地球，而地球上 90% 的能源都来自火星。随着火星政权落入自我发展意识极强的一代人手中，在火星人眼里，地球已成为严重阻碍火星发展的重要因素。火星开始悄然发展自己的军事力量，不过数十年时间，它的军事力量已可以与地球相抗衡了。于是，它提出了脱离地球联盟独立的请求。可是，没等地球表态，火星本身便爆发大规模反独立运动。老一代地球移民们的心中，地球再贫穷也毕竟是自己的母亲，他们热爱它，尊敬它。独立之事便这样不了了之。自此之后，火星的独立运动从未停歇过，但随着地球移民占火星人类的比重逐渐减少，火星与地球的隔阂日益加深。终于，一个坚持独立的火星强硬政府上台。它利用各种手段威逼利诱地球。最后，火星终于迎来了独立。从此，火星和地球断绝了所有联系，在一个封闭的环境里开始自我发展。为了防止人类的思乡之情再度掀起火地统一浪潮，年轻而无知的火星人类放弃了地球的所有文化传统，企图单独发展自己的文化，并且拒不承认火星人是地球人的后裔。两千年后，生活在火星上的人类对地球已一无所知，他们认为地球人是一个人口过剩、素质低下、资源贫瘠并且与火星毫不相干的外星种族。这些就是我要告诉你的。”

我也逼视着他。现在的问题是严肃的，我冷冷地说：“既然你说 α 星的来电是骗局，那么我完全可以认为你说的同样是个骗局，除非你能拿出确凿证据。”

他一笑，笑得极为凄楚。“火星人类的数量只不过占了人类总数的十分之一，而它几乎掠夺了人类文明的所有财富，这还谈什么发展？谈什么文明？这就是自私、贪婪！为了脱离人类，我们抛弃了所有人类的文化，还以为高速发展的经济就是文明？无知！愚昧！结果呢，我们不得不求助于严酷的管理，求助于考古骗子们的蛊惑。现在好啦，报应终于到了。知道真相的人越来越多，觉醒的火星人开始帮助地球人类反攻火星了。难道你没有看见吗？”说着说着，他的手中不知何时多了一把枪，“为什么我们要打仗？为什么我们要屈服于自己心底的自私和贪婪？为什么我们不能团结在一起友爱互助……”

我突然发现他的眼中涌出泪来。不等我说什么，他已经按下了电钮，哭泣的头颅碎裂开来。

事后，精神治疗中心负责人告诉我，火华是在接受治疗时逃跑的，他患了严重的妄想症。

火华是我最亲密的人，但火星人类的冷酷无情使我对他的死几乎无动于衷。当时，我相信他确实患了妄想症，他的话不过是他的幻想而已。而现在我理解火华了，我不正处在他当时的境地吗？我现在理解他在了解人类最阴暗的隐私之后的痛苦，理解他在人类互相残杀面前的无奈与绝望。他是因绝望自杀的，并非患了什么妄想症。庞大的火星文明在我心中已彻底坍塌。从赤比身上，我感到了强烈的归依感。我明白，他就是我的祖先。我心灵深处沉睡的记忆突然复苏，并与赤比产生了强烈的共振！

我恢复了健康，无论身体还是心理。我身上被重新套上了宇航服，一定是赤比在最后时刻看懂了我的手势。

见我好转，赤比也异常高兴。他端来几碟食物和一壶名为“酒”的饮料招待我。这些粗糙的原始食物，我的胃恐怕消化不了。我推辞说不饿，并示意他自己吃。

他不推托，边吃边和我聊起来。

我了解到，他的国家正在和一个叫“秦”的国家打仗。对手极其强大，上一次战争中他们有数万人被秦军屠杀。而这次他们再度陷入困境，已经有几万士兵阵亡，援军还迟迟不到，整个军队进退两难。赤比说现在战场局势对他们极为不利，一旦秦军找到他们的弱点猛攻，那他们将必败无疑。赤比对楚军的境遇深感忧虑。我看着他不觉想起了火华，尽管他们相隔万年，却有着共同的哀愁。

赤比又问起我所在世界的情况。我告诉他，尽管我的世界美丽无比，但它同样动荡不安。他听后，低头不语。我猜测，他一定认为只要人类文明极度发达后，野蛮的行径就会随之消失，而我的话打碎了他的梦想。

不知不觉中，他的忧伤也感染了我，于是两个人一起沉默了好久。

我们又谈起了科学。对这个话题很感兴趣，如数家珍地列举着自己对星空的发现。他告诉我，孛星的来临是有规律可循的，他正在试图算出这一周期；而陨星的降落时间和规模都是不可知的，但它们却含有大量的金属成分，利用价值极高。他又小心翼翼地捧出一卷书稿让我观看，那上面标有几百颗星体的精确位置。他对我说，这是他老师一生的心血。我感到，尽管这个时代十分落后，但像赤比这样原始的文明探索者却有着无比强烈的求知欲。我觉得，正是他们在这远古之夜一点点积累起灿烂文明的火种！

这时，我突然想起那要命的飞船还停在这片大地上呢！距核弹爆炸时间已经不远了，我仍无计可施。

赤比仍在兴致勃勃地介绍他的铸造术，他领我到帐外去观看士兵们铸造铁器。

地球上的白天即将过去，日落的景色和火星并无区别，同样给人凄凉的感觉。也许明天这个时候，我连同周围的一切都将不复存在。

在一大片开阔的地上，数百名士兵正围在一个熔炉旁，反复锻铸，锤打着铁质武器。赤比随手拿过一柄剑递给我，我仔细端详着。剑背很宽，刻着朴实的菱形花纹，分量十分沉重，它的质地竟然是钢！我的心突然一动，这种冶炼技术已然具有了一定水平，稍加改进，或许可以帮我修好飞船。

我的目光投向赤比，发现他也正注视着我。我俩不约而同地说道："我有件事要求助于你……"

我们相视而笑，又同时说："你先说！"

再三推让，他坚决要我先说。

我用询问的眼神望着他。"你……相信我吗？"我问。

他毫不犹豫地郑重点头，这是古人特有的义气与朴实。

于是我说道："我想你知道，我乘的飞船坏了。假如我不能在两个日落的时间内修好，并将其驶离这里，那么它带来的灾难将无法想象，说不定整个大地都会毁灭。现在，我只有依靠你们的帮助，才有可能使飞船修复。"

"你需要多少人？"

"至少五百人，当然越多越好。"

他不答。片刻，他忽然抬头问："我的帮助真的很重要吗？"

“必不可少！”

“好吧！”

我知道赤比本想让我帮助楚军摆脱绝境，但我帮不了他。

天空无星无月，夜色混沌一片，背后处的楚营灯火暗淡昏黄，这支大约有两千人的队伍悄然行进着。

我和赤比的战车走在最前面，依靠司南指示着方位。他不断抖动缰绳催促战马快行，深蓝的夜空朦胧映出他的身影。他的眼睛反射着微光，仿佛是远古黑夜中仅有的两颗星辰。

望着他，我不觉回想起刚才的情景。

夜幕将临，晚霞尚未散尽，赤比将千名铁宁营的将士召集在一起，并命令卫兵封锁营盘，禁止任何人出入。

他站在一个木制高台上大声宣称：“我已经领受了神的旨意，要带领着将士们去修复神的飞船，否则神将被激怒，楚国将受到神的惩罚！”

他的话并没有引起骚乱，士兵们依旧保持着整齐的队形，他们信任地望着赤比。“住口！”一名军官叫道，“你是要去投降秦国！”说着伸手拔出佩剑。

赤比的手比他更快，他随手拔出我腰间的光剑，军官的剑还未落下，紫光已经穿透了他的胸膛。他惊愕地望着赤比，望着紫光莹莹的光剑，仰身摔下高台。

另一个军官见势不妙，掉转马头向其他营盘逃去。赤比大喊一声，手中紫光陡然大盛，一道紫光从军官的背后划过，军官和战马一同坠落在激起的烟尘中。

赤比高举起光剑，面向士兵们道：“这就是神的武器，在神的保佑下，我们将所向无敌。将士们，欢呼吧！”

士兵们整齐地敲击着长矛和盾牌，予以回应。

赤比的行动使我吃惊不小。我清楚地记得光剑的有效使用距离仅有十米，我弄不清为什么在赤比手中，它竟可以在近百米处伤人。赤比的目光隐隐让我感到害怕。他给我的印象始终是文弱的，是什么使他变得如铁一般刚强，仿佛没有什么能阻止他？

我们蒙骗了大营辕门的卫兵，部队成功与楚国大军脱离，朝飞船坠落地点疾进。

两个小时后，我们抵达目标。此时距核弹爆炸时间还有二十个小时。可是，一旦天亮，楚国大军就会察觉铁宁营的失踪，然后便会下令将有通敌嫌疑的铁宁营歼灭，而我又无力给他们以保护，所以真正能利用的时间仅有这一夜。

赤比命令五百名士兵围着飞船列阵，负责监视秦军和楚军的动静，必要时对一切外来力量予以回击。剩下的千余名士兵立刻架起炉火，准备熔铸。

飞船主控电脑向我提供了飞船的修复方案，只要把飞船蒙皮修复，我就可以利用剩下的两台发动机勉强飞出地月系。但我不清楚这种远古冶炼技术是否真能如我期望的那样，可以应用在这艘万年以后的飞船之上。

电脑对他们带来的金属进行了分析，其成分大部分为铁，少数为中碳钢。若原物原用，即使可以将飞船修复，其巨大的质量也将破坏飞船的平衡系统。我灵机一动，拆下毁坏的发动机，将其重烧，与铸铁一起混合使用，或许可行？计算机算出我的方案可行性为30%，无论如何，我已别无选择。

修复工作迅速展开。

大地无边无际地伸展开去，夜空的穹窿把世间万物扣在一片黑暗之中。平原的核心地带，飞船的照明装置把船体连同周围近百米的地带照得亮如白昼。无数个古代士兵在电光中忙碌着，简易的高炉已经垒起，有人点燃了炉中的煤炭。七八个士兵压动数张牛皮缝制的风箱，强劲的风力使火花大盛，浓烟升腾。数百名士兵正借助我提供的少数几件简单工具拆卸飞船发动机，尽管他们都是这个时代的能工巧匠，但面对复杂精密的发动机，他们无知得就像几岁的儿童。我密切关注着他们，但还是没能避免事故的发生。一个尾喷嘴脱落下来，砸死了四个人。我一时惊得不知所措，担心修复工作会因此停顿，而他们竟不动声色地收拾了同伴的尸体后继续工作。

发动机与铁已在高炉中熔化融合，而赤比亲自率领制作的泥范也在进一步烘干之中。

数小时后，第一块飞船蒙皮浇铸出来。说实话，尽管铸出的合金板仍显粗糙，但如果不是亲眼见到金属液流入泥范中，我是不会相信它是用如此简陋的工具制造出来的。

虽然我脑中的知识比这些古人丰富得多，但我也只能无助地站在一边，看着他们把合金板砸平磨光，再用原始笨重然而有效的方法将其铆接在飞船损坏处。如此这般，飞船破裂的船体在这些远古人类的手中被渐渐缝合。这种缝合是极其脆弱的，但我认为，如果我在驾驶时足够小心，也许飞船的新蒙皮可以坚持住。

修复工作接近尾声的时候，掌管熔炉的士兵向赤比报告，烧铸用的金属用完了。没等我和赤比作出决定，一个哨兵策马而来，喘息着道：“报……报告，楚军大营起火了！”每一个闻讯的士兵都扭头张望楚营方向。果然，东南方的天际一片火红。

不久，又一个哨兵探明，楚军大营遭到了秦军几路人马的偷袭，目前两军正在混战之中，战况对楚军极为不利。

士兵都停下了手中的工作，惶恐的低语在士兵群中起伏。

赤比见此情景，大声喊道：“休要惊慌，继续干！”说罢，他走到熔炉前，抽出自己的剑扔了进去。其他士兵先是犹豫，而后便主动效仿他，纷纷将金属制的武器投入熔炉。

拂晓时分，飞船修复完毕。千余名士兵站在飞船前的平原上，目送我登上飞船光梯。不知为什么，当我转身背对着他们时，我感到了一种从未有过的孤独。仿佛我所凭借的一切，这飞船、这衣服、这脑中知识，都如雾般消散，仅剩下一个我的躯壳。

我转身再次回到赤比面前，把光剑捧给他：“送给你吧，留个纪念。原谅我，不能给你帮助了……”

“不，我想问，会不会有一天我们也能发展成你们那样的文明？”

能！

我扭过头去，泪水潸然而下。我的心中大喊道：“你就是我的祖先！”然而，我最终未能说出这句话。

飞船腾空而起，我小心翼翼地驾驶着它向远方飞去。数小时后，我就将随它一起，在宇宙深处消失得不留痕迹。我的心毫无恐惧，相反却有些庆幸。我这颗灾星终于被祖先们扫地出门了！否则这人类的历史进程恐怕会被阻碍数千年。

而在遥远的未来呢？在那场人类的自相残杀中，因为我的失踪，也许会使人类重新认清自己，认清自己的同伴，从而开始善意的合作吧。

我为自己的遐想感到高兴，我的目光透过舷窗向地面望去。

我仿佛看到了辽阔的平原上，赤比正带着他的部队向着远处疾驰，他们的前方楚军大营仍在燃烧。

我耳边还回荡着他们的歌声：

……

带长剑兮挟秦弓，

首身离兮心不惩，

诚既勇兮又以武，

终刚强兮不可凌。

身既死兮神以灵，

子魂魄兮为鬼雄。

灵天

星球上的精灵们呀，
你们创造了绚烂多彩的文明，
可是每一次仰望星空，
你们的眼神中，
却总有无法述说的惆怅和忧郁。
那是因为什么？
那是因为你们呀，
还没有吟唱出完美的天籁之声！

一、灵豚

行星公转三十六亿七千万圈。

在天空下吟唱是灵豚生命中最大的幸福。

夜晚。

万里无云，繁星满天。

占据了整个行星表面的海洋平静下来，像一张巨大的摇床缓缓晃动。

近千只灵豚聚集在海面上，竭力挺直身子，把头昂向天空，大声歌唱着。静谧的夜空仙乐飘飘。这是行星上最动听的声音。

这场隆重的仪式是为首领举行的婚礼，部落里的灵豚都从四面八方赶来参加。灵飞游动在豚群的最外缘，羡慕地望着被众灵豚紧紧簇拥的灵闪和灵舞。

争夺灵舞的决斗是在三天前进行的，没有灵豚想到瘦弱的灵飞敢向灵闪挑战。灵闪可是几代以来最强壮凶猛的首领，曾经独自杀死过一头海象。其实灵飞也是迫不得已，谁让灵闪偏偏看上了自己心爱的灵舞呢。决斗的结果根本没有悬念，要不是灵闪齿下留情，灵飞恐怕已经成了海藻的肥料了。决斗虽然输了，灵飞嘴上却仍然不服，声称决不放弃灵舞。第二天，有灵豚看见他还鲜血淋漓，口吐白沫地到灵舞那里想带她私奔，被灵舞一口回绝了。对这个无赖似的家伙，部落里的灵豚都嗤之以鼻。灵飞却仍然厚着脸皮前来参加婚礼，寻找带走灵舞的可乘之机。

今晚的夜空是如此明澈，群星迷乱地布满天幕，灿烂的星光在黑蓝的海面辉映起点点银光。望着这美丽的景象，灵飞感到沉醉，失去灵舞的忧伤和浑身伤口的痛楚似乎也减轻了许多。他也敞开嗓门跟着大家吟唱起来，一种平和、温柔、幸福的感觉渐渐油然而生。这美妙的天籁之声，灵豚们已经夜夜不息地歌唱了千万年，可是灵飞总是感觉歌声中还缺少些什么，让他不能达到幸福的浪峰。

就在灵豚们都沉醉在歌声中的时候，灵飞突然隐隐感到一丝不安。不久，豚群骚动起来。一个硕大无朋的黑影毫无征兆地出现在天空，迅速遮盖了群星，海面上一下子陷入黑暗。

“天鲸，天鲸，是天鲸来啦。”灵豚们惊恐万状地悲鸣着，四处逃散。

灵飞仰望着急速扩大的黑影，无法抑制的恐惧填满了脑海，使他只想夺路而逃。可是，一丝牵挂让他犹豫着，他翘首向灵舞所在的方位张望。然而，天空已经完全黑暗下来，到处都是四处游动的灵豚的黑影，他根本看不到灵舞。

一道高高的水墙向豚群急速推进。原来，天鲸已经降落到海面了，正张开巨口享受美味。灵豚们不顾一切地向水墙的反方向奔游，灵飞被豚群挟裹着加入逃跑的行列。

水墙如同一架呼啸的死神战车，疯狂撞向豚群。落在后面的老弱灵豚纷纷被吞没，濒死的悲鸣震颤着每个灵豚的心。灵豚们逃跑的速度已经达到极限，一些强壮的灵豚为了加快速度不断跃出水面。然而，与水墙的推进速度相比，他们的努力没有丝毫作用。

眼前这恐怖的一幕，已经在这颗行星上，在灵豚的历史中重复了千千万万年，并且还将继续重复下去。整个灵豚部落往往都会被水墙吞没，偶尔有极少数幸运者会存活下来。

灵飞生下来就与众不同，很少有灵豚会像他那么虚弱瘦小，也很少有灵豚像他那么多脑筋。他脱离了豚群，径直向海底潜去。海底也并不安全，水墙的范围一直波及极深的水下，逃生的关键是在水墙抵达前必须下潜到足够的深度。潜入海底的灵豚也有百余只，不过灵飞瘦小的身体显出了优势，他可以下潜得更快。

很快，灵飞超越了其他灵豚，但是他知道还没有脱离危险——水墙急剧向他塌陷而来。这时，他听到了一个熟悉的声音。这声音十分短促弱小，随即就淹没在灵豚们的悲鸣声中，可他还是辨认出，那是灵舞的声音。他迟疑了一下，马上就停止下潜，回过身迎着豚群上浮。

很快，灵飞就在豚群中分辨出灵舞那优美的身影。她正竭尽全力向海底游动，灵闪就伴随在侧前方，为她分开挡路的灵豚。

最凶险的一刻悄然来临，他们身后平静的海水突然化成了一个无边无沿的漩涡，狰狞着向他们旋转而来。在漩涡的后面，隐约可见一座座惨白的山峰掠过，那是天鲸代表死亡的利齿。

一只只灵豚被卷入漩涡，一闪就不见了。灵舞和灵闪所在的深度处在漩涡的边缘，但他们弱小的力量根本无法摆脱漩涡的吸引力。

灵飞不顾一切地向他们游去，尽管他知道自己的努力是徒劳的。

灵闪和灵舞很快被漩涡所俘获，渐渐坠入漩涡核心。灵闪忽然离开灵舞，用尽全身的力量加速向灵舞撞去。凭借着撞击的力量，灵舞摇摇晃晃向漩涡外漂去。灵舞回首找不到已经被卷得无影无踪的灵闪，竟然重新向漩涡游去。这时灵飞赶到了，他重复着灵闪的动作，也向灵舞撞去，一次，两次……灵舞终于摆脱了漩涡，向海底沉去。

灵飞感到周围的海水突然变成了无数枚锋利的牙齿，在他的身上乱割乱划，撕裂般的疼痛不断袭来。可是，在失去知觉前的一刻，他的心是欢喜的。

这颗蓝色的行星，表面全部被海洋覆盖，灵豚是海洋中数量最多，智商最高的生物。如果没有天鲸的存在，他们将是行星上的主宰。

天鲸的体形与灵豚非常相似，只是个头要大灵豚几千倍。他们生来就是灵豚的天敌。在海中，他们笨重的身体和缓慢的游动速度根本无法对灵豚构成威胁，可要命的是特殊的身体构造使他们可以在天空飞翔！他们能像乌云一样在空中飘浮，俯瞰着海洋的每一个角落。灵豚们总是无法抑制对光明的喜爱，特别喜欢一起在波浪间歌唱嬉戏，而每每这时便沦为天鲸的美味。

灵飞苏醒的时候，只有灵舞在身边。他所在的部落已经灭亡，几只幸存的灵豚早已去寻找其他灵豚部落。灵舞也没想到遍体鳞伤的灵飞会活过来，正悲鸣着向他做最后的道别。如果他再晚一会儿苏醒，连灵舞也见不到了。

灵飞的伤势严重得根本无法游动，他们只好暂时在一个星螺壳里安家。灵舞每天出去寻一些食物回来，大部分时间都伴在灵飞身旁。

灵飞的身体虽然弱小，生命力却出奇旺盛，一道道深可见骨的伤痕短短数日竟然痊愈了。

灵飞的伤完全好了，只是落下一些毛病：游动的时候总是会向右偏一些，头也偶尔会突然像裂开一样疼痛。不过，他终于可以游出星螺壳了。

两只灵豚都没有加入其他灵豚部落的意思。灵飞每每端详自己疤痕累累骨瘦嶙峋的身体，就会担心一旦加入灵豚部落，灵舞会再次被其他灵豚抢走。灵舞也没有提起过去其他灵豚部落的事，她一改从前那活泼可爱的样子，经常守在灵飞身边傻傻地发呆。

灵飞和灵舞开始在海底平静地生活，度过了他们一生中最平静的一段日子。他们一同外出捕鱼，一同采集彩条藻来装饰星螺壳内的小家，一同偎依在一起入梦……

这是灵飞向往已久的生活。虽然他们过着离群索居的生活，借助天星藻的荧光也只能看到身边的一小块水域，但是他终于和心爱的灵舞在一起了。

不过，灵飞很快便发现，灵舞虽然愿意跟自己生活在一起，但是她过得并不开心。一开始灵飞以为灵舞还没从那晚天鲸降临的恐惧中摆脱出来，他觉得过一段时间灵舞就会好。然而，时间一天天过去，灵舞却日益消瘦。她经常从噩梦中惊醒，久久不能平静，还总寸步不离地紧随在灵飞身边，唯恐什么恐怖的东西会突然从黑暗中钻出来。灵飞意识到，如果不能为灵舞驱散心中的恶魔，她的生命会受到威胁。

这一天，他们遇到了一只胖嘟嘟的独角鱼，费了好大的功夫才将其制服。一顿美餐之后，他们并没有像往常一样返回星螺壳。灵飞开始缓慢地向海面浮去。起初灵舞还跟随着，不久就意识到什么，停止了游动。灵飞用修长的侧鳍轻轻抚摸着她的背脊，温柔地鼓励着她。灵舞终于鼓足勇气，重新开始上浮，但是她的身体还是由于恐惧而微微颤抖着。

海水不再是漆黑一片，几缕不可察觉的微光渐渐改变着海水的颜色，暗灰、深紫、幽蓝……并最终在他们的头顶化为透明的淡蓝色……

破水而出的刹那间，金黄色的阳光覆盖了两只灵豚因久居海底而变得灰白的身体，也照亮了他们几乎被黑暗吞没的内心。

他们只在海面停留了很短时间就匆匆返回了海底。那一夜，灵舞睡得那么安稳，灵飞外出捕食回来还没有睡醒。灵飞看着伴侣那平静、甜美的样子，心中说不出的欢喜。

从那以后，灵飞隔三岔五就带灵舞到海面上待一会儿。摇荡的波涛，辽阔的天空，光芒四射的恒星或迷乱的星斗，让两只灵豚心旷神怡。天鲸的黑影依然时而出现在天际，有一次甚至就在他们头顶，但并没有遭遇什么危险，或许他们的目标太小了，不值得天鲸大动干戈。

星辰斗转，日夜交替。

灵飞和灵舞的生活恢复了正常，灵舞心灵深处的伤痕也已愈合。后来，他们又有了三只小灵豚，灵舞给他们分别起名字叫灵闪、灵华和灵辰。灵辰是唯一的女孩，也是最小的灵豚。灵飞对大儿子的名字没有异议，他心里对灵闪临死前舍己救人的举动由衷地崇敬。

孩子们一天天长大，灵飞和灵舞一天天老去。如果没有意外，他们会像几亿年来的大多数灵豚那样幸福地享受生命所赋予的美好时光，然后仰望着永恒的天空默默死去。

一转眼，灵闪和灵华的身材已经跟父母一样大了。他们对海洋充满了好奇和渴望，已经不再满足于星螺壳周围的一小片天地了。偶尔有豚群从附近经过，他们就亢奋不已，尾随着豚群游出好远，直到父母呵斥才恋恋不舍地返回。之后，他们就会有很长时间闷闷不乐，魂不守舍地盼着豚群再次光顾。看着孩子们可怜的样子，灵飞带领他们去了一次海面，谁知这让他们更加躁动不安。终于有一天，他们的呼唤没能唤回孩子，灵闪和灵华随着一个路过的豚群游走了。

一连几天，星螺壳内显得空空荡荡的。灵飞和灵舞默然相对，无话可说，他们的心已经被孩子们带走了。小灵辰似乎意识到发生了什么，一会儿拱一拱母亲，一会儿围着父亲打转，一会儿发出一声稚嫩的鸣叫。看着灵舞憔悴的样子，灵飞知道，失去了孩子的陪伴，脆弱的妻子无法继续生活。他决定带着妻子和女儿去寻找儿子们。

他们离开了星螺壳，向无边无际的海洋深处游去。

灵豚们的身影已经消失不见，只有星螺壳孤零零地矗立在黑沉沉的海底，看不出曾有生命在那里居住。也许它将慢慢被泥土埋没，也许多少年后又会有两个灵豚生活在那里，延续星球上无数年来生命的传奇。

几天后，他们追上了豚群。不过，他们只是远远地尾随着，并不接近。灵闪和灵华发现了亲人，立刻游过来与他们相聚，并试图说服他们加入灵豚部落，而灵飞则劝他们回家。最终谁都没有说服谁，灵闪和灵华又回到了豚群。

后来，灵群的首领也前来劝说，但灵飞仍旧固执地予以回绝。

就这样，他们尾随着豚群在大海中游荡，从一个地方迁徙到另一个地方……

日子久了，新的生活模式渐渐形成。豚群已经对远远跟随的那个小家庭习以为常，灵飞和灵舞也觉得这种生活不错。在豚群的庇护下，凶猛的海兽对他们都敬而远之，而丰饶的海洋随时为他们提供可口的食物。最重要的是，他们可以时时看到孩子们。看到他们一天天健康地长大，看到他们无忧无虑快乐地生活，那不是所有父母最大的心愿吗？

灵闪和灵华很懂事，他们经常会到父母身边陪伴他们一阵，每次都会带来一两条美味的夜光鱼。后来，灵闪还带来了自己的配偶——一只有着银色背鳍的漂亮的小灵豚。为此，灵飞和灵舞高兴得两天都没怎么睡觉。

灵辰也出落得越来越漂亮，豚群中开始有年轻的灵豚有意无意地光顾他们的家。灵飞和灵舞担心起来，害怕唯一的子女也会离开他们。可是，灵辰毕竟已经长大成人，到了寻找配偶的年龄。一天，她终于与一个名叫灵海的青年相爱了，但是她没有离开父母，反而说服灵海留在了父母身边。

生命中总有太多的变化，好的变化会让生活变得更加舒适，而坏的变化很可能一下子毁掉所有的幸福。

每一年的这个夜晚，月亮和恒星将同时消失在地平线，行星的这个半球会迎来最明亮的一片星空。某种神秘力量会显现出来，海洋里的所有灵豚都会受到感召浮向海面，聚集在这片夜空之下，虔诚地吟唱着赞歌，向冥红星顶礼膜拜。

冥红星是灵豚们视力所及最遥远的一颗星星，寻常时候根本看不到，只有在这个时候才会隐约显露出一个微红的光影。灵豚生来就对它怀有强烈的情感。

不过，灵飞认为那颗冥红星是诱饵，一场杀戮的诱饵。这么多灵豚聚集在海面上，已经把自己置于极其危险的境地；而天鲸在冥红星的红光中也变得格外疯狂，它们会不知疲倦地屠杀灵豚。这场悲剧已经在行星上延续了无数年，为什么灵豚们还不能觉醒呢？灵飞想不明白。是为了无法抑制的冲动还是虔诚的信仰？有什么比生命更重要呢？但是他知道，自己的力量太渺小了，没有灵豚会听从他的劝告，他甚至不能阻止不远处包括儿子在内的那群灵豚升向海面。

灵飞把一家三口安置在海底，独自尾随着豚群向上浮去。灵海要求跟他同去，被他制止了。一路上，他感到恐惧与无助。他本就体弱多病，还有一身的伤痕，况且他已不再年轻，但是他没有别的选择。他只有去，必须去，即使什么也做不了，即使一同葬身鲸腹。虽然儿子们已经离开了家，但他无法容忍自己置孩子们于危险而不顾。

海面上洒满群星的辉光，数不清的灵豚的背脊显露在星空下，他们昂头闭目，如醉如痴地高声吟唱。夜空深处，冥红星的微光被繁星掩映得似有若无，但灵飞感觉到它的魔力已经渗透整个海洋。他没有沉醉，没有吟唱，他怕得要命。

他紧张地注视着附近的豚群，他能从中分辨出灵闪和灵华。从几千只一样的身体中分辨出某一只，那几乎是不可能的，但是他固执地认为自己可以。他惶恐地观察着明净清澈的夜空，感到浓重的黑影正在自己的内心升起。他睁大了眼睛，周身的每一个器官都严阵以待。

星星最明亮的时候，灵豚们的吟唱进入高潮，一个、两个……数十个阴影从天际升起，每一个都像海底的山峰一样庞大，它们看似缓慢却在很短的时间布满天空。一声悠远绵长，低沉却清晰的长吟突然响彻天空。是鲸吟，它们准备动手了！灵飞惊恐万状，高声呼喊着。听到天鲸的长吟，灵豚们非但没有逃跑，反而更加沉醉。遮天蔽日的水墙从四面八方掀起，如同一张天设的渔网，海面上波涛汹涌，血雨腥风……灵飞不顾一切地向着儿子们冲去……

海底一片平静，那些闪着荧光的鱼群都不见了，摇曳的海草也无力地匍匐在沙石上，只有三只灵豚在焦虑不安地徘徊。他们看不到海面的情形，但是他们知道那里发生了什么，因为海水中传来了淡淡的血腥味和微弱凄惨的悲鸣……

“就留在这里，无论上面发生什么也不要去。如果我回不来，就带孩子们走，走得越远越好，离开这片海。”灵飞临走的时候这样说。灵舞望着海面的方向，视野里只有一团漆黑的海水，她预感到灵飞再也回不来了。她从来没有喜欢过他，跟他生活在一起是因为根本没有别的选择，但是现在失去他的时候，才明白他对自己有多重要！没有了灵飞，自己的生命还有什么意义？

“怎么办，怎么办？”灵辰无助地在母亲身边游动。

“我去找他们回来！”灵海终于按捺不住。

“一起去，一起去。”灵舞绝望地鸣叫着，“要死，大家都死在一起吧。”

他们匆匆向海面游动，接近海面的时候，看到两只昏迷的灵豚缓缓向海底沉下来……

灵飞又一次死里逃生，可是他没有完成自己的任务，他只救回了灵华……当时的情景灵飞至死也没有讲过，对灵舞也没有。后来，几次无意中提起，他总是突然住口，眼中满是绝望。

灵豚的文明史里把灵飞描述成一个英勇无比智慧超群的英雄，其实他根本不是，他只是一个体质衰弱内心绝望的半老灵豚。不过，他后来异想天开做出的一个愚蠢举动，确实揭开了灵豚文明的第一页。

灵飞苏醒之后，只是呆呆地望着昏迷中的灵华，望着灵舞给自己喂食，傻了一样沉默不语。这样一直到第九天，他忽然开口说道：

“走，走，我们离开这里！海洋这么大，我们一定能够找到一个没有天鲸的所在。”

灵飞带着他的家庭离开了熟悉的这片海域，向着从未涉足过的大洋深处游去……

灵豚的习性本身就是游猎式的，他们总是不断地从一个地方迁徙到另一个地方，但是从来没有一只灵豚会带着如此鲜明的目的进行一次无比漫长的远征。

灵飞和灵华的伤还没有痊愈，他们游动的速度并不快，但是除了进食和短暂的休息，他们把所有的时间都用来游泳。对于他们的目的地，灵飞并没有明确的概念，他只是要找到一个没有天鲸的水域，但它在哪里？要经过多远的路途才能到达？是否真的存在这么一个地方？他不知道，甚至没有认真去想。当然，那也不是他简单的大脑所能够解答的。他只是带着大家固执地前进，为了他的想法，他宁愿踏遍星球上每一个未知的角落。

灵豚对方向的辨别从来都是异常准确的，灵飞循着自己的方向感，带领大家沿着行星的纬线前进。可是灵飞不知道，他的方向感受到了损害，他在游泳的时候总会不知不觉地向右微微偏离。这在短途迁徙中没有影响，可是在如此漫长的旅程中就造成了巨大的偏差。其他的家庭成员察觉到了这一点，但他们不忍心去纠正他，反正这次旅行本来就是老头子异想天开的举动，由他去吧。就是这个螺旋形的前进路线使他们的旅程没有了尽头，使他们的身影留在了行星的每一片水域。

一年过去了……又一年过去了……

他们的旅程在继续，他们生命的所有意义都倾注在没有答案的旅程中……

漫长的旅程也并不单调，灵辰生下了两只小灵豚，这个小家庭发展到了第三代。一只受伤离群的灵豚加入到队伍中来，成了灵华的配偶……灵飞和灵舞越来越老了，他们游泳的速度慢了，休息的时间也越来越长……

一路上，时而有其他的灵豚加入进来，有的是抱着和灵飞一样的想法，有的是因为从原来的灵群中走失了。旅行的队伍渐渐发展成了一个有着百余只灵豚的小群落。

一年过去了……又一年过去了……

气候从温暖到炎热，又从炎热到凉爽再到寒冷……

这是一个奇特的灵豚部族，总数已经发展到近千只。他们从不停止迁徙，也从不聚集在海面上吟唱，只是匆匆地在海水中穿行。

每隔一段时间，灵飞就会浮到海面上观察。但他总是失望地发现，无论白天黑夜，天空中都有天鲸的魔影。

灵飞又做出了一个决定，他率领大家变换了方向，开始沿着行星的经线游动。

部族在扩大，数量已经接近一万只，成了星球上最大的部族。部族的首领灵飞已经被灵豚们传颂成救世的英雄，他在带领大家游向没有危险的乐土。

一年过去了……

不知道多少年过去了……

行星的表面全部是海洋，灵豚是海洋的主宰，天鲸是天空的主宰，而天空笼罩着海洋，灵飞所寻找的那片乐土只存在于他的心里。这段旅程注定永无休止，不可能到达目的地。

终于有一天，旅行戛然而止。灵飞面对着一个几乎被泥土掩埋的星螺壳，大脑中一片空白。星螺壳灰暗的壳体上，一个小小的图腾依稀可辨，那是灵闪小时候用牙齿刻的。没错，那就是他们曾经居住过的地方，他们又回到了起点。

灵飞病倒了，他一天天衰弱下去。他没有办法向其他灵豚解释，他所描述的那片乐土是虚幻的，他花费一生所追求的不过是一个虚无缥缈的梦。

虽然没有解释，但灵豚们已经知道发生了什么，不断有灵豚离开部族。最后只剩下数百只灵豚，默默陪伴着老首领走完他最后的日子。

行星的地壳在缓慢运动，力量已经积蓄了无数年，只需要一点微弱的触动就会引来翻天覆地的爆发。

震动开始时还是难以察觉的，但很快就变得剧烈无比。海底猛烈摇晃，泥沙都松动了，海水被搅得浑浊不堪，所有的海洋生物都在四处奔逃。灵豚们绝望地呼喊着：“末日，世界的末日来了……”

那一刻，海底的山脉坍塌下去，平原猛然拱起。一道红色的烈焰从拱起的顶端喷涌而出，火焰越燃越烈，火焰夹杂着浓烟和岩浆冲破海水，直冲云霄……

灵飞部族的位置就在这火山的附近，海水已经沸腾了，灵豚们不顾一切地向远处奔逃。灵飞睁开眼睛，望着那恐怖的景象，没有一点儿惊惶。再次昏迷前他想：难道是自己几天来的苦苦祈祷起了作用吗？

变化暂时停止了，但它不过是翻天覆地剧变的一个小小前奏。可是，即便如此，星球也已经改变了模样。

灵飞苏醒的时候，发现自己已经不在海洋中。在他的身下，是这个星球刚刚形成的第一片陆地。

其实那还不能算是陆地，充其量也就是一个小小的火山岛。时值黎明，天空与海洋从混沌中缓缓分开。岛上的火山仍旧猛烈喷发着，岩浆与浓烟直冲云霄。

灵飞感到无法呼吸，灵豚的呼吸系统要经过一个极为漫长的时间才能适应新的环境。他知道自己即将死去，可是他的心中没有一丝悲伤，因为他看到了希望。他的视野里是一片湿漉漉但异常坚实的陆地，他仿佛看到无数只灵豚正成群结队地从海洋中走上陆地，走向另一种崭新的生活。他艰难地把目光投向远方……

繁星正在散去，只有一两颗还坠在天边。水天线上，一片微明的光线在无声晃动。突然间，一道明亮的光线从晨曦中投射而出，穿越万里苍穹……

那是灵豚文明的第一缕曙光。

二、天鲸

行星公转三十七亿三千万圈。

蓝天，白云，恒星光芒四射。

天擎懒洋洋地在空中飘浮。

他是一头年轻的天鲸。当然，他所生活的时间已经足够其他生物繁衍好几代了。他的体形极为庞大，相当于一座中等面积的岛屿，只有辽阔的天空才能为他提供自由活动的空间。他的身体显得非常笨重，没有翅膀，鳍和尾巴也小得不成比例，但是他的行动却非常灵活。他体内的气腺占据了身体的三分之二，气腺的支脉遍布全身，他只要向相反的方向喷出气体，就可以快速地前进。

最初的天鲸生活在海洋中，但是笨重的身体使他们的游动速度十分缓慢，加之那几乎永远也填不饱的胃，使他们的生存受到了极大的威胁。如果不是偶然的变异让他们在气腺中合成了氢气，恐怕这个物种早已从星球上消失了。于是，他们脱离了海洋，把天空当成了他们的乐园。

天擎调节着气腺中的氢气含量，让自己悬停在一个固定的高度。他翻转身体，让苍白的肚皮沐浴在光线中，一股舒服惬意的感觉油然而生，他美美地合上眼睛享受着。

每次饱餐之后，天鲸便飘浮在白云之上，平静地晒着日光浴，脑子里什么也不想。一天、两天，甚至十几天就这么过去了。不过，天擎和别的天鲸有一点微小的区别，他喜欢思考。漫长进化史中一个微不足道的变异，使天擎那硕大的大脑由沙漠变为沃土。智慧的种子已然种下，所需要的只是等待它生根发芽。

此刻，他虽然闭目养神，大脑却在不停思考。一会儿想一想云彩的形状千变万化，它们会不会重复呢？有没有规律呢？一会儿想想为什么大海的颜色会跟随天空的变化，一会儿是蓝色一会儿又是黑色呢？然后又在想天空中的星星是不是能够数清呢？想了不知多久，也没有得到一个答案，但是他并不烦躁。思考本身就是乐趣，有没有答案并不重要。

思考的间歇，他会发出联络的波束来探望一下父母和同伴们，同他们交流一下信息。但是，其他天鲸绝大多数时间都在睡觉，少有回应。

每一只天鲸诞生下来就拥有一片属于自己的天空，除了在捕食的时候偶尔会有同类进入视线，其他时间都相距遥远。天擎从没有见过父母，但是他知道他们就在水天线外的天空中。庞大的身体和退化的肢体，使刚刚诞生的小天鲸不可能像其他生物一样得到父母的关怀和保护。幸好天鲸们可以通过联络波束，把生活习性和从远古以来留下的记忆传播给后代；幸好他们是行星上的主宰，没有天敌，至少现在没有。

天擎并没有意识到自己和同类们的不同，他继续陷入思考。他把身边的事情想了几遍，觉得没什么新奇了，又开始去探询祖先们留下的记忆。

天鲸的生命存在形式与其他生物截然不同（如果他们还算作生物的话）。他们的数量很少，总数不过数百只，而且生育率极低，一生中只会有一两个子女。不过，他们的寿命极为漫长，远远超出了一般生命的极限。在其他生物眼中，他们几乎是永生的。当海洋的暖流已经倒转，当星星的序列已经变换，他们似乎还没有变化。虽然他们也存在新老交替，但是他们可以通过联络波束把历史的点点滴滴完整地传送给后代。

天擎在祖先们的记忆中畅想。

在最原始的记忆中，他们身下的星球是一片汪洋大海。大海中蕴含着丰富的食物，尤其是美味的灵豚，他们永远也不用担心自己那填不饱的肠胃会挨饿。想一想，在最明亮的星空下，海面上布满一层层灵豚，供自己任意食用，那是多么美妙的夜晚呀。

不知从何时开始，发生了翻天覆地的变化。海洋虽然还占据着大部分星球表面，但是陆地出现了。开始时是星罗棋布的小岛，后来又形成了大陆，高山、湖泊、沙漠、森林、河流依次出现……天鲸的活动开始受到限制，他们不能再像从前那样在海洋表面高速飞翔。那些突兀的大陆，尤其是山脉，撞上去可不是小事，好几只天鲸就坠毁在群山中。

最令天鲸郁闷的是灵豚这类美食现在已经很难吃到了。陆地形成之后，灵豚们开始从海洋向陆地中的河流与湖泊中迁徙，借助坚硬的陆地阻止天鲸的捕猎。又经过一段漫长的时间，他们竟然爬上了陆地，从海洋生物进化成了陆地生物。每天看着无数灵豚在陆地上大摇大摆地忙碌，天鲸只能对着闪闪发光的冥红星发出一声声长吟。

想到这里，天擎不禁对身处的时代感到悲哀。虽然海洋中有大量的鱼类可供食用，可是对灵豚美味的渴求是从远古遗传下来的最原始的欲望。

天擎的心中掠过一丝遗憾，他翻转身，睁开眼睛，俯瞰着下面的行星世界。他正处于一片陆地的边缘，左侧是连绵不绝的大陆，右侧是一望无际的海洋。他向左侧移动了一些，并降低了高度。吃不到灵豚，看一看也好呀。

森林环绕的平原上，灵豚们建造的城市星罗棋布。城市之间由一条条细小杂乱的道路连接，城市周边被一块块方形的农田包围。

天擎继续降低高度，从一座城市的上空掠过。他的身体遮挡了阳光，使城市陷入一片阴影之中。他看到原本在道路间游荡的灵豚突然四处奔逃，纷纷躲入建筑物中。天擎的心中稍稍欣慰了一些，看来虽然明知天鲸已经构不成危险，但灵豚内心的恐惧是无法消除的。

天擎索性悬停在城市上空，幸灾乐祸地看着灵豚们从窗口、门缝里胆战心惊地向他张望。很久之后，他又开始仔细观察这座城市。城市的中央是一个占地很大的长方形广场，四座高耸入云闪着银色光泽的方尖碑矗立在四角。广场四周整齐地排列着十几栋建筑物。建筑物并不高大，但占地面积广阔。纵横交错的道路从广场向整座城市辐射，被道路分割的空间里填满了密密麻麻的建筑物。看着看着，他竟然有些羡慕灵豚这种生物了。灵豚从海洋来到陆地，经过了无数年艰苦的进化，终于脱胎换骨。从前仅仅用来游泳的鳍和尾，神奇地变成了可以灵活运用的手和脚。他们忙忙碌碌地改变着大陆，使之成为生存的乐园；而不像天鲸，游荡在天空中，除了整天整年的空想什么也不做。

从这一天开始，天擎对灵豚产生了浓厚的兴趣。他每隔一段时间就会光临灵豚的城市，近距离观察他们的生活和变化。当然，灵豚们还会像往常那样躲藏起来。天鲸造访的那一天，城市的产值几乎为零。

直到那个共同影响着天鲸和灵豚的夜晚降临。

冥红星的光芒越来越盛，天鲸的性格也随之大变，他们平静的心起了波澜。天擎欣喜万分地来到灵豚所在的城市上空。他越飞越低，紧紧贴着城市，几乎与之融为一体。他的体形比整座城市还要巨大，如果再降低高度，城市会被压碎，好在耸立的方尖碑阻止了他。

灵豚们的举动也不同往日。他们不再惧怕天鲸，对天擎的存在视若无睹。他们倾城而出，全部聚集在广场上，仰望星空高声吟唱。他们的头顶上就是天擎青白的肚皮，可是他们似乎能够透过天擎的身体，看到渺渺太空中的冥红星。

灵豚们的歌唱在天擎的身体内产生共鸣，他情不自禁地发出一声长吟，那声音遮盖了灵豚们的歌声。灵豚们不甘示弱地扯开嗓门竭力回应。灵豚与天鲸的声音在空中回荡，此起彼伏。

天擎已经丧失了理智，内心的欲望在无限扩大，在这场音乐会达到高潮时，他终于把持不住向身下的灵豚俯冲下去。

这是一场灾难，在星球上重复了一遍又一遍的灾难。天擎的腹鳍从城市划过，无数栋建筑被毁，广场上的灵豚死伤惨重。天擎也终于知道那些方尖碑的作用了，它们那尖尖的顶端是用坚硬的金属制造的，在他的腹部割出四道深深的伤口。鲜血在泄漏的氢气激发下，如同一场大雨，倾盆而下。天擎的大脑猛然清醒，他借着氢气的反作用力，奋力向空中升去。在他的身后，那些幸存的灵豚仍然面无惧色，声嘶力竭地吟唱。

天擎奄奄一息。他的同类不能为他提供任何帮助，只能发出联络波束向他表示慰问。波束中的信息显示，在那天晚上，有三只天鲸遭到了自己同样的命运，其中一只被钉死在方尖碑上。

过了很久，天擎终于从死亡线上挣扎过来。伤口渐渐痊愈，身体康复如初，只是四条长长的伤疤永远刻在了他的身上。

在这之后，天擎对灵豚的兴趣并没有减弱。照例经常光顾他们的城市。可是他心中有了顾忌，再不敢像从前那样贴着城市飘过。这是星球历史上第一次，天鲸与灵豚进入了微妙的平衡。

时间悄然而逝。

灵豚的社会日新月异，天鲸们的生活却毫无变化。

每一次天擎俯视灵豚城市，都会发现巨大的变化。他们的城市在飞快发展，规模越来越大，原有的建筑被拆除，更新、更雄伟的建筑不断出现……城市的数量也在不断增加，如雨后春笋般出现在平原、山地，甚至荒芜的戈壁沙漠……

天擎并不满足于旁观，他庞大的大脑不停思索，试图去分析破解关于灵豚的所有信息，他们在思考什么？他们的社会在向什么方向发展？他们的文明进程，他们的科技树，一切的一切……

慢慢地，神秘的灵豚文明在天擎脑海中逐渐清晰，直至完全透明，但是他并不满足。他的心中充满好奇，他沿着灵豚的发展方向继续思考下去。不久，他惊奇地发现，灵豚们的速度虽然缓慢，但却一步步地向着自己预见的未来走去，几乎没有偏差。他欣喜若狂，自己成了伟大的预言者，成了灵豚们的先知。他的兴趣大增，动力十足地继续思考。他觉得虽然自己除了漂浮在天空什么也做不了，但是他的思想是有用处的，并正在通过灵豚们来一步步验证和实践……

有一天，天擎正在自己的城市上空巡视（因为这座城市是完全按照他的构思建造起来的），忽然一道火光突然从城市边缘窜起，流星一般向他冲来。那是被称为火箭的武器，可以通过炸药所释放的能量摧毁目标。天擎想到，对于这种武器，从原理到构造再到生产过程他都了然于胸。但是他没有想到的是，那武器是为了消灭他而研发的。他几乎排空了气腺中的氢气来进行躲避，最后虽然逃过一劫，身上却又增添了几道伤痕。

天擎悲痛欲绝，在空中放声大哭，轰隆隆的哭声震动了整个星球。全球的生物都莫名其妙，不知道究竟发生了什么。天擎的心情没有谁能够理解。他痛苦不是因为身体的伤痛，而是因为内心的悲痛。这么久的时间，他早把灵豚当作自己的同类，自己的伙伴，自己的孩子，他看着他们长大，与他们共同生活，共同享受着生命的快乐。他并不知道，灵豚对天鲸的仇恨居然如此大。

火箭造成的伤口很快就长好了，天擎的心情却始终好不起来。他不想进食，厌倦了天空，厌倦了思考。他整日在空中飘浮，一动不动，脑海中一片空白。他想忘了灵豚以及相关的一切。

过了很久，他终于平静下来。他又开始思考，这一次是完全理智地思考天鲸的命运。很快，他就开始为自己思考的结果担心起来。灵豚已经从农业文明进入工业文明，他们文明的发展驶上了快车道。天擎明白，当灵豚成为星球主宰的时候也就是天鲸的灭亡之日。

天擎向天空发出了警报，把思考的结果传播给所有同类。天鲸种族陷入巨大的恐慌之中。天擎整日不停地思考，希望能找到破解危机的方法，可是他找不到。天鲸种族只能默默等待着最后时刻的来临。

一种从未听到过的啸声从远处的天空隐隐传来。冥想中的天擎心里一颤，他睁开眼睛搜索着。一道细小的羽烟从蓝色的天空掠过，向着远处消逝。他意识到那是灵豚的飞行器，他们终于来了，天空从此不再是天鲸的领地。他立刻把消息通报给处于飞行器空域的天鲸，并告知应对方法。

不久，消息传来，飞行器坠落了。在飞行器即将接近的时候，天鲸突然向其猛烈喷出大量氢气，飞行器立刻陷入风暴之中，失去了控制，一头栽入大海。

这仅仅是一个开始，从那以后，灵豚的飞行器接二连三地出现在原本属于天鲸的天空。它们不断发动攻击，但这些飞行器的攻击力有限，并不能对天鲸造成严重威胁。在天鲸的攻击下，飞行器损失惨重。

灵豚们锲而不舍，从不停止飞行器的发射。而且飞行器的样式不断改进更新，攻击力越来越强，飞行速度也越来越快，动作越来越敏捷。

第一次，天擎看到十几个飞行器在编队飞行。

第一次，飞行器从空中转瞬而逝，远远超越了天鲸的速度。

……

终于有一天，噩耗传来，一只天鲸殒落了。数十架飞行器向他发动了围攻，虽然大部分飞行器被他摧毁，但他也终于伤重不支，缓缓落向星球表面。他的尸体在海面上漂了好多天，直至被众多海洋生物分食干净。

那天夜晚，天擎看到灵豚的城市彻夜灯火通明，他们在举行盛大的庆祝仪式。而天空中一片沉寂，死亡的恐惧笼罩在每一只天鲸心头。

一晃几十年过去了，在灵豚们的不断攻击下，天鲸的数量越来越少。他们被迫向高空转移（灵豚的飞行器暂时还不能达到那个高度），只是在深夜才借助云彩的掩护降落到海面捕食。可是不久之后，飞行器又尾随而至，它们的性能又提升了。

天空越来越空旷，天擎发出的波束只联系到百余个同伴，这是天鲸在整个星球上所有的幸存者。作为一个物种，他们已经走到了灭亡的边缘。

天擎意识到，最后的时刻已经接近。他不能再犹豫，天鲸也不能再束手待毙。他们必须振奋起来发动最后的反击，那将是决定天鲸命运的一次战役。

天擎与其他天鲸联络，他的意见获得了大家的支持。按照他的计划，天鲸们活动起来。他们仔细侦察灵豚统治的每一块大陆，城市、机场、飞行器制造工厂……这些信息渐渐输入天擎的大脑，在那里被详细地汇集在一起，编号、分析……天擎的计划也逐渐成形。

攻击的时间确定在冥红星出现的夜晚，那时灵豚们都会放松警惕，只顾召开音乐大会，而天鲸们也会因为冥红星而力量大增。虽然灵豚们在重要设施处都针对天鲸设置了严密的防护系统，但天擎也在祖先的记忆中找到了一样强大的武器：海洋时代的天鲸是依靠气腺旁边的两只触角放射电流来驱赶凶猛的食肉生物。随着他们迁徙到天空，这个能力也因为无用而被淡忘了。现在天擎发现，只要在气腺喷吐氢气的时候放射一个小电弧，那他们吐出的就是猛烈燃烧的火焰了。

这一天终于来临，这时天鲸的数量只剩下五十多只。天擎给每一只天鲸划分了战斗的区域和需要摧毁的详细目标。

天擎的计划是成功的。天鲸从星空中降临，开始摧毁预定目标时，灵豚们只顾聚在广场吟唱。天鲸们整整忙碌了一整夜，机场连同上面的飞行器，工厂和研究机构，汽车连同车站……全被一一摧毁，无一遗漏。这一夜，行星表面浓烟滚滚，火光熊熊。当他们飞回天空的时候，灵豚文明已经倒退了几十年。

向回飞的过程中，天擎从亢奋状态逐渐冷静下来，他的心中没有一点儿欣喜。他知道，天鲸只是暂时安全了，可是他们无法摧毁灵豚的文明。要不了多久，灵豚又会卷土重来。

他停止了上升，他思索着、犹豫着，最后他调转身体，向灵豚最大的城市飞去。

群星已经散去，正是一天中夜色最浓重的时候。天擎那硕大的头颅从黑暗中显现出来。歌颂冥红星的仪式已经结束，灵豚们纷纷散去。天擎看到有一只苍老的灵豚依然站立在广场中央的高台上。他感觉到这个灵豚领袖已经知道他们的文明遭到了重创，他一定冥冥中感觉到今晚还会有什么发生，就站立在那里等待着。

天擎早已熟知灵豚的语言，虽然发声系统不一样，但是他相信调节气腺的振动方式是可以模仿灵豚的声音的，只是他还从来没有尝试过。

“我们可以和解吗？”天擎用灵豚的语言问道。

“在肆意屠杀我们的时候为什么不说？”灵豚领袖瘦弱的身体在寒风中直直地挺立着。

“那是很久以前的事了。”

“但我们永远都不会忘记。”

“自然造就了我们，我们注定生存在一个星球上，为什么不能和睦相处呢？”

“去问一问你自己的祖先，那些靠我们的鲜血和肉体养活的家伙吧。”

“那我们只有同归于尽。”天擎的眼睛闪着炯炯红光。

灵豚领袖昂首与天擎对视，他从容地抽出一柄匕首，插入了自己的胸膛。

老年灵豚倒下的那一刻，天擎的心也随之陷入深渊。对方已经用行动表明了决心。天擎知道，一切都没有挽回的余地了。灵豚将拥有整个行星，而天鲸会永远从天空消失，那一天不会久远。

世间的生灵呀，为什么你们只知道仇恨，而不能够宽容呢？当我们消亡之后，同样的命运也会降临在你们头上。我将在宇宙的尽头等待你们的到来。

天擎放弃了求生的念头，他不再昏睡，不再思考，他突然发现自己所生存的世界原来那么美丽。他不停地在世界各地游览。他飞临星球上最高的雪山，去体验暴风雪的寒冷与严酷；他上升到几乎没有空气的虚空，星空在那里是多么的清澈；他甚至潜入深海，去探询祖先们的发源地……他要利用剩下的时间去享受生命所带来的快乐。

他努力让自己不去想那一天，但是那一天终究会到来。

数不清的银色飞行器从地面升起，在阳光的照耀下泛起一片刺眼的白光。它们在低空编组，然后分成数十个战斗群，成群结队地向高空的天鲸扑去。刚刚还在悠闲游动的天鲸顿时乱作一团。

战斗在全球的每一片空域打响。密密麻麻的飞行器团团围绕着天鲸，不断发起攻击，爆炸的火光在天鲸周身闪耀。与天鲸硕大无朋的身体相比，飞行器太渺小了，它们的进攻并不能很快置天鲸于死地。天鲸们为了最后的生存权利拼死抗争着。他们都发狂了，有的拼命向周围喷射氢气，有的加速撞击冲上来的飞行器。灵豚的飞行器如同银色的雨点一般纷纷坠落。但没有什么能够动摇灵豚的决心，他们不顾伤亡，发起一波又一波攻击。一只幼年天鲸首先丧生，一架飞行器从他脆弱的眼睛撞入，鲜血不住从他体内涌出，还没降落在地上的尸体在天空洒下一片血雨。

天色渐渐昏暗下来，灵豚以往的飞行器不具备夜间作战的能力，天擎曾想，只要坚持到天黑，飞行器就会退去。然而，灵豚对飞行器进行了改进，攻击仍在持续，他们丝毫没有退去的迹象。一只又一只天鲸伤重不支而死，他们抵抗的决心逐渐动摇。

天擎也已经快不行了，他把逃生的办法向天空传送出去，但是没有得到回应。难道同伴们都已经灭亡了？他来不及多想，便拖着遍体鳞伤的身体躲入一团积雨云，暂时摆脱了飞行器。接着，他排空氢气，向大海俯冲下去，给灵豚造成自己已经死亡的假象。果然，飞行器没有追来。他降落在海面上，随后向深海沉去……

最危险的地方也最安全。灵豚曾经居住在海底，但是他们早就登上了陆地，身体构造的改变已经不允许他们再返回海底。海底是天鲸的唯一出路，这就是天擎的想法。

他沉到海底，觉得这还不够，便继续游动。他曾经在海底漫游，熟悉这里的地形，不久他找到了一条海沟，一头扎了进去。不知潜了有多深，直到两边的岩石死死卡住身体，他终于觉得安全了。

天擎虽然遍体鳞伤，但均不致命，可是对死亡的恐惧摄取了他的心。他伪装成岩石，潜伏在海沟深处一动也不敢动。幸好海沟内生存着身体细小却数量庞大的深海鱼群，味道虽然不怎么样，但足够他维持生命。他就那么一直张着嘴，等待鱼群自投罗网。

就这样，近百年过去了。有几次，他看到明亮的灯光在海沟上方闪过，以为是灵豚的潜水器，便竭力向海沟底部挤。其实，那不过是路过的其他大型海洋生物罢了。时间长了，他慢慢确信躲过了灵豚的追捕，这时他的身体已经深深卡在海底峡谷中动弹不得，成了海沟的囚徒。

生存的威胁消失了，他开始感到孤独，便向周围发出联络波束。波束可以在空气和海水中瞬时传播到全球各地，但是他没有得到回应。难道所有的同伴都死了吗？他悲痛欲绝，一遍又一遍徒劳地发送着联络波束……

不知道多少年过去了。

他慢慢习惯了独自生活。海底的黑暗使他的眼睛已经退化得几近失明。由于卡在岩石间不能动弹，他渐渐失去了对身体的掌控。甚至，他连嘴巴也不会动了，只是那么木然地张着，等待鱼群前来填饱肚子。他还活着，虽然只剩下大脑和联络波束系统能够支配，但活着就还有希望。

天鲸的寿命是那么漫长，那曾经是他们的骄傲，现在却日益强烈地折磨着天擎。孤独，无尽的孤独，无法忍受的孤独……他开始后悔为什么要躲在这暗无天日的地方苟且偷生，还不如当时就死在蓝天与烈日之下呢。

他想到了死，可是他办不到，他连自杀的权利都没有了。他快疯了，这个时候，又是思考救了他。他偶尔想起了从前，那些在天空中自由漂浮快乐嬉戏的生活。他发现时间忽然快了起来，不再那么漫长难耐。他继续在回忆中畅想，慢慢地心情好了起来，他又有了生的渴望。

又不知道多少年在回忆中过去了，他渐渐习惯了新的生活。

这段时间还有一个惊喜，他陆续收到了微弱的联络波束，一个，两个……居然还有四只天鲸幸存下来，他们与自己一样，避开了灵豚的追杀，隐藏在其他海沟中。为了躲避灵豚，这些天鲸都拼命钻入海沟深处，全部卡在其中。他们除了通过波束联系，已经永远也见不到面了，但能够互相联络已经使他们非常开心。

这深不见底的海沟中，没有光线，没有声音，除了最原始的鱼类什么也没有，简直是一个恐怖的地狱。灵豚们想不到自己的宿敌会在这里隐藏并生存下来。

从前的记忆被天擎像电影一样翻看了无数遍，他觉得有些无聊。他又想起了灵豚，想起了他们的社会和他们的文明。说实话，不知为什么他的心中没有一点儿仇恨。“他们的文明进程怎么样了？”他想。他不知道，但是他可以思考，于是他沿着灵豚们的发展轨迹思索下去。

他没有想到，自己一下子钻入到宇宙中最复杂的谜题当中去了。一道道困扰了灵豚们多少个世纪的难题被揭开，一条条星际间永恒的定理被发现，一个个新奇的事物在他的脑海中构思成型……他从中体味到快乐，前所未有的快乐！

天擎把这种思考称之为进化，不是身体，是思想的进化。虽然它没有什么用，但至少是一种消磨时间的好办法。

三、神曲

行星公转三十七亿三千一百万圈。

灵飞仰卧在休眠舱里，木然望着眼前的一片星空。星际穿梭器的穹顶正缓缓闭合，星空逐渐掩去。他突然感到一丝彻骨的寒冷……大脑中有那么一瞬出现了空白。

恢复知觉的时候，液体已经从休眠舱内退去，穹顶正在开启。仅仅一瞬间的空白，却已使灵飞进行了一次漫长的旅程，从宇宙的一端来到了另一端，足足跨越了十三个星系……

其他旅客纷纷离开休眠舱，兴冲冲地向穿梭器外走去。灵飞还在发呆，他没想到花费了全部积蓄外加祖传的房屋和农场换来的旅行会这么短暂。

短暂不好吗？至少生命不必浪费在无聊的旅途中，可是这对他来讲又有什么意义呢？

灵飞沿着传送带来到星际航行中转站的休息大厅。许多灵豚正兴奋地围拢在一面巨大的舷窗前，他也禁不住挤过去。

群星散布在深邃漆黑的太空里。在这寒冷沉寂的背景下方，漂浮着一颗晶莹剔透的行星。它的表面大部分被海洋覆盖，一片片白云在大气中飘荡。由于海水的渲染，它通体散发着温润明亮的蓝色光芒。星际中转站如同一叶孤舟悬浮在这片光明之海上方。

这般壮美的景象，在整个灵豚文明圈中可以说数不胜数，但是唯有这里会让每一个灵豚心中引起共鸣。因为这是灵豚的母星。一亿年前，灵豚种族在这里诞生；两千万年前，文明孕育而生；九十万年前，灵豚从这里出发，走向群星深处，形成灵豚文明圈。这个过程中，母星几乎耗尽了所有资源，变得满目疮痍。如今灵豚的政治经济中心已经转移到十万光年外的重生星系，母星被设立为星球纪念公园。这里的工农业设施全被拆除，经过几万年的休养生息，终于恢复了生机勃勃的景象。

见到母星的一刹那，灵飞一阵眩晕。他感到自己又回到了孩提时代，正依偎在母亲的怀中……

天地往返器滑入母星大气层，降落在三号大陆。灵飞乘车前往曙光半岛。传说灵豚文明的创始者，那个和自己有着同样名字的伟大英雄，就是在这里从海洋踏上陆地的。

进入酒店，当客房门在背后关闭的一刹，灵飞终于抑制不住内心的情感，匍匐在地板上痛哭起来。多少年来的苦闷、孤单、无助、绝望，都在这一刻尽情宣泄在灵豚最初的土地上。

灵飞出生在忆海星系的三号行星，距母星三十万光年。三号行星是一个红土高原遍布的贫瘠世界，生活用水全部取自地层深处。他很热爱那里，经常坐在城外的山丘上久久地凝视着红色的平原与远山。沉静的城市，错落有致的水田，高耸入云的钻井塔……母星的美丽景象经常出现在媒体中，他虽然十分憧憬，但从未想过离开故乡去母星。然而，几年前，莫名的归依感油然而生，他迫切地希望回到母星去看一看。终于，强烈的冲动使他卖掉了所有家产，踏上了回归之路。

虽然灵豚文明已经拥有几百个星系，但对于普通民众来说，星际旅行是异常昂贵的。宇宙迁徙浪潮初期，不时有移民在老年的时候不惜倾家荡产也要回到母星。不过，那仅限于最初的移民。随着时间的推移，这种事情愈渐稀少。

到达母星的最初一段时间，灵飞四处观光游览，不过总是单独行动，从不和其他灵豚交谈。他经常在某个地方傻傻地待好几天，苦苦寻找失落已久的灵感。

最后，他回到曙光半岛租了一栋小房子，在音乐广场找了一份工作，可是除了每天晚上的音乐会，他总是把自己关在屋子里。他之所以这样，是因为要完成一生中最重要的一件作品，而这件作品关乎他生命的意义。

深夜，天空中忽然淅淅沥沥下起了雨。雨滴掉落在屋顶、街道和田野间，曙光半岛笼罩在湿漉漉的雨雾中。

黑暗中，只有这座小房子的灯还亮着。房间的窗户没有关，雨水打湿了窗帘，又洒落在地板上。屋内寂静无声，音乐合成器的屏幕上显示着复杂的乐谱，灵飞伏在合成器前的桌子上睡着了。

忽然间，停止的电脑屏幕跃动起来，灵飞的乐谱被一一修改。音乐符号时快时慢地出现在乐谱中，就好像有人坐在和成器前继续创作。

片刻，一段乐谱被修改完毕，屏幕转换为播放模式。但不知为什么，音箱并没有响，只有屏幕上的波形在像海浪般起伏，时而翻涌，时而平缓……

这时，灵飞换了个姿势，电脑屏幕马上又沉寂下来，修改的音符全部隐去，乐谱又恢复原状。

窗外，雨悄然停了，一缕曙光射进房内。

灵豚对音乐有着近乎狂热的喜爱。他们最大的享乐，就是听一场音乐会。每当冥红星出现之日，灵豚会聚集在音乐广场聆听最著名的音乐家演奏乐曲，并如痴如醉地随之高唱。在灵豚的世界里，音乐家的地位远远高于政治领袖和宇宙探险家。

灵飞就是一个音乐家。十岁的时候，他完成了第一部曲子的创作，成了忆海星系的天才。二十岁，他就成了灵豚文明最著名的音乐家之一。二十三岁，他的《星空之舞》被载入灵豚文明史，成了每场音乐会的保留节目。灵飞的名字家喻户晓，几乎比肩传说中的那位英雄。就在那一年，灵飞和灵舞举行了盛大的婚礼。忆海星系转播了婚礼的盛况，大家都为他们最崇敬的音乐家能够有一个美好的归宿感到欢欣鼓舞。只有一个人伤心，那人便是灵闪，他当时还是一个名不见经传的普通宇航员。

谁都没有想到，灵飞的婚姻会成为他生命的转折点。此后的数年中他没有完成一部作品，后来的《星之组曲》遭到了空前失败，“有史来最糟糕的音乐”“这是对忆海音乐界的亵渎”“天才变成了蠢材”等等恶评铺天盖地而来。

灵飞与灵舞的祖辈在移民忆海星系的时候就是至交，他俩青梅竹马，高中时代便成为恋人。大学时才分开，一个成了音乐家，一个进了星际探险队。由于职业的不同，他们很少见面，两颗心才渐行渐远。为了挽救感情间的裂痕，他们选择了结婚。但是，他们很快就发现，这些努力都是徒劳的，他们的感情已经走到了尽头。灵闪的出现，更是使矛盾变得公开化。灵飞的生活沉浸在猜疑、忧郁、苦恼之中。

灵飞的音乐创作陷入困境，婚姻的阴影只是表面原因，主要的原因是他厌倦了从前的音乐。灵豚们总是满足于原来的音乐，他们的灵感冥冥中全部来自冥红星，所有的创作都在围绕原有的主题和旋律，灵飞洞察了这些音乐的缺点与不足。他在寻找突破，而突破注定是艰难而痛苦的。

一年前，灵飞的创作进入了死胡同，他一怒之下删除了编写数年的手稿。他知道，自己得重新开始。

与此同时，灵豚文明发生了一件惊天动地的大事。多少年来，灵豚始终是孤独的，他们渴望遇到另外一个智慧文明。可是，他们踏遍了所能抵达的每一个星系，只找到了一些简单的低等生物。就在这一年，宇宙探测群收到了来自冥红星的无线电波。实际上，这些电波从史前时代就在向他们发射，只是现在才成功破译。电波的内容是一封问候信。冥红星的智慧文明在向宇宙中的其他文明发出问候和邀请。灵豚文明欢欣雀跃，他们马上开始设立星际穿梭航路，编组星际舰队，要以最快的速度向冥红星进发。

灵舞也报名参加了星际舰队。灵豚文明圈与冥红星相距八百万光年，灵豚还从来没有抵达过那么远的地方。灵飞知道那意味着除了影像传真，他们在有生之年将永远分别。

“与其他智慧文明的相逢是我一生的梦想，那会是灵豚最伟大的一幕。”灵舞兴奋地说道。

“为什么不考虑我的感受呢？我们毕竟是夫妻。”灵飞伤心地问道。

“我是一名宇航员，为了灵豚文明，应该舍弃个体的利益。”灵舞平静地回答。

“别把自己说得那么伟大，你去……是因为他也在船上。”灵飞气愤地说。

“随你怎么想吧，你爱的不是我，是音乐。”灵舞也气愤地回复。

无声的泪水簌簌而下，但他们哭泣的时候是在各自的卧室中。

灵舞走了，忆海三号行星对灵飞失去了意义，他的生活在这里终结，他的灵感在这里枯竭。他必须离开这里，去寻找自己的新生。

抵达母星之后，灵飞的心情好了一些。在巍峨的喜尼亚雪山，在浩瀚的金格沙漠，在维索火山的废城遗址，在海浪翻涌的曙光海滩，在静谧幽深的海底……灵飞流连忘返。他仿佛看到一幕幕历史在眼前浮现，曾经逝去的时光如同河流一般流淌，无数音符在其中闪烁跃动，汇聚成无比美妙的乐曲。那就是灵飞所梦想的乐章，可一旦他去触摸，音符又四散开去，变得杂乱无章。不过，他至少看到了希望。

灵飞不知道，当他在母星的各个角落寻找灵感的时候，一股神秘的力量注意到了他，并对他产生了兴趣。

虽然有了希望，可灵飞的创作仍然毫无进展。他把灵光一显的旋律分别记录下来，但是它们无法组成自己梦想中的乐章。

生活是枯燥的，灵飞每晚九点到音乐厅上班。如今，他的名字早已被灵豚们遗忘，他只能在乐队里当一名普通的乐手。可是，灵飞对音乐的热爱没有丝毫改变，每当音乐响起，他便忘我地投入音乐之中，尽情地为观众表演。表演结束，他便把自己关在屋里，创作那支完美的组曲。

就这样，几年过去了。

灵飞的心一天天滑向绝望的深渊。音乐合成器上的乐谱已经初具规模，但那并不是他想要的，他昼夜不停地修改，但越修改越不理想。他不得不承认，自己所追求的目标也许倾尽一生也无法达到。那么，自己还有什么生存的理由呢？

刚刚抵达母星的时候，他还经常收到灵舞的影像传真。看上去她过得很好，她的容貌还是那么美丽，几乎一点也没有变老。她总是微笑着向他诉说旅行中的奇闻趣事，告诉她舰队已经航行到了什么地点。她绝口不提他们之间的矛盾，似乎早已把那些争吵忘记了，不过她也从来没有对灵飞说过想念之类的话。灵飞把每次传真都反复看许多遍，但是从来没有回复过。

最近一年，灵舞再没有传真发来。灵飞从媒体上得知，星际舰队在顺利向冥红星进发，距离其只有不到两百万光年了。他总是在深夜久久地观看灵舞从前的传真，她的脸庞，她的微笑，她的轻声细语……他的心都快碎了。

她是幸福的，因为她正在向她的理想接近；她是快乐的，因为有灵闪——她新的爱人——在身边陪伴。可是自己呢？没有谁在意，也没有谁思念。他已经变得一无所有。他终将一事无成，最后孤独一人默默死去。

雨水又一次降临，把夜色中的曙光半岛洗刷得一尘不染。然而，雨水洗不掉灵飞心中浓郁的忧愁。

灵飞一夜没睡，他一动不动坐在窗前，呆呆地望着沉睡中的城市。他的背后，音乐合成器的电脑屏幕分成两个画面，一面播放着灵舞的传真影像，一面是密密麻麻的乐谱。

雨不停地下，渐渐浇灭了灵飞心中的火焰。他站起身，推开了房门，走入湿漉漉的雨幕中。他沿着无人的街道漫无目的地走着，雨水片刻间打湿了全身。

穿过街道，穿过音乐广场，穿过田野，穿过海滩，他来到曙光岬角的顶端。大地仍旧笼罩在夜幕之中，黎明不久就会来临，只是他再也看不到了。他望着悬崖下不停翻涌的海浪，纵身跳了下去。

“为什么要自杀呢？”

“因为我看不到希望。”

“只要活着就还有希望，不是吗？”

“我已经一无所有。”

“你所拥有的远远超出你的想象，你有爱着你的妻子，有你所热爱的音乐。”

“他们早就离我而去了。”

“那就让我们看看是不是这样。”

冰冷的海水把灵飞打醒，他发现自己躺在沙滩上。一定是海浪把自己冲了回来。他记得在被海水淹没之后，好像有谁在和自己说话，可那是不可能的。他想，那一定是自己的幻觉。

他拖着疲倦的身体回到小屋。他出去的时候没有关门，雨水已经打湿了房间。他找不到躺下的地方，只得坐在音乐合成器前。他不经意地望着电脑屏幕，眼睛突然放射出异样的光彩。

屏幕上，灵舞的影像已经隐去，全屏显示着他的乐谱。而乐谱上的符号正时快时慢地变化着，就像是谁正在修改着乐谱。灵飞脑海中响起修改后的旋律……

天哪！天哪！这不正是自己寻找了数十年的旋律吗？！是谁？是谁在帮助自己修改乐谱？不可能，世界上不可能有这样的天才！自己是在做梦吗?

“你，你是谁?”灵飞在电脑上写道。

“我是谁并不重要……这是不是你梦想中的乐章?”电脑中出现一行文字。

“你是这世界上最伟大的音乐家。”灵飞激动地写道。

“最伟大的音乐家是你，这篇乐章是你的杰作，我不过稍加修改。”

“不，它是我们共同完成的……感谢你让我获得了新生。”

“别高兴得太早，再看一看吧。”

灵飞仔细阅读乐谱，那的确是一篇前所未有的完美乐章。可是，它的低音是如此浑厚低沉，它的高音是那么高亢激昂，它的节奏是那么错综复杂，没有乐曲会这样谱曲。换句话说，灵豚世界还没有乐手能够演奏这支乐曲。

“它是完美的，但是没有一个乐团能够演奏。这是一首只能看却不能演奏的乐曲。”灵飞消沉下去，又忽然激动起来，“您，既然您能够这么修改，也就一定能够演奏。”

“不，我也不行。”屏幕上缓缓出现这行字。

灵飞颓然倒在椅子上，他终于明白，自己的追求终究是不切实际的。

“也许，也许我们两个合在一起才能做到。”

“对，我们可以制造新的乐器，寻找更加天才的演唱家。”灵飞再次激动起来，“您，您到底是谁?我该如何感谢您呢?”

“上帝。”过了许久，屏幕上才出现两个字。

灵飞知道对方不想透露身份，他郑重地写道:“衷心感谢您对我的帮助。”

“不必，和你在一起，我也很开心。记住，只要活着就还有希望，我就是这么过了漫长的岁月。”

“是您！在大海中与我交谈的就是您，我听出来了，是您救了我。”

“我现在也不知道这么做是对还是错。”对方的语气冷淡下来，接着屏幕忽然关闭了。

灵飞再怎么询问，对方都不再言语。

他不知道什么地方得罪了对方，他担心对方会从此消失不见。好在第二天，当他坐在音乐合成器前，对方又出现了。

“我们开始设计新的乐器吧。”

这行字出现在屏幕上的时候，灵飞欣喜若狂。他马上写道：“还以为再也见不到您了呢！我的……上帝，如果有什么冒犯之处，希望您谅解。”

“不，这至少不是你的错……我们开始吧。”

他们开始夜以继日地工作，十几天后，三种乐器的设计方案完成了。但是还远远不够，他们有大量的乐器需要改造或者全新设计。

对音乐的共同喜爱，使他们的合作很愉快，他们几乎不需要沟通就能理解对方的意图。这种默契是灵飞从来没有遇到过的，对方的音乐造诣让他心悦诚服。

这段时间，他们除了工作很少聊天，即使有也基本上是灵飞在说，而对方只是聆听。但是灵飞觉得，因为音乐，他们的友情仿佛已经延续了数十年。

“您是我在这个世界上唯一的朋友，唯一的知音。”有一天，灵飞禁不住在屏幕上写道。

“我也是。”

“难道还不能把您的情况告诉我吗？我们不能见面吗？”

“不能，”屏幕上的文字很缓慢，“如果你知道我是谁，恐怕我们的合作也就到此为止了。”屏幕上又写道：“不过，我应该告诉你另外一件事。”

屏幕上出现灵舞的照片。

“不要再提她了。”灵飞的思绪又凌乱起来。

“你的心告诉我，你一直在深爱着她。别再掩饰了，我的朋友。”

“可是，可是她却抛弃了我。她已经有了新欢。”

“那是因为你的忽视。相信我的话，虽然有许多追求者，但是直到现在她心里只有你一个。”

“您的话让我感到莫大的安慰。可是，我们再也见不到对方了，到现在连影像传真都没有了，恐怕我伤了她的心。不过，这样也好，她可以专心于她自己的事业。我甚至希望她忘掉我，和我在一起有什么好呢？我希望她能够找到自己的幸福。”灵飞写道，“能够有您这样的朋友，我已经知足了。”

“谢谢你，我的朋友，可是我有一个不好的消息告诉你。”

“对我来说，还有什么更糟糕的呢？”灵飞苦笑。

“你有多长时间没有收到她的传真了？”

“将近一年。我从来没有回复过她，想来她已经丧失了耐心。”

“不是这样的，那是因为她们遇到了危险，已经陷入困境。”

“不可能，不久前媒体上还在说前往冥红星的星际舰队进展顺利。”

“他们在说谎，此刻灵豚文明的上层领导机构已经乱成一团，他们严密封锁了真实的情况。他们在努力寻找对策，但是那注定是徒劳的。”

“我不能相信您的话。”

“还是看一看这些影像传真吧！它们被审查部门截留了，并没有传送给你。”

屏幕上传来一封信件，打开后出现灵舞的影像。

“灵飞你还好吗？这么长时间没有跟你联系，对不起。最近有几名船员病倒了，飞船上人手短缺，所以非常忙。听说你到了母星，真羡慕你……”灵舞虽然仍保持着微笑，可是她的表情中有着一丝疲倦。这时，她身后有一个灵豚在急促地呼唤她，“好了，不说了，回头联系。”

影像关闭了。灵飞认出呼唤灵舞的是灵闪，他的心头掠过一丝不快。

接着又一封传真打开，灵舞的脸庞显得非常疲倦，眼角流露着忧郁，她的话语有些凌乱：“灵飞，不知为什么，最近经常梦到你……不知道是怎么了，船员们一个接一个得了怪病……病倒的人超过了一半……剩下的人几乎已经不能维持飞船的正常操作……其他的船上也是这种情况……我们距离冥红星只有几十光年了，我们不能放弃……司令官准备放弃一些飞船，把健康的船员聚集在一起……灵飞，为我们的成功祈祷吧……我，我需要你的支持……”

又是一封传真，灵舞的眼神中满是恐惧。“天哪，究竟是怎么了……病倒的船员发生了哗变……他们见到同类就互相残杀……他们控制了一些飞船，正在四处攻击其他飞船……我们的任务失败了……

灵飞，亲爱的，我太倔强了……好多话我一直没能对你讲……我是爱你的，我的心里只有你一个，可是我不能看着你消沉下去……我必须离开你……这样你才能找到从前的你，创作出更加杰出的作品……如果还有来生，我……我还是会选择与你在一起……”泪水从灵舞的眼中夺眶而出，背景声音中隐隐传来灵豚的惨叫声……

灵飞已经不知所措，他冲到屏幕前叫道:“到底出了什么事？他们怎么了？请你告诉我！”

“这都是你们灵豚惹的祸，”屏幕上的文字显示道，“还记得你们收到的冥红星电波吗？你们认为是外星智慧生物的邀请，可是你们忘了，这电波在你们还没有形成文明之前就一直在向母星发射。如果对方是智慧生物，那么这么漫长的时间，他们早就来到母星了，还用得着你们去登门拜访吗？”

“也许他们并不知道我们的星球能够产生文明，毕竟智慧生物在宇宙中微乎其微。”

“让我们从另外一个角度来看一看吧，这是你们接收到的冥红星电波。”

屏幕上出现一串规律的波形。

“让我们根据它的规律转换一下，你看一下是什么。”

屏幕上出现了灵飞熟悉的界面。

“我的天，那是一首乐曲。”灵飞惊叫起来。他读着那乐谱，脑海中响起音乐旋律，他顿时觉得头昏脑涨昏昏欲睡。

“不错，这是一首乐曲，一首夺魂摄魄的催眠曲。只不过抵达母星时功率太小，并不能对你们产生太大影响，可是一旦距离足够……”

“飞船上的船员就是因为受了它的影响才那样。”灵飞恍然大悟。

“冥红星上的生物根本不是什么智慧生物，它们是病毒，消灭所有智慧生命的病毒。”屏幕上的乐谱又转化为完全陌生的基因序列。

“那么灵舞她……”灵飞颓然从椅子上滑倒，随后又跳起来对着屏幕祈求，“我不知道你是谁，也许真的是万能的上帝吧！我求求你，救救灵舞吧。”

“我为什么要帮助你呢？”屏幕上的文字冷冰冰的，“在我需要帮助的时候，又有谁来理会我呢？”

“你是我唯一的朋友。”

“朋友？哼……也许我们有不共戴天之仇呢。”

“只要能救灵舞，你要我做什么都可以。”

“真的吗？”灵飞似乎感觉到对方在冷笑，“那么你就再从曙光岬角跳下去吧。”

灵飞愣了愣，转身冲出了房间……他像一阵风，在消散之前也要奋力前行；他像一道流星，在逝去的一刻也要灿烂闪耀……

他来到曙光岬角的尽头，没有一丝犹豫便张开双臂扑向大海……

冰冷的海水已经浸没了他，他感到窒息。他在挣扎，他在渐渐失去知觉……他就要死了……可是他的心中充满了喜悦，没有一点悲伤和恐惧……他这些年虽然活着，心却死了，可是现在……他的心头是一片光明……“感谢你呀，我的爱人；感谢你呀，我的音乐；感谢你呀，陌生的朋友……你们让我的生命有了意义……如果我的行动能够弥补这么多年对你的忽视……如果我的行动真的能够拯救你，我的爱人……那么请在世界的尽头为我欢笑……”灵飞昏迷前这样想道。

灵飞的身体像一片落叶，飘过迁徙的鱼群，飘过废弃的海底城，向海洋的最深处沉去……他没有想到过奇迹再次出现，但它确实发生了。

他苏醒的时候，不是在海滩，也不是在自己的房间，而是在一个巨大的发光的气泡之中。

透过气泡发出的光亮，他看到周围是一团黑沉沉的海水，几条发光的鱼正在海水中游动。两侧陡峭的悬崖像两堵墙壁，一直向上延伸而去。峭壁上还飘浮着一缕缕黑褐色的海草。

自己一定是在海底。他一动也不敢动，生怕薄薄的气泡会破裂开来。

“不是一直想见面吗？希望没有让你大吃一惊。”熟悉的声音在灵飞耳边响起。

灵飞向脚下望去，他看见海沟底部填满了一种灰白色的物体，像是堆积如山的凝胶，又像一只庞大无比的虫蛹，似乎还在微微蠕动。

“是你吗？朋友，可是……我还是不知道你是谁？”

“我是谁？恐怕要到你们史前的神话中去寻找了。不过和你们一样，我也已经变得面目全非了。”

“我知道了，你是天鲸。”灵飞心头一凉，他想起了史书中记载的那场灵豚灭亡天鲸的战争。

“对，我就是早该被你们灭亡的天鲸。”灰白色的物体剧烈颤抖起来，猛地如山峰一般向灵飞压来，可是中途又停顿下来。“我已经太老了，老得连仇恨都忘记了，就饶恕你们吧。这些渺小的生命。”

“我的朋友，我已经按照你说的去做了，那么你承诺我的事情呢？”灵飞问。

“真的不明白，我为什么会帮助一只灵豚，也许就为了这一声朋友吧。”

灰白色的物体从中裂开一道缝，吐出一个气泡。

灵飞看到一个裸体的女性正在气泡中沉睡。

四、灵天

不仅仅灵豚在母星眷顾下生存下来，在荒寂的海底深处，天鲸同样生存下来。

在海沟安家之后，天擎没过多长时间就发现（当然，天鲸的时间概念与灵豚有着本质的区别），除去没有了阳光，失却了可以自由飞翔的广阔空间，这里与天空相比并没有太多不适。况且，没有了捕食、晒日光浴这些琐碎事情，他可以把全部的时间用来思考。思考，那不是最快乐的事情吗？

在将近一万年的时间里，思考不仅仅是一种消遣，还是一种娱乐。这个时候，幸存的五只天鲸中已经有两只死去，曾经年轻的天擎也已经衰老。天鲸再次面临灭亡。这时，天擎对生物科学的思考豁然开朗，终于掌握了宇宙间生命的奥秘。天鲸的进化开始了……

灵豚的进化是被动的，灵豚文明的产生是建立在一次又一次概率几乎为零的巧合之上，并且用去了数百万年的时间。而天鲸的进化是主动的……

天擎试着改变一部分气腺的结构，在其中建立了一个与自身细胞隔绝的孵化器，又在其他天鲸的联络电波中分离出他们的生命基因。然后，他尝试在孵化器中将自己的体细胞改变成具有其他天鲸基因的细胞。经过无数次的失败，他终于做到了。又过了很长时间，他成功地把这个体细胞改变成卵细胞，再加入自己的基因，培育出一个小天鲸。

可惜的是，这个小天鲸并没有存活多久。当他第一次离开天擎，游入大海的时候，就被一只路过的海兽吃掉了。

天擎没有再孵化小天鲸。海底的生存环境与天空相比是极其恶劣的，到处都有凶猛的海兽活动，小天鲸根本没法生存。况且，他担心天鲸数量的增多，会使灵豚察觉到他们的存在。

于是，他改变了方式。他在孵化器中大量培育全新的细胞，并一点点完善它们的基因缺陷，然后用它们来替换自身已经衰老的细胞。如此周而复始，除了智慧和记忆，天擎的身体一代代更新。除非母星毁灭，他的生命将得到永生。

天擎逐渐变得面目全非，他的眼睛、鳍、尾巴，已经退化得几乎消失，身体也小了许多。气腺变成了生物工厂，完全改变了功能。随着智慧和知识的急剧增长，他的大脑不断变大，慢慢超过了身体，几乎填满了整个海沟。

通过联络电波，其他两只幸存的天鲸分享了天擎智慧的成果，他们共同进化了。

星球表面，灵豚的文明日新月异……与世隔绝的海底深处，三只得到永生的天鲸昼夜不停地苦苦思考……如果这两种生物生存在不同的世界，他们或许会演化为两个截然不同的文明，可他们偏偏被同一个母星所拥有。

一天，一根黑色的电缆沉入海底，那是灵豚连接大陆的通信电缆。天擎从中得到了灵豚文明的大量信息。他大吃一惊，过了这么长时间，灵豚竟然没有多少进步，自己脑海中的知识早已远远超越了他们。

他不敢相信自己的判断，他在气腺中制造了一个终端接口，于是他的大脑成了一台生物计算机，并接入了灵豚的互联网络。他在灵豚社会的各个层面畅游，通行无阻。他恍然大悟，原来灵豚把大部分精力花费在对研究结果实践的工作上，只用很小一部分时间专注于思考。

他鄙视灵豚的落后，又羡慕他们能够将思想变为现实。思想毕竟是空虚的，只有在变成现实之后才能显示出巨大的威力。天鲸不正是被这种威力摧毁的吗？他有些悲哀。

从那以后，天擎经常潜入灵豚的互联网络。最初，他希望通过这种方式，在自己不被察觉的情况下洞悉灵豚的一举一动。后来又有了新的想法，他把一个已经得到答案却无法求证的问题透露给灵豚，没想到他们很快制造出了工程样机。看着自己的设想得到验证，天擎兴奋而满足。他把一个又一个想法悄悄交给灵豚，于是一个又一个伟大的发现浮现于混沌无序的宇宙中。这段时期被灵豚史书记述为文明的黄金时期。倍受资源困扰的灵豚终于走出行星，进入广袤的太空。

那是灵豚文明的巨大飞跃。天擎却知道，这飞跃属于天鲸，只不过假借于灵豚之手。这个时候，天擎发现自己已经成了灵豚文明中无所不能的上帝，他只要稍稍动作，就可以让灵豚文明顷刻间灰飞烟灭。可是他不想这么做，他的心中已经没有仇恨，他在支配灵豚的过程中感到了乐趣。况且他知道，一旦灵豚毁灭，天鲸也将陷入绝境。

与此同时，天擎也清楚，上一次天鲸险些灭亡，完全由于盲目的乐观和自信。他在同灵豚社会接触的时候保持着极度的谨慎，他的身体毕竟非常脆弱，假如灵豚知道了自己的存在，天鲸的末日就将真的来临。

灵飞是唯一一个例外，天鲸注意到他是因为音乐。天鲸对音乐的喜爱丝毫不亚于灵豚。天鲸的音乐建立在灵豚不可想象的科学基础上，每一个旋律都有精确完善的分析模型，而灵豚的音乐则更加丰富。音乐是灵豚为数不多的几个可以和天鲸并驾齐驱的领域之一。

当天擎偶然在灵飞的音乐合成器上看到他的乐谱时，立刻被吸引住了。它和从前的灵豚音乐完全不同，也和自己的音乐截然不同，虽然它才初具雏形，还不能被称为乐曲，但天擎已经被它震撼了。那些音符能轻易引起心灵最深处的震撼与共鸣，仿佛为他打开了一个崭新的音乐世界。

他密切注视着灵飞，热切盼望着伟大音乐的诞生。然而，灵飞的创作却出乎意料地缓慢，一个崭新的音乐领域已经缓缓开启了大门，可是灵飞却在门前徘徊。

天擎失去了耐心，他决定自己来完善灵飞无法完成的创作。当他行动起来才明白，这个灵豚真是一个可怜的天才——他以自己对音乐独特的领悟一头撞进了一个美丽的新世界，可是他的智慧却不容许他在这个世界中畅游。不仅他，连天擎也不能。经过无数次的尝试，天擎也失败了。但是他不死心，他召集了其他两只天鲸，并调动了灵豚文明圈所有的电脑共同进行思考。终于，这曲结合了天鲸与灵豚共同智慧的天籁之音完美地呈现出来。

灵飞并不知道躺在音乐合成器上的残谱，在灵豚和天鲸两种智慧生物的共同努力下已经大功告成。此时，他还沉浸在失去爱人的失落和创作面临绝境的双重打击之中，并由此丧失了生活的信心。

当灵飞第一次从曙光岬角跳海的时候，天擎忘记了自身的危险，几乎没有思考就救起了他，并决定将完成的乐谱也送给他。这首乐曲是天擎和灵飞共同创作的，他们应该共同分享成功的喜悦。这是自母星形成以来，灵豚和天鲸这两种敌对的智慧生物第一次携手合作。

天擎对灵飞惺惺相惜，不忍看他死去。于是，天擎开始关心灵飞的命运。他查阅了灵飞的所有资料，终于找到了令这只灵豚痛不欲生的根源——另一个女性灵豚——灵舞。这个时候，星际舰队正在向冥红星进发。不过，星际舰队始终与灵豚文明圈保持着联系。天擎通过互联网络的一个节点观察着灵舞。他很快发现，这两只灵豚都彼此深爱着对方，只是因为彼此间过多的期待而产生了矛盾。

在对灵舞的观察中，天擎发现了更严重的事。

冥红星使灵豚为之着迷，也同样能给天鲸带来影响，只不过没有那么明显罢了。当天擎对宇宙产生兴趣并开始深入思考之后，他对冥红星格外关注。天擎很快发现另一个脉冲星系，它不住向宇宙发射着复杂强烈的射线，这些致命的射线使它本身和周围的星系成了寸草不生的死星。这个脉冲星系与母星相距太遥远了，不应该会对这里有什么影响，可是这种影响确实产生了。天擎分析了抵达母星的射线，没有发现什么异常。他思考了许久也没有头绪，在没有得到更多的数据之前，他只好暂时放弃了。

当灵豚们认为那些射线是另一个星际文明发出的信号的时候，天擎觉得好笑。那是一簇复杂的射线束，其中包含着一些急剧衰减的致命射线，在那些射线的照射下，任何生命都将荡然无存。“管他呢，让无知的灵豚去碰个灰头土脸吧！”他有些得意地想道。

当飞船上的船员一个个病倒之后，天擎才意识到问题的严重。他在船员的体内发现了一些奇怪的病毒，它们在数小时内迅速繁殖，很快便侵染了病人的大脑。灵豚社会从来没有这种病毒，与世隔绝的飞船中更没有理由滋生它，答案只有一个：那些射线起了作用。

天擎反复分析这些射线，终于发现罪魁祸首——这些射线携带着一段异常的病毒基因。

与此同时，事态极度恶化。被病毒感染的船员疯狂攻击同类，星际探险舰队在混乱中化为宇宙尘埃。事情并没有完，最靠近冥红星的一个灵豚星系又出现了感染者，并且在几天之内蔓延到整个星系。接着，其他星系观测到那个星系发生了毁灭性的行星爆炸。灵豚领袖议会发生混乱，他们不知所措，甚至不知道究竟发生了什么，只得严密封锁消息，暂时保持社会稳定。接下来的情况更是让他们目瞪口呆：几乎在同一时刻，又有三个星系发现了感染者。这一下，灵豚的科学家们醒悟过来，他们立刻切断了各个星系之间的互联网络，病毒的蔓延停止了。可是，没等他们松一口气，就观测到那三个被感染的星系派出了大量星际飞船向其他有灵豚居住的星系飞去。几支试图拦截的舰队也很快失去控制，加入了感染者的行列。由于各个星系都关闭了星际传送中转站，那些星际飞船只能以亚光速飞行，所以抵达他们的目的地还需要一段时间。然而，灵豚根本没有有效的抵御手段，他们只能眼睁睁地看着这些携带着瘟疫的飞船一步步逼近。灵豚文明如同一栋腐朽的大楼，随时可能轰然倒塌。

此刻，天擎用他那几乎失明的眼睛看着气泡中的灵飞。这个灵豚朋友用他的生命证明了对灵舞的爱，理应把灵舞还给他。灵舞已经随着星际探险舰队一同毁灭了，不过天擎的大脑中记录着她完整的记忆资料和基因特征。他在气腺中复制了一个灵舞。从灵豚的角度来看，这就是原来的那个灵舞。

天擎把两个气泡合为一体，看着他们相拥在一起，真不忍心把灵豚文明危机的真相告诉他们。可是灵舞曾是探险舰队的成员，亲身经历了舰队毁灭的浩劫，她清醒后立马向天擎询问。

得知真相之后，两只灵豚苦苦向天擎哀求，希望他能够拯救他们的种族。天擎没有回答，而是把他们送回了陆地。他还没有想好该怎么做。

天鲸与灵豚是世仇，他从物种灭绝的灾难中幸存，不去报仇就已经仁至义尽了，怎能让他去拯救敌人呢？可是，现在的灵豚已经成了他生活的一部分，难道眼睁睁地看它毁灭吗？况且，没有了灵豚，自己又将如何生存呢？他举棋不定。

同时，他有些忐忑不安，灵豚已经切断互联网络，他失去了对灵豚的了解与控制。一旦灵豚在这个时候向他发起攻击，无论自己有多高的智慧，都将任他们宰割。蓝天下，天鲸在飞行器的攻击下纷纷坠落的景象不断在他脑海中闪过，他每每想起便感到恐慌。

漆黑的海底忽然亮起一点红光，那是一艘灵豚的潜艇在向天擎发送信号：

> 尊敬的天鲸，我代表灵豚文明向您请求，抛开从前的历史和所有的恩怨吧。念在我们生存在同一颗母星上，请伸出援助之手吧。灵豚的命运掌握在您的手中……星际舰队已经准备完毕，他们将在您的率领下战胜恶魔……天空将属于天鲸，希望看到你们重新在那里飞翔……形势已经万分危急，每一个小时都会有一个星系的文明毁灭……救救我们吧……

信号反复发送着，渐渐激起了天擎的怜悯之心。他向其他两只天鲸询问，一个认为天鲸与灵豚已经成为实际意义上的文明共生体，帮助灵豚就是在帮助自己；另一个反问，我们凭什么相信灵豚呢？历史证明，他们是最大的敌人，一旦消灭了冥红星病毒，下一步就该轮到天鲸了。

望着那艘潜艇，天擎从透明的乘员舱内看到了灵飞，还看到了一个苍老的灵豚，就像是无数年前在自己面前自杀的那一个。一股莫名的父爱涌上心头，天擎心想：原谅这些犯错的孩子们吧。

“我需要一艘飞船，我独自去。”他做出了回答。

在潜艇的伴随下，天擎离开了海沟，向海面升去。破水而出的一霎，天擎看到了刺眼的阳光，雪白的云朵和湛蓝的天空……一百万年了，天鲸那庞大的身体终于再次飞翔在母星的天空中。

货运天地往返器将天擎送往三十万千米外的星际中转站。接近中转站的时候，天擎透过舷窗看到有近千艘星际战舰停泊在中转站周围的空域，看来灵豚们已经做好了孤注一掷的战斗准备。

一艘巨型星际母舰停靠在中转站的月台旁进行改装，为了容纳天鲸庞大的身体，灵豚把母舰的机库改造为液体环境的控制舱。

灵豚们费尽周折才将天擎安置在控制舱内，接着又把无数设备接驳在天擎生成的生物终端上。

天擎没有接受灵豚的方案，他不需要其他战舰的护航，决定独自驾驶飞船去阻击冥红星病毒控制的舰队。灵豚接受了天擎提出的全部条件：保持与灵豚最高领导层唯一的最高权限超级链接；随时可以直接控制灵豚文明圈所有的网络节点和计算终端；对其所发出的指令必须无条件马上执行。这等于将灵豚种族的命运全部交给了天擎。

天擎独自控制飞船飞入深邃的宇宙虚空。飞船在他的操作下飞行平稳快速，没有一丝凝滞。

飞船通过超空航路跳跃到深紫星系的中转站。这个星系位于灵豚文明的核心地带，但现在已经处于病毒入侵的前沿。冥红星病毒控制的舰队正在向这里疾驰。飞船从这里改为亚光速飞行，向病毒舰队迎头冲去。

这段航程有点长，以母星的时间计算，需要两个多月的时间才能与敌人遭遇。这正好让天擎有时间来思考。

天擎悬浮在控制舱的液体中，周围寂静无声，一团漆黑，窗外的宇宙更加黑暗，连一点星光也看不到。在海底的漫长岁月使他早已习惯黑暗和寂静，可是现在的沉寂却让他的心中泛起一丝烦躁。

天擎的大脑在一刻不停地紧张思索着，但是并没有找到有效对付病毒的办法。冥红星病毒实际上并不真实存在，它不过是一段携带病毒基因密码的波束。要消灭它只有两个办法：要么消灭波束的发射源，要么使灵豚产生抗体。可是消灭波束的发射源，那等于要毁灭冥红星，那是做不到的。即使可以做到，时间也不允许。相对而言，使灵豚产生对病毒的抗体，还比较容易。他反复分析那段看似简单的病毒基因，终于得出一个沮丧的结论：这病毒在天鲸和灵豚物种产生之前就已经存在，并一直处在自我完善之中，以天擎现在的智慧还无法制造出克制它的疫苗。天擎意识到，这病毒不仅仅对灵豚有危险，它几乎可以侵染所有的有机生命。换句话讲，自己同样处在巨大的危险面前。

天擎和灵豚领导层之间的超级链接一直保持畅通。链接由天擎设置的程序进行加密，这里远离冥红星，辐射不能直接侵染。通过链接，灵豚领导层向天擎转发了来自各个星系的慰问电，其他两只天鲸也发来信息，对他表示支持。灵飞兴奋地告诉天擎，所有的乐器已经制造完成，乐团正在进行排演，他们将用这首神曲来迎接天擎的凯旋。这些信息给了天擎巨大压力，也给了他极大信心，他决定运用全部的智慧去抵御强敌。

一场恶战迫在眉睫。

飞船传感器在一点二光年外探测到了病毒舰队。它们分成两股，大的一股由三十艘战舰组成，航向正对天擎的飞船；另一股有七艘战舰，处在主队的侧后。

一枚亚光速导弹脱离舰群向母舰飞来，它们也已经发现了天擎。

天擎瞬间破译了导弹的制导密码，控制它掉头攻击病毒舰队，对方匆忙发射激光引爆了导弹。强烈的爆炸冲击波在宇宙间扩散开来，震散了舰队的队形。

对方减慢了速度，它们意识到这艘孤单的飞船肯定是有备而来。突然，近百枚导弹从舰队中射出，从各个不同方位向母舰疾驰而来。这些导弹被设置成光速，就好像早就埋设好的太空雷群突然出现在母舰周围。

天擎只得开启母舰屏蔽罩，并发射群命令，引爆了这些导弹。此起彼伏的爆炸声响起。

爆炸过后，病毒舰队惊异地发现敌人竟然完好无损！它们立刻改变了策略，开始加速向母舰扑来。较小的一支从侧翼迂回，直插母舰后尾，企图利用数量优势近距离使用波束武器消灭对方。

“我是货运航船 030702，属于深紫星系，正在执行正常货运任务。我没有敌意，请停止攻击，请停止攻击。”天擎伪装成货船，向病毒舰队发出广谱通信波束，在波束中他加入了一段智能控制程序。病毒侵染的是灵豚，而程序控制的是飞船主控电脑，他准备以其人之道还治其人之身。

病毒舰队有十二艘战舰的通信装置处于开启状态，立刻收到了天擎的信息。随后，智能程序立即控制了这些战舰的主控电脑，修改了操作密码，剥夺了灵豚的控制权。接着，它们将飞船转入自动驾驶状态，并开始执行攻击其他病毒舰船的命令。

敌方舰队猝不及防，六艘战舰被摧毁，剩余的开始相互攻击。一片混乱之后，敌舰队只剩下七艘飞船。这些飞船驶出飞船爆炸形成的碎片带后，向天擎的母舰发出信息。

天擎早已经关闭了通信系统，并将飞船置于严密的屏蔽罩保护之下。无论敌方的信息内容是什么，其中肯定夹杂着病毒基因，他怎么会上当！

对方在远处徘徊，肯定在等待病毒产生作用。

沉默片刻，天擎向病毒舰队发出回复信息。对方误以为母舰的成员已经被病毒控制，纷纷接收了信息，却愕然看到飞船电脑立刻切断了飞船的所有动力和控制系统。

天擎成功地俘获了病毒舰队。他望着那些战舰的灯光和发动机逐一熄灭，像一块块黑沉沉的礁石漂浮在宇宙之中。他不能将它们带回灵豚的星系，他还没有办法使那些被病毒控制的灵豚恢复清醒。最终，他引爆了这些飞船，在耀眼的爆炸闪光中调整航线，向下一个病毒舰队飞去。

天擎没有注意到，在病毒战舰爆炸前的一刻，一个微型飞船修理机器人从战舰分离出来，悄然靠近他的母舰。它太小了，被母舰探测系统当作一颗无害的宇宙尘埃，没有触发警报。它轻轻降落在飞船壳体上，缓缓移动着找到了一个维修接口，从体内伸出一只头发粗的机械手，插入接口。

天擎忽然感到一阵晕眩，浓重的睡意从脑海中泛起，他的视野里变成了一片朦胧的红色。他想振奋起来，可是不行，他飞速运转的大脑停滞下来。飞船、宇宙和灵豚们的容貌都逐渐远去，慢慢变成空白……

一个直径只有几千米的球体，质量却相当于几十个星系的总和……塌陷已经达到极点，就在那一刻，猛烈的爆炸震撼了宇宙……

它爆发出无比耀眼的光芒，照亮了漆黑的太空……两个黑洞一左一右，贪婪地吸收着它所发出的一切，连一丝光线也不放过……这是宇宙间最残酷的一幕…………唯有你，在黑洞之间找到了暂时的平衡，你拼命散发着光辉。你要逃离这个生命的荒漠，这个死神的炼狱……这是宇宙间最完美的序列，它应该改变每一个星系的混沌与嘈杂……

天擎猛然从幻境中觉醒，他明白病毒已经侵入了自己的大脑，如同推倒的骨牌一样，正一连串地修改着他的脑细胞。他企图固化一部分脑细胞，将病毒隔离起来，但病毒无孔不入……他意识到，用不了多久，自己将完全被病毒控制。

“完了，全完了，天鲸与灵豚将在病毒的蔓延下自相残杀。那些曾经生机勃勃的星系将变成死亡的世界。”天擎悲叹。

另一个思想在天擎心中生成：红色的世界是多么美丽，我们会成为宇宙的主宰，那完美的序列是我们的图腾。

病毒已经控制了大部分脑细胞，开始形成思想，只有最深层的细胞还使天擎保持着清醒。这段时间不会长，告别的时候到了。

“我是天擎，任务——失败了。我已经被病毒侵染……病毒的先遣舰队已被消灭，你们还有一段时间，请马上开始疏散行动。走得越远越好，销毁疏散目的地记录，而且永远也不要互相联系……我将引爆飞船……”

屏幕上那些灵豚领袖们听到噩耗后呆愣了，仿佛在一瞬间变得更加苍老。

其他两只天鲸向天擎传来道别的信息。他们已经被灵豚转移到星际飞船上，即将前往两千万光年以外的陌生星系，经探测那里有辽阔的海洋。

屏幕上又出现了灵飞的脸庞，他的头发凌乱，双眼红肿，面色苍白。

“要坚持住，肯定还会有希望，这是你曾经告诉过我的。我在这里等待你归来。”泪水在他的眼眶中旋转。

“恐怕我要让你失望了……朋友……我没法抵御病毒的入侵……走吧，和她一起走得远远的……”天擎准备切断超级链接。他的思维越来越模糊，他感到自己已经坚持不住了，

“等一等，”灵飞喊道，“这是我们共同完成的音乐。在这最后的时刻，让我们共同聆听吧。”

音乐，美妙的音乐，似幻似真的天籁之音，在天擎的脑海中响起……

那是母星透明的天空……在白云的簇拥下，他自由地漂浮……已经告别了一百万年的阳光，重又照耀在他雪白的肌体上……清冽的风承托着他，抚摸着他……辽阔的海洋湛蓝湛蓝的，一如天空的颜色……灵豚们在波澜壮阔的海面欢腾雀跃，高声吟唱……那是母星最骄傲的孩子们……那是母星最初的记忆……

天擎沉醉在音乐之中。他从未想到这音乐是那么的动听，它唤起了他所有的回忆，所有的梦想……

他突然有了一种奇妙的感觉，他的大脑重新清晰起来。病毒如同烈日下的冰山，飞快地消于无形。

“真的吗？这是真的吗？这不是幻觉吗？”天擎几乎不敢相信眼前的事实，“天哪，这音乐的旋律竟然可以将病毒融合！这是神曲，拯救世界的神曲！”

“所有的灵豚请注意，”天擎打开了所有灵豚星系的网络链接，激动地宣布，“请在各个行星，在所有的媒体上，反复广播这首乐曲！请马上派遣舰队，设置大功率发射器，前往被病毒侵染的星系！这首乐曲可以将你们沉睡的兄弟们唤醒……”

回程的旅途中，来自各个星系的网络信息淹没了飞船，整个灵豚文明圈都沉浸在劫后余生的狂欢之中。

这个时候，天擎却断开了链接。

飞船爆炸的火光……喧嚣的灵豚社会……迷乱的群星……此刻都已消失，仿佛宇宙中只剩下天擎一个。他觉得自己又置身于黑暗恒寂的海底。

威胁已经消失，天擎却有更多的事情需要思考。

事情发生的太突然了，他觉得自己好像还身处梦中。冥红星病毒是依靠什么机理来侵染智慧生物的？承载它的射线虽然成分复杂，但这么低的量无论如何对生物都是无害的，就单凭那一段神秘的基因序列也不可能凭空改变生物的细胞。神曲又是怎么中和了病毒？虽然它们似乎存在着某种相似之处，但无论从基因或者乐曲角度来分析，神曲都远不如冥红星病毒那般紧凑完美。它凭什么抵消了病毒呢？天擎反复比较两者，穷尽了自己的智慧也找不到答案。他不得不承认，自己的智慧虽然超越了灵豚，但是和深奥的宇宙比较起来，却还是一个无知的孩子。

一个月之后，天擎操作的飞船探测到六艘飞船驶来。天擎收到信息，它们是来迎接他的。这时，他在超级链接上接到了灵飞的链接请求。

灵飞的表情很奇怪，语气有些急促："朋友，我们有了一些新的发现，你肯定会感兴趣。这是我们刚刚收到的电波。"

这份电波完全颠覆了天擎从前的猜测。它同样来自冥红星，但已经不是原来的病毒序列。它改变了，变成了一个全新的基因片断，一首全新的乐曲。

天擎感到一阵晕眩。有一件事已经毋庸置疑，病毒辐射并非源自天然，虽然冥红星所在的星系环境如地狱般恶劣，但那里肯定存在着一个超智慧文明。他们一定已经知道这里发生了什么，并迅速作出了回应。他们从母星还没有孕育生命就开始注意这里了，那么他们从前的信息是什么意思？是为母星生命设下的一个陷阱，还是用来测试这里的文明程度的一段程序？他们现在又想表达什么？是发出了死亡的威胁，还是在庆祝母星文明已经上升到了更高的阶段？这一切都是未知。也许在不久以后，也许在很遥远的未来，这一切才能揭晓。

那么该如何去面对呢？

也许……

当天擎返回母星的时候，无数艘飞船等待在母星的轨道上，迎接他的归来。在陆地上，海洋里，天空中，在母星的各个角落回荡着动听的乐曲——那首由灵豚和天鲸共同创作，又拯救了这个文明的天籁神曲。

母星的名字已经被灵豚正式命名为"灵天"，天鲸和灵豚这两种智慧生物将永远和睦地生存在同一片蓝天之下。他们将以灵天文明的名义走向宇宙，被冥红星那样的超级文明所接受。

也许……

他突然发现迎接自己的飞船是排列着战斗队形……他打开互联网络，却找不到其他两只天鲸的信息……

灵豚们有别的企图吗？自己帮助他们解除了灭顶之灾，让他们的文明得以延续……难道他们还不能忘记几千万年前的仇恨吗？“不会的，”他说，“至少灵飞与自己的友谊是真诚的。”他应该相信灵豚。可是，自己的心为什么还在惴惴不安？

是坦然返回母星，还是采取防范措施？他犹豫不决。

宇宙深处，冥红星粲然闪烁。

星潮·火种

一、尼雅

我降生的时候，尼雅却即将死去。

一提起尼雅的事，父母的声音就变得忧郁，眼神中也满带哀伤。我的到来也没有让他们高兴起来。

我对世间的认识才刚刚开始，视线所及也不过几厘米范围。尼雅是谁？我一无所知，不过她所带来的忧伤与不安在我心深处刻下了无法磨灭的痕迹。不然，无法解释我长大后为什么很少言语，心底总泛起莫名的忧虑与烦躁。

后来，和我在一起的时候，父母都显得很开心。他们小心翼翼地避免说起尼雅，因为那会让他们陷入无法自拔的忧郁之中。不过，我还是感觉尼雅带来的沉闷与恐慌无处不在，于是年幼的我对尼雅充满了好奇。

在很长一段时间里，关于尼雅的一切对我都是个谜。她是谁？为什么要死去？为什么她的命运会对大人产生那么大的影响？直到那一年……

那年我不到两岁，父母带着我到郊外旅游。车子穿过原野进入山区，在树木掩映的山道上盘旋，越升越高……大人的心情不错，他们打开车窗，清冽的空气混合着浓郁的野花香味扑面而来，呛得我一阵咳嗽。他们把唱机的声音开得震耳欲聋，母亲随着音乐大声唱歌，父亲在一边朗声大笑，两个人像是无忧无虑的孩子一般。

我们一直来到山顶，周围没有一个人，有的只是茂盛的树木，葱绿的草地和湛蓝的天空。母亲开始准备野餐，父亲在奔跑着放风筝，我蹒跚的步伐追不上他，不由一阵恼火。后来，我对地上的一窝蚂蚁产生了兴趣，便趴在旁边观察这些小生命们忙碌。过了一段时间，母亲开始召唤我们。我离开前一脚踏在蚂蚁窝上，蚁群顿时大乱。我惊奇地发现，那毁天灭地的一脚过后，只有几只蚂蚁在垂死挣扎，其余的蚂蚁迅速恢复了秩序。原来，这些小东西的生命力是那么的强悍。

野餐是我那脆弱的肠胃无法消受的，我只得叼着奶瓶看着大人们大快朵颐。在某些方面，我比蚂蚁要脆弱多了。

用过餐，我们就仰卧在草地上观赏着蓝蓝的天空和变幻万千的云朵。许是阳光太温暖，许是草地太柔软，不一会儿我便沉沉睡去。

醒来后，我发现天色略微暗淡下来，父亲和母亲正站在草地尽头出神地凝视着什么。我揉着眼睛走过去，父亲蹲下身把我抱了起来，一把举过头顶。我被眼前的景象吓了一跳，脚下便是一道万丈悬崖，而此时的我又在父亲头顶，仿佛就处在这个世界的最高点。我第一次惊奇地俯瞰着这个世界。我看到了莽莽群山，它们尖尖的山峰直刺苍穹；我看到了绿色的原野，它如地毯一般覆盖了整个大地；我还看到了繁华的都市，一条条道路成辐射状向那里聚集，数不清的飞行器在它上空盘旋……

“好好看一看尼雅吧，”父亲低沉的声音满带忧伤，“或许在不久的将来，一切都将面目全非……”

尼雅是我以及所有人类[①] 的母星。

我所出生的年代，正处于尼雅文明的顶峰，在本星系以及临近的米兰恒星系的每个行星上都分布着尼雅的宇航基地或者空间站。兰特尼斯号宇宙探险航船刚刚抵达一百光年处的星系，米兰四号行星矿厂出产的超大钻石正在各地巡展，尼雅已经从过度开发的贫瘠状态中恢复过来……据环境部门透露，除了氧气含量有所降低，尼雅现在的环境已经可以与三千万年前的古尼雅媲美。可是文明发展了，眼界扩展了，所有的尼雅人却在唉声叹气。

大约两千年前，大家只关心庄稼的长势，金钱的多少，或者哪些国家又在打仗，哪里又发生了火山喷发、洪水泛滥……总之，没有人关心大气层以外的那片星空，人们只是把它当作点缀这个美丽世界的一幅神秘莫测的画卷罢了。

那个时候，尼雅对于人类来说就是整个世界。随着科技突飞猛

① 这里特指尼雅行星上的智慧生物。

进，人类的视野拓展到宇宙空间，这才发现尼雅不过是群星中非常普通的一颗，并且它的处境还有点不妙。

尼雅是一个典型的中等质量主序恒星系，稳定的环境才使尼雅人类延续下来并得以发展。不过，如今这个小星系却处于一个巨大的活动星系[②] 之中。

阿特拉斯活动星系在一万光年的直径内拥有四千万颗恒星。被称作活动星系是因为它的星核与众不同。阿特拉斯活动星系的星核与尼雅星系的大小差不多。如果说尼雅星系是一个平静的港湾，那么阿特拉斯活动星系的星核就是涌起惊涛骇浪的死亡之海了。星核的中心，在充斥着高密度尘埃和星球残骸的吸积区[③] 后面，隐藏着一个超大型黑洞，质量超过一亿颗恒星。

很不幸，当人类在这片乐土上无忧无虑地生活的时候，尼雅正一步步滑向毁灭的深渊。当人类警醒的时候，尼雅已经距离星核吸积区不过两光年的距离了。

当然，末日不是马上就要临头，虽然尼雅最终的宿命是在超大型黑洞中被打回元素态原型，不过那毕竟是万年以后的事情了。可是，如今却面临另一种致命的威胁，尼雅人把这种威胁称为星潮。

黑洞外围的星核吸积区时刻都在进行着剧烈的物理运动，比如激波、喷流和恒星爆发等，同时伴随着在各种电磁波段的能量释放。这

② 活动星系，是指这类星系中存在着激烈的物理过程，如激波、喷流和恒星爆发等，同时伴随着在各种电磁波段的能量释放。

③ 吸积区大约只有一个太阳系那么大，可是光度却非常高。其中，超大黑洞能有一百万到一亿太阳质量那么重。围绕中央的“吸积区”，往往有一个球状的“恒星形成区”，由于有很多能量注入，可生成很多新的太阳。

种能量释放就是星潮。它沿着黑洞自转轴的两端喷出，喷发的时间时有时无，强度时强时弱，变幻莫测，最大规模的星潮远达几万光年。显然星潮的高强度辐射会给行星上的生命带来致命的威胁，尼雅行星的几次史前生物大灭绝估计都与星潮有关。然而，现在的尼雅比以往任何时候都更加接近星核与黑洞自转轴。

十五年前，人类就可以准确地预测星潮喷发的日期了，于是一个可怕的预言出现了：三十年后史无前例的超大规模星潮将伴随着吸积区一颗恒星的毁灭而喷涌而出！毫无疑问，那一天尼雅将变成一颗死星。

我降生的时候，尼雅却即将死去，而我将在有生之年目睹尼雅人类在宇宙的落幕。

二、焰火

我还小，对外界的认知极为有限，所以根本没有什么烦恼，偶尔大哭也是为了对付大人。我在父母的呵护下快乐成长，这个家就是我的全部。

父亲的工作很奇怪，经常几个月不回家，偶尔回来一次也待不了几天就匆匆离去。于是，我对他疏远了许多，后来他吻我的时候我便大哭反抗。

原来，父亲参与了尼雅文明史上最大规模的一项工程——外星移民工程。

星潮将至，人类没有坐以待毙。一架架太空望远镜瞭望着苍穹，一艘艘探测飞船相继投向深邃的宇宙……

天文学家们埋在海量的数据中筛选着适合移民的星球。翔龙星系的恒星在质量、年龄上与尼雅的太阳极为相似，其五号行星与恒星的距离也仅比尼雅远五百万千米。然而，那里却是个地狱般的世界，高达三百摄氏度的昼夜温差和稀薄的大气层，使人类生存的可能性荡然无存。从探测飞船获得的近距离照片和光谱分析来看，安澜星系三号行星几乎是尼雅的孪生兄弟。可是，它的表面全部被大海覆盖，高密度的水蒸气云拥挤在大气层内，使星球表面常年暗无天日。尼雅确实是颗很普通的行星，但是在一百光年的尺度内，几百颗行星中竟然没有一颗达到和它相同的标准。无奈之中，天文学家们只得把目光投向了更远的深层空间。最终，五百光年外的桃源星系三号行星在十几颗备选星中脱颖而出，被命名为“尼雅二号”。这颗行星常年被冰雪覆盖，只有非常短暂的夏季，不过其他地方与尼雅没有什么分别。

经过几代人的努力，尼雅的载人飞船才勉强能抵达一百光年的距离，可是现在要向五百光年外大规模移民，这几乎是不可能完成的目标。推进系统、生命保障系统、航行自动控制系统、循环利用系统……这些子项目每一个都超越了现实科技的发展，大部分还都躺在计算机里。要想把它们都集成在一起，并且毫无差错地工作几千年，这简直不可能！可是尼雅还有得选择吗？没有！只有把这一切变为现实，人类才可能继续在宇宙中生存。

设计出的火种型星际航船重达一百万吨，足有一座小型城市那么大，可供两万人移民。它的推进系统可以把飞船加速到光速的三分之一，仅船内敷设的线缆就有几亿千米长。建造这样的巨无霸只能消耗尼雅本土的资源，从外星运来的原材料简直是杯水车薪。人类开始重新开采母星的资源，刚刚恢复元气的尼雅再度贫瘠……

父亲不在的时候，母亲总是带着我在世界各地旅行。

我们在人类最古老的米兰古城中徘徊，米兰古城是尼雅文明的发祥地。这里地处大漠深处，由于常年无雨才保存至今。母亲在一个风化得残缺不全的古寺庙前长跪不起，无比虔诚地祈祷着什么。这些形状各异的土墩对我来说是最无聊的风景。

在纳斯达克，母亲带着我和其他一些探险者一起深入原始雨林，千奇百怪的动植物一下子吸引了我。我兴致勃勃地在里面游走，没想到第二天我就病倒了。我病情严重，母亲和其他探险者一度认为我可能会死去，好在最后挺了过来。奇怪的是，这次病愈之后我几乎再没有患过病，是不是先祖们在我身上印下了一道无形的护身符呢？

克朗杰大裂谷蜿蜒八百千米，由火红色的岩石构成，风像刀子一样在峡谷间激荡。放着好好的车子不开，母亲非要换乘地驼。这种体型庞大面貌丑陋，性情却极为温顺的动物，早在几千万年前就开始追随人类了。不过，我不习惯骑着它，因为它又短又硬的毛扎得我浑身不舒服。最可怕的是峡谷中的风了，它们在岩石间激荡发出可怕的声响，吹在身上又如刀割般刺痛。离开峡谷的时候，我简直变成了一个干瘪黝黑的小老头。

银湖是尼雅的卫星，也是欣赏尼雅全貌最好的观测点。站在银湖上向下观看，尼雅如一颗晶莹剔透的蓝色宝石悬浮在黑色的宇宙背景中。尼雅左侧更远的深空中，还有更加瑰丽的景色——一个巨大的螺旋形光晕闪烁着七彩的微光。螺旋中央，一道银色的光柱冲天而起，随后消失在深邃的宇宙中。我拉着母亲的衣襟，把手指向那里，谁知母亲看到那银色光柱后身体猛地一抖。后来我才知道，那道光柱就是可怕的星潮！它现在还很弱小，但是不久后就会猛烈爆发，将尼雅无情地吞没。

就这样，我和母亲去了很多地方，欣赏了很多美景。不过，长时间旅行难免让人感到孤独，幸好母亲和父亲一直保持着电话联系。他们经常聊上几个小时，母亲经常被父亲逗得开怀大笑。

父亲要回家的时候，母亲总是带着我提前两天赶回去，然后把家里收拾得一尘不染。虽然她累得腰酸背疼，但是脸上却带着幸福的笑容。有的时候，我会帮她捶捶背，她这时就会闭上眼睛开心地享受。

在我的印象里，母亲与父亲相处非常融洽。可是那天夜里，他们却吵了起来，而且吵得很激烈。我被惊醒了，透过门缝看着他们在大厅里争吵。后来，父亲摔门而去，留下母亲一个人在那里哭泣。我走到她身边，抱住她的腿轻轻摇晃。我试图安慰她，谁知她哭得更伤心了。

他们吵架之后没过多久，尼雅人的火种一号移民飞船发射了。那天傍晚，母亲在床边给我念着童话，我正听得津津有味。突然，大地开始震动，开始还是微弱的，但随之猛烈起来。房子似乎也摇摇欲坠，窗户外面黑沉沉的天空瞬间变得一片火红，好像整个夜空都在燃烧。母亲抚摸着我的小手，告诉我不要害怕。我注意到她的情绪忽然低落下来。她忽然说道：“宝贝啊，爸爸要到很远的地方去了，再也不回来了。以后只有妈妈陪着宝贝了，妈妈一定会把你照顾好的。”说着，眼泪就默默地流下来。

移民飞船太复杂、太巨大，也太昂贵了，尼雅人耗尽了所有资源才仅仅制造了五百艘。这些飞船只能带走一千万人，而尼雅总计有两百亿人口，只有人类最顶尖的精英才有资格登上飞船。父亲是飞船动力系统的首席科学家，他的入选是理所当然的，母亲和我却没有这样的殊荣。覆巢之下安有完卵，尼雅毁灭在即，我们一个小家的破碎又哪有人理会呢？

火种飞船开始一艘艘离去，带着延续尼雅文明的希望没入深空之中，留下了满目疮痍的母星和近二百亿绝望的同伴。

父亲乘坐的火种 486 号也已矗立在发射架上。

那天夜里，父亲冒着大雨返回家，母亲却反锁了家门。父亲不断拍打着房门，似乎要说什么，母亲却只是把头蒙在被子里面痛哭。后来，我透过窗户，看到父亲孤单的背影消失在雨幕中。

是父亲绝情还是母亲狠心呢？我不知道！我只知道，我们这个家不复存在了，我再也看不到一家三口其乐融融的景象了。

父亲乘坐的火种 486 号飞船发射那天，母亲还是带我去了发射场。观摩台上坐满了人，大都是飞船乘员的亲属。人群中弥漫着沉重的气氛，很多人在低声抽泣。我本来看着那奇形怪状的飞船很是兴奋，但周围的气氛让我隐隐有了一丝不安。

那已经熟悉的震动再次传来，空气中似乎弥漫起一种焦煳的味道，接着一道蓝色的光影笼罩了它们，无数道细小的电光在光影中乱窜。震动骤然增大，光影也变成了红色，接着飞船就飞快地向空中腾去。

几分钟后，飞船消失了，周围恢复了宁静，可是观摩台上哭声一片。

母亲哭得也很伤心，我一边用小手帮她擦拭眼泪，一边抬起头在无垠的天际中去寻找飞船的踪影。父亲就在那飞船上，他已经前往遥远的宇宙另一端，永远也不会回来了。

然而，就在我收回目光的时候，我在人群中突然发现了一个熟悉的身影——是父亲！他正疲惫地向我们走来。对于父亲的离去，我并没有特别伤心，只是有一些失落。可是再次见到他，我突然感到无法形容的亲切，于是我“哇”的一声哭了出来。

母亲也意识到了什么，也许她和父亲本来就有心灵感应吧！她突然抬起了头，两个人的目光交织在一起。那一刻，时间仿佛静止了，世间万物也仿佛化为了虚无，只剩下永恒的爱在恐怖的阿特拉斯星核前闪耀。

我看了看母亲，又看了看父亲，尴尬地停止了哭泣。

父亲张开双臂把我们紧紧搂在怀里。是的，他几乎失去了我们。但就在飞船起飞前的一刻，他意识到没有什么比母亲和我更重要了。

周围的人在哭，我们也在哭，但我们流下的是幸福与喜悦的泪水。

那个年代的孩子大都对焰火般绚烂的飞船发射场景印象深刻，而我印象深刻的是我们一家拥抱在一起的那一幕。

三、星潮

所有的火种飞船离去之后，尼雅恢复了往日的平静，然而平静下涌动着末日临近的恐慌。离去的人类命运会怎样？他们能否在宇宙的另一端重建文明？那不是大家所思考的事了。留在尼雅行星上的人们来不及抚平失去亲人的伤痛，便开始了末日前的挣扎。

父亲还是像从前那样很少回家，母亲偶尔还会带我出去旅行。火种飞船计划耗尽了尼雅的资源，外面的景致与从前相比有了很大变化。大片的森林被砍伐一空，只剩下密集的树墩；一条条河流干涸了，裸露的淤泥散发着阵阵恶臭；田野里的植物也因为缺少灌溉而枯黄；公园没有人管理了，一派荒废的落寞景象；公路上的车辆也少了，重要的路口还设立了检查站……后来，母亲就不带我出去了，她说外面不安全。

母亲在商店里采购了大量的食物、饮用水等日常用品，甚至还包括一把手枪。她为家里安装了大量安全设备，把家里弄得像一座戒备森严的监狱。

接着，母亲开始教我学习各种文化知识。在外面玩惯了，一提学习我便头疼，于是我又用大哭、耍赖等手段表示抗议。不知为什么，曾经和蔼可亲的母亲变得异常严厉，她不但不理我的哭闹，还动不动就赏我一巴掌。无奈之下，我只得乖乖听从。

新闻里几乎没有什么好消息，不是哪里发生了饥荒，就是哪座城市开始大面积停电停水，后来还有越来越多的集体自杀的消息，有几个地方还发生了暴动。

一天深夜，我正在熟睡，忽然感觉有人把我轻轻抱了起来。我睁开蒙眬的睡眼，发现是父亲。他见我醒来，低声说道：“宝贝，我们要换一个地方安家了。”

车子就停在门口，母亲正在把大包小包的行李往车内装。

车子向城外驶去，我惊讶地发现，原本车辆稀少的道路又变得拥堵。各种嘈杂声透过车窗传进来，吵得人心烦意乱。

伴着车子的摇晃，我又睡着了。等我再次醒来的时候，发现自己已经身处一个陌生的房间。房子很小，周围没有经过粉刷的水泥墙壁泛着冰冷的灰色微光。房间没有窗户，所有的光源来自屋顶上一盏小小的吊灯。房间里只有一张铁床，家里的行李散乱地堆积在角落。

父亲说：“这以后就是我们的家了，虽然简陋，但……应该是安全的。”

我们所在的地方是一座巨大的地下城。它处在地下八百米的位置，上面是绵延的群山。据说，这么厚的岩石和土壤可以抵挡星潮的辐射，整座城市的居民——除了一些宁死也不愿离开家乡的老人——几乎都搬到这里来了。

生活从这天开始发生了彻底的改变：我没有精彩的动漫节目看了，喜欢的玩具也都丢在原来的家里了；没过多久，由于电池耗尽，也没有电子书可以阅读了；食物是统一供给的，难吃得要命。

日子一天天过去，我逐渐适应了这样的生活。我开始有了新的乐趣：和母亲一起在水泥墙壁上用彩笔绘出一幅幅美丽的图画，伏在母亲的怀中听她讲一个个有趣的童话，与别的小伙伴在昏暗的隧道里嬉戏玩耍……

父亲依旧很少露面，其他伙伴的父母都待在房间里无所事事，似乎只有他一直不见踪影。母亲也在日夜思念着父亲，由于电话在这里没有信号，她也失去了父亲的消息。虽然母亲极力掩饰，但是我还是看得出她的情绪很低落。

在母亲的期盼中，父亲终于回来了，正在和伙伴们玩得开心的我被母亲拉了回来。父亲坐在床边等我。几个月没见，父亲消瘦了许多，脸上还胡子拉碴，我几乎没认出来。他一言不发，拉起我就向外走，没有像从前那样抱抱母亲。

我们坐上一辆汽车，向地下城深处驶去。我回过头，从车窗里看到母亲的身影逐渐远去。汽车在地下城成了稀罕物，只有政府部门才能使用，车里还坐着两个军人。

“为什么不带上妈妈？”我预感到出了什么事。

父亲仍是阴沉着脸不说话。

车子行了很久，直到前面出现一个巨大的铁门才停下。铁门两边站满了荷枪实弹的士兵，铁门上面写着：军事禁区。

父亲下车与那些人交涉了很久，对方才不情愿地开启了大门。

里面是另一番景象：隧道比地下城宽阔了许多，明亮刺眼的灯光把周围照得明晃晃的。我恍然觉得自己回到了阳光普照的地表。

汽车又经过了几个检查站，终于来到了目的地。

父亲拉着我的手穿过一条长长的走廊，走进一个半球形的大厅。走廊里人们的着装从军装变成了白色的工作服。大厅内是一排排弧形的工作台，上面堆满了电脑和各种操作仪器，五颜六色的指示灯不断闪烁着。大厅的墙壁和穹顶是一块块屏幕，上面分别显示着原野、森林、海洋等景象。站在屏幕前，我似乎感受到了温暖的阳光和清新的空气。父亲把我带到一张工作台后坐下。我注意到大厅里面座无虚席，大家都在忙碌着。

我左瞧瞧右看看，很是新奇了一阵，可是过了很久大厅里也没什么变化，大家都像木头人似的坐着，我便觉得很无聊。看看父亲严肃的脸，我不敢多说，只得在椅子上发呆，后来便睡着了。

不知过了多久，我被父亲摇醒了。这时，大厅里充满了人们的低语声，大家的眼睛都死死盯着大屏幕。我预感到一定发生了什么大事，也在屏幕上搜索，可是那些画面似乎没有什么变化。

这时一幅小图像被大幅扩大，那图像我在银湖卫星上见过，正是瑰丽中充满恐怖的阿特拉斯星核。不过，星核中心的星潮现在扩大了数十倍，像一盏强力探照灯，正直直对准屏幕。我正看得发呆，图像突然变成一团漆黑。有人突然惊叫道："卫星完蛋了！它来啦！"声音戛然而止，继而是死一般的寂静。所有屏幕上的图像晃动了一下也都消失了。没有人说话，大家都如同雕像一样保持着原来的姿势。

过了十几分钟，喇叭里有人说道："启动备用系统。"大部分屏幕又都亮了起来，显示的图像与原来差不多。星潮照射尼雅的时间只有几分钟，然后便涌向更远的宇宙空间了。辐射摧毁了原来的探测器，现在开启的是存储在防护设备中的备用系统。

我睁大眼睛在画面上寻找它与从前的不同。过了一阵我欣喜地发现，在毁灭性的星潮照耀后，地面的所有景物没有什么变化，树木还在和风下微微摆动着枝叶，鸟儿还在天空中翱翔……

出乎我的意料，大厅中的气氛还是沉闷的，人们的表情依旧肃然。

四天后，父亲再次带我来到大厅。刚刚踏进大门，我就被屏幕上的图像惊呆了：才仅仅四天，森林里的树木全部掉光了叶子，只剩下枯黄的树干，蓝蓝的天空中空无一物，默默翻涌的海面飘着层层死鱼……

父亲轻轻抚着我的头，长长地叹了一口气。

尼雅已经变成了一颗死星，以后的日子将会怎样呢？我不知道。

那一年我十四岁，那幅生命绝迹的画面是我童年的终结。

四、余生

一切都变了，以后的日子是那么不堪想象。

被星潮直接照射的半球生命绝迹，连躲藏在地下城的人类也没能幸免。幸好我们处在尼雅星的背面，这才躲过一劫。

我们在地下城又躲藏了两年。这个时候，地下城已经成了人间地狱。

配给的食物不仅味道糟糕，更是少得可怜。母亲总是把她那一份分给我一半，我推脱了几次，还是忍不住接过来吃掉。我又流泪了，这次不是撒娇，也不是闹脾气，而是由于痛苦。每天都能看到一车车饿死的尸体被运往焚尸炉。我和母亲的生活还算可以，父亲时常带回一些吃的。城内的所有机器设备因为辐射都遭到了不同程度的损坏，空气过滤系统时好时坏，城内的空气沉闷而浑浊。最要命的是供水系统，有一次连续停了五天水，渴死的人数超过一万。

地下城的人口已经由四百万锐减至不足三百万，并且形势还在继续恶化。

终于，地下城临时政府宣布，星潮的辐射威胁已经过去，大家可以重返地表开始重建家园了。城内顿时欢欣鼓舞！随着尘封已久的密闭铁门缓缓开启，人们从黑暗中竞相冲向外面阳光普照的世界。母亲和我也兴冲冲随着人群走去，却被赶来的父亲拉了回去。“不能出去，不要问为什么，千万不能出去。”父亲的脸是惨白的，几个月不见，他看上去十分憔悴。

空空荡荡的地下城陷入了沉寂，只有几千人因为各种原因留了下来。各种供给时断时续，我们依靠父亲带回的一些生活用品勉强维生。同我玩耍的伙伴们都到外面去了，我整日闷在房间里无所事事。后来，父亲派来一个军官教我学习格斗术和各种生存技巧，从他的只言片语中我感觉父亲在政府部门升到了很重要的位置。

几个月以后，忽然有人陆续返回了地下城。回来的人都显得很虚弱，目光中流露着失望与惊恐。后来，回来的人越来越多。外面发生了什么？难道生存环境还不如地下城吗？不仅如此，回来的人很多患了重病，每天都有许多人死去。他们甚至没有力气悲鸣，大都在沉默中停止了呼吸。一个熟悉的伙伴也回来了，他同样得了一种怪病，鲜血不断从他的眼角、口鼻和耳中汩汩流出。他恐惧地望着我，颤抖地说道：“完了，都完了，什么也没有了……救救我……我不想死……”那情景让我感到毛骨悚然。

我第一次像个大人般站在父亲面前，严肃地询问当初为什么要让我和母亲留下来？为什么政府部门同样逗留在地下城深处？为什么会有这么多人死去？他们患了什么病？尼雅的地表究竟发生了什么变化？

父亲的目光像蒙着一层雾：“现在情况的严峻程度远远超出了当初的预计。各种机器设备在星潮过后损失惨重，我们竭尽全力也只能将维生系统勉强维持到今天。更要命的是，半年前我们发现地下水也受到了污染，食物的储量也坚持不了多久了。没办法，我们只能……”父亲的泪水终于滴落下来，“外面的辐射很强，要达到正常水平至少还需要近百年，我们无论如何等不到那个时候……这里的大部分人都会死，但是我们没有别的办法……会有人幸存下来的……我们只能这样期望……”

我一阵眩晕。虽然我们躲过了星潮，然而命运已然注定，我们终将伴随着尼雅默默坠入毁灭的深渊。

人们全部返回了地下城，但一半的人倒在了阳光明媚却充满致命辐射的土地上。

越来越多的人开始患病，患病三两天便会死去。活着的人都沉默着，但无法抑制的怒火在沉默中涌动，并最终猛然爆发演化成一场席卷全城的暴乱。

暴乱源自一伙人哄抢了食品分配车。警察很快驱散了人群，不过有个人在争抢中死去。不料，这居然成了暴乱的导火索。

没过多久，人们纷纷涌上街头，向地下城最深处的政府基地走去。一路上人越聚越多，很多人手里拿着棍棒以及五花八门的武器。检查站的军人见此情景鸣枪示警，但转眼就被汹涌的人群吞没了。军队慌忙关闭了密封闸门，这时的人们因愤怒而完全丧失了理智，棍棒和石块雨点般落在闸门上。不知道谁找到了几箱烈性炸药，一声惊天动地的巨响过后，闸门被炸开了，同时有千余人被炸死。疯狂的人们冲了进去，基地内的人遭到一阵毒打，他们将能抢走的物品全部抢走，不能抢走但能破坏的物品全部破坏，最后还放了一把火。

消息传来，我立刻待不住了，父亲还在里面啊！我不顾一切地向外冲去，母亲哭泣着拉住我，但是被我挣脱了。

地下城的电力已经中断，隧道里一团混乱，浑浊的空气中混杂着刺鼻的烟尘。许多人举着临时制作的火把四处奔走，一伙人在焚烧什么，还有一些人在抢夺什么，周围到处是晃动的黑影……

我中途从一个小子那里抢了一只防毒面具，跌跌撞撞来到基地中。这里更加混乱，更加疯狂。地上遍布鲜血淋漓的尸体和沾满血迹的石块，我几次险些被绊倒。我埋头在尸体中寻找，每看到一张死去的面孔心里都是一紧。还好，我没有看到父亲，他或许还活着！这个想法激励了我。我拔腿向曾经到过的指挥大厅跑去，但是我没能进去，因为大厅里面已经成了一片火海，炙热的火焰卷杂着浓烟从门口喷吐而出。我望着火焰呆若木鸡。父亲死了，连一声道别都没有，就这么消失在火海中了……

不知道过了多久，泪水从我的眼中涌出。我冲着疯狂的人们拼命挥舞双手：“住手吧，住手吧……你们已经疯了吗？大家都醒一醒吧……”

突然，我感到头部遭到重重一击，眼前一黑就什么也不知道了。

绿色的原野像地毯一般铺向天边，一丛丛的嫩草和野花踩上去是那么的柔软，父亲和母亲就站立在不远处向我招手。在他们的背后，银色的雪山巍峨耸立，庞大的城市绵延不绝……

我奔向他们，可是却怎么也触不到他们的衣角。忽然，我看到天边迸射出一道耀眼的闪光，闪光又扩大为一堵无边无沿的火墙。我大声喊叫着要父母快跑，可是他们浑然不觉，仍旧微笑着招手。终于，火焰吞没了我们。

我死了吗？人类已经灭亡了吗？没有，因为我还能思考，还能感受到痛苦。可是，我的眼前一团漆黑，什么也看不到。我拼命睁大眼睛，终于看到一点微弱的光线，光线逐渐扩展，最后变成母亲那焦急的面孔。

我没有死，虽然一度挣扎在死亡线上，但是我活了下来。

我的眼前都是熟悉的面孔：母亲、邻居莫桑叔叔、践远叔叔、我的朋友凌风和嫣语，后面好像还有许多人。我身处的地方似乎是一个原始的山洞，一支火把挂在熏黑的洞壁上。

从母亲的口中我得知，是邻居们帮助母亲把我从暴民的手中救了出来。我连续昏迷了三天三夜，好在终于挺过来了。地下城已经全部被毁，入口也被炸药炸塌了，活着的人们都跑回了地表。现在外面乱得厉害，人们都丧失了理智，烧杀抢夺的事情处处都在发生。平日熟悉的邻居自发组成了一个小组，大家在地下城附近的山区里找到了一个可以容身的山洞。在这个疯狂的年代，只有团结才能获得一线生机。

我一天天好起来，额头上留下了一道长长的伤疤。父亲死了，这世界在我眼里变得冷酷无情。

洞中总计有二十五个人，从地下城带出来的压缩食品够坚持几个月，山洞深处还发现了一小眼泉水。尼雅曾经是人类的天堂，但是现在辽阔的大地上却只有这个黑暗的小山洞供我们栖身保命。

致命的辐射威胁像乌云一样压在每个人心头，但这不是最危险的，现在最危险的恰恰是我们人类自身。男人们都守在洞口处，手里拿着棍棒和石块，莫桑叔叔还手握一支枪，如果有谁试图闯进洞来，他们会毫不犹豫地置对方于死地。

莫桑叔叔每天都会去打探外面的情况，每次回来不是唉声叹气就是沉默不语。一天，我随他爬上山顶向下瞭望。山下的绿野现在变成了光秃秃的黄土平原，山脚下的树林只剩下稀疏的树干，远处的城市看上去也死气沉沉，横贯平原的公路上横陈着数不清的车辆残骸……

刹那间我意识到，这已经不是我曾经快乐生存的那个地方了。所有的生命，无论有多么顽强，都会在这个世界里随风消散……

五、末路

一个多月过去了，洞中有六个人先后死去。躲在洞中毕竟不是长久之计，要想生存下来就必须找到更多的同伴，大家互相依存才有希望。

莫桑叔叔带着两个人下山打探情况，五天后才筋疲力尽地回来。他目光呆滞地说外面已经平静了，没有危险了，因为一路上他们没有遇到一个活着的人，偌大一座城市已经变成了死城。众人面面相觑，目光中都透出绝望。

经过彻夜协商，我们还是决定向城市中迁徙。我们觉得，那里一定还有幸存者，我们这些人无论如何也不可能独立生存下去。

我们互相搀扶着走下山坡，经过烧焦的枯树林，走过黄土漫天的平原，沿着曾经迁入地下城的那条公路，返回了我们世代生存的城市。我们没有遇到一个活人，一具具尸体横陈在路边。

曾经无比熟悉的城市现在变得是那么陌生。所有的建筑都蒙上了一层厚厚的灰尘，大街上没有一个人，没有一点声音，车辆都停在路上，商店的门也紧闭着，就好像所有的人都陷入了沉睡。我多么希望这真的是一场梦啊。

我们在方圆近百千米的城市里游荡了十天，终于在一个地下室里找到了幸存者。对方的人数有近百人，众人见面默然无语，但是都紧紧拥抱着对方。

毁灭性的劫难终于过去，我们一边暗自抚慰着心灵的创伤，一边要开始重建家园。

不过，我们首先要解决的是生存问题。现有的食物还可供食用数月，但那以后呢？我们分头出动，到处寻找食物，后来在几个地下仓库中找到了大批密封食物。这些食物大部分已经过期了，并且受到了辐射，但是没有人在意。

这段时间，我们又陆续发现了其他幸存者。大家聚集在一起，总计有三千余人。尼雅文明已然毁灭，我们能不能在这片废墟上重新站立起来呢?

靠近凌水河边的一座温室内，我们小心翼翼地撒下了从地下城带来的种子。出于小心，我们仅使用了四分之一的种子。经过十几天悉心的照料，却没有一粒种子发芽。一定是土壤受到的辐射太强了，我们用地层深处挖来的土壤再次试验，然而还是不行。我们先后用尽了所有办法使种子发芽，但是都失败了。种子很快用光了，我们再次陷入绝望之中。虽然食物还够用，但如果不能在田地里种出粮食，我们的将来可想而知。

事情忽然间有了转机。一天，嫣语到我们曾经居住的山洞中给死去的母亲上坟，意外地在洞中山泉的岩缝中发现了几株已经结穗的麦子。这是上天赠予我们的礼物吗？大家围着这几株麦苗手舞足蹈。我们把这些无比珍贵的种子植入土中，昼夜不停地守护着它们。终于，八天后，绿油油的麦芽破土而出！它们的基因一定经过了变异，能够抵抗辐射的侵袭了。

一季，两季……经过两年的种植，我们已经拥有了好几亩长势茂盛的麦田。不过，大家还在吃着过期的食物，舍不得食用一颗麦粒。我们憧憬着多少年以后，绿色的原野会重新铺满尼雅的大地。

我们的愿望十分美好，然而现实却很不乐观。

看到不用再为食物操心，我们便试着去找点别的活儿做。大家分成了许多小组，我和另外三个人负责修复一辆汽车。那辆车大致是完好的，擦去表面的尘土简直和新的一样，只是行车控制电脑在星潮的辐射下完全毁坏了。我们检查了几百台车辆，也没有找到可替换的。大家绞尽脑汁，终于把车辆改成纯机械操作，可是被另一个问题难住了——我们没办法发动它，因为没有能量。想得到电力就要建造一座发电厂，想得到化学燃料就需要一座化工厂，而这两者是我们无论如何也做不到的。

与此同时，其他小组也都一事无成。大家尴尬地发现，除了点一堆篝火取暖，用废旧钢铁制造一些铲刀、锄头之类的简单工具，我们什么也做不了。我们迎头撞上了一座无法逾越的文明之山，那些我们不久前还在使用的日常用品，现在都变成了神话。大家沮丧之余不得不承认一个残酷的现实，我们已经在一夜之间退回到了蛮荒时代。要想恢复昔日的文明，至少也要经历几代，甚至十几代人的努力。

记忆中还保留着文明生活的片段，周围也残留文明遗迹，我们却过着原始人的生活。这是一件多么悲哀的事情啊。

辐射的威胁并没有消除。虽然已经过了大规模死亡的阶段，我们的身体似乎也产生了抵抗辐射的变异，但人们的健康还是大不如前，还是不断有人死去。

母亲的身体每况愈下。她还年轻，但是皱纹却爬满了她的脸庞。她的身体变得那么虚弱，需要我搀扶才能走动。她的记忆和神志也不清楚了，经常四处寻找着父亲送给她的那枚钻石戒指。那戒指当初在地下城营救我的时候就被一个暴徒抢去了，每次我提醒她，她就会大发脾气，说我把戒指藏起来了，还要我出门去找父亲回来。见我不动，甚至会打上几巴掌。我知道，是父亲的死彻底击垮了她。在母亲的生命中，父亲几乎占据了全部。父亲不在了，母亲也失去了活下去的勇气。

半年之后，在一个阳光明媚的早晨，骨瘦嶙峋的母亲静静地走了。我默默地将她埋葬在河边。我的心中没有一点悲伤，死亡也许是母亲最好的归宿。我相信，她和父亲一定会在另一个世界重逢。

如今这个小群体只剩下两千多人。我们生命的全部意义就在于如何延续下去，至于尼雅文明的复兴，只能交予我们的后代了。

二十二岁那年，我和嫣语结婚了。

没有红色的玫瑰，没有含情脉脉的烛光晚餐，在去除了世间的所谓浪漫与浮华之后，我们的爱情虽然简单，却是最真挚的。而我们结合的目的更加简单，就是为了孕育我们的后代。我们知道，为了抚养后代，我们将会付出很多。孩子们降生之后，生活的环境也将十分艰苦，但是我们不怕。

半年后，嫣语怀孕了。

我的喜悦是无法用语言来形容的。我把消息告诉部落中的每个人，喜悦的气氛环绕在营地周围。这将是我们在星潮之后迎来的第一个小生命。我变着花样地为嫣语做一些可口的食物，对她的小脾气也纵容着，黄昏我会陪着她在河边慢慢散步，夜晚我会抚着她微微隆起的腹部安然入睡。那些日子是我生命中最美好的一段时光。

嫣语的产期将至，小生命就要来到这个世界，我就要做爸爸啦。那天夜晚，我从漫天的雨点和不时划过的闪电中萌生了一丝不祥的感觉。我淋着雨在帐篷外面徘徊，几个有经验的妇女在帐篷内忙碌着，嫣语痛苦的呻吟声不时传来。

突然间，帐篷内传来一声尖利的惨叫。我不顾一切地冲了进去。所有人都像雕像一般一动不动，大家的目光都惊恐地盯着接生婆婆的手。我定睛望去，这时恰好一道闪电划过，把屋内照得明晃晃的。我看到一个血肉模糊的东西在婆婆手上微微颤动，没有手脚，只有一个小小的躯体连接着硕大的脑袋，面孔全是扭曲的，没有眼睛也没有耳朵……我感到心中一阵绞痛，便昏了过去。

虽然我们在星潮的辐射下幸存下来，但我们的身体发生了微妙的变化。我们不再是原来的人类了，至少我们失去了生育后代的能力。我们成了尼雅上最后的人类，我们目睹了尼雅的没落和人类文明的毁灭。在我们之后，尼雅虽然还会运转几千几万年，但她已失去了灵魂，成了一颗死星。

我卧床不起，奄奄一息，连大夫也看不出是什么病。其实，我根本就没有病，我只是失去了活下去的信心。

嫣语拖着孱弱的身体日夜照顾我，那份温柔和体贴是我从来没有感觉到的。她一定把对孩子的母爱转移到我身上了。

一天傍晚，嫣语依偎在我身边，轻轻说道："我知道你在想什么，你对这个世界彻底失望了，可是你要记住，你至少还有我。即便是为了我，你也一定要好好活下去，一定……"泪水滑过她的脸颊落在我的胸膛，我像一株久旱的小草受到了雨露的滋润重现生机。

嫣语把我从死亡边缘拉了回来。是的，虽然整个宇宙都抛弃了我，但我的生命并非全无意义，我也并没有失去一切，我至少还有嫣语。为了她，我也要活下去，好好地活下去。

只要我们还有一个人活着，尼雅就没有死。

活着，就是我们对自己命运最强的抗争。

六、焚心

时光流逝，转眼间六年过去了。

我们日复一日过着简单悠闲的日子，与千万年前的原始祖先不同的是，他们生活在生机勃勃的热带雨林中，而我们却伴着日渐残破的文明遗迹生活。

说起尼雅，它的变化是巨大的。曾经喧嚣的城市日渐残破，一些低矮的建筑物已经被黄土淹没，整个城市被厚厚的灰尘笼罩。城外的黄土平原彻底变成了戈壁滩，纵横其间的道路早被掩埋。

尼雅的气候也变幻莫测，前几分钟还是晴空万里，转瞬间就会下起倾盆暴雨。城边的凌水河曾经如一条银色的飘带轻柔地绕城而过，如今却动不动就冲毁河边的麦田。幸好河边的温室还算坚固，不然我们就要失去粮食了。

部落的人口稳定在一千五百人左右，我们如今还是没有一个孩子出世。没有孩子的笑声和喧嚣，营地里显得是那么的冷清。

莫桑叔叔年纪大了，把族长的位置让给了我。族长就是带着大家种植和收割庄稼。

我总觉得不应该这样下去，也许尼雅上面还存在着一个没有被辐射污染的乐土，我们可以在那里繁衍生息；也许在尼雅的其他地方还有人活着，还能够带着我们重现文明。我总该去做些什么。

我把自己的想法告诉了嫣语。

“外面都是荒原，没有吃的也没有水，你能走多远呢？”她问。

“可以沿着凌水河走，能到达连峰山脉……”我说。

“那以后呢？”她追问。

“能走多远就走多远。”我回答。

沉默了一会儿，她说道：“你想去就去吧，但是无论你要去哪里，都必须要带上我。”

事也凑巧，后来我们在一座地下仓库里发现了大批武器和高密度超导电池。武器没什么用，电池却可以让改装过的车子重新运转起来了。

有了车辆，我的想法无疑具有了非常高的可行性。于是，在一天清晨，我和嫣语开着两辆装满补给的车子出发了。

我们沿着凌水河逆流而上，走了两天来到了瑞卡姆城。这座旅游小城有著名的人类黑暗时期的城堡遗迹，如今现代与古代的建筑全被黄沙掩埋，没有一点人类曾经生存过的迹象。

再向前，平原已然变成浩瀚的大沙漠。我们一路前行，渐渐横穿了辽阔的拉卡拉大平原。不，现在应该叫作拉卡拉大沙漠了。其间，我们又经过了四座城市，遗憾的是没有遇到一个人。目之所及，甚至找不到人类曾经存在的痕迹了。天气也十分糟糕，没有了植物的遮挡，沙漠里到处肆虐着猛烈的沙暴，我和嫣语几次险些葬身沙海。

我们终于来到了连峰山麓的拜丁。我曾经对这里抱有很大希望，它依山傍水，与庞嘉的地理环境非常相似，很可能有人幸存。但我们失望地发现，这座工业城市同样空无一人。

我们已经走了六百千米，在这个没有一点儿生命迹象的世界里独自行进这么远，没人能够形容我们心中的那份孤独。看得出嫣语早就想家了，但是她始终没有说出口，只是埋着头默默跟随着我。

我一时彷徨了，难道整个尼雅就只有我们活下来了吗？不，我不相信！

我们翻越了连峰山脉继续旅行。

我们经过了一座又一座城市：丘陵之城阿桑达，彩虹之城霓彩，绿野明珠爱美兰……

我们一次次在荒无人迹的废墟中徘徊，又一次次满怀希望地向另一座城市出发……

终于有一天，我们来到了海滨城市卡来米亚——曾经的万帆之城。这里每年都要举行太阳帆船比赛，我和母亲曾经来过，那万帆竞渡的壮观场面至今令我记忆犹新。可是现在，人们好像都乘坐帆船远航到世界的另一端去了，偌大一座城市空空如也，只有风在街头巷尾呜呜掠过。

我和嫣语手拉着手沿着海岸线默默走着，一边是波澜壮阔的大海，一边是沉寂的城市遗迹。

两行脚印一直伸向远方……

那是人类在尼雅最后的足迹吗?

清风拂过，脚印渐渐变浅，渐渐消失……

我把嫣语的手握得紧紧的，好像一不小心，她也会在风中消散。我几乎失去了所有同类，再不能没有她了。

我在一块礁石上坐了下来，眺望着茫茫的大海……

天慢慢昏暗下来，落日低垂在海天交界处，天边的云朵和海水被映衬得金光灿灿。没过多久，随着落日沉去，一切都陷入黑暗。

太阳落下，明天还会照样升起，而人类呢?我所目睹的是不是尼雅最后的胜景?

远处峭壁上的一座灯塔亮起了灯光，灯光穿透了夜幕，在默默召唤着远方的来客。但是，没有人回答。

永远也不会再有了。

我们回到了庞嘉，回到了我们那个小小的部落。全部的希望都泯灭了，我的心反而一片平和，每天带着族人们劳作。

又是五年过去了，平静的五年，身心渐渐老去的五年。

我以为我的一生就会这样过去了，看着族人们一个个死去，最后亲手埋葬自己的爱人，然后默默地在蓝天与艳阳下停止呼吸。可是，有一天我听到了一个声音，开始它是微弱的，没有人注意，后来那声音逐渐强烈。我的心猛然一振，几乎遗忘的记忆重新涌上心头。我抬起头，向空中张望。果然，一架飞机出现在视野中。

刹那间，营地里一片沸腾，人们向着飞机欢呼雀跃，压抑已久的孤独和落寞一下子爆发为近乎疯狂的喜悦。

那是一架小型喷气式飞机，它在营地上空盘旋了两周后降落下来，一个飞行员走了出来。

我们像迎接天使一样把他拥进房间，端上我们自制的米酒和食物，对方忙不迭大吃起来。吃饱之后，他的表情却严肃起来，表示要单独与这里的族长谈谈。

房间里只剩下我和他。

“我叫米亚，谢谢你的款待，很久没有吃过新鲜的食物了。”对方说道。

“我是荆邢，你的到来让我们重新燃起了希望。”我回答。

“你一定期待着我带来其他人类的好消息。”米亚说。

我点点头，等待着他继续讲。人类的科技设备都被星潮摧毁了，米亚既然驾驶着飞机来到这里，就说明尼雅上还有一群人类没有受到多大影响，人类文明的火种还在。

“我的到来对你们来说肯定是个好消息。”米亚笑了笑，但是我注意到他的笑容有些僵硬，“的确，虽然我们走到了灭亡的边缘，但是还是有一些人类幸存，我估计大约有三四万人吧。大家都分散在尼雅各地，被沙漠和大海所阻隔，成为一些与世隔绝的小群落。但是我想你我都清楚，尼雅文明已经毁灭，我们的未来毫无光明，即使我们所有人付出再多的努力也无法挽回了。”米亚叹息一声，忧郁地望着我。

我沉默了一阵，问道：“我想，你来到这里并不是为了告诉我这些话吧。”

米亚没想到我这么问，笑道：“你的成熟和沉稳与你的年龄并不相符。”

“本来我的心已经死了，但是你的到来，为我带来了希望。”我说道。

我欣慰地看到米亚点了点头，但是他的表情仍旧严肃：“那可以说是一个希望。”他后来说的话开始让我感到震惊，“你看到了，我驾驶的飞机没有受到星潮的辐射，实际上我来自政府的一个秘密基地。这个基地早在星潮爆发前就建造好了，现在那里汇聚着尼雅最后的政治与科技精英。我曾经是那里的一名工程师，知道他们在做什么。他们在制造最后一艘火种飞船，现在飞船即将建成，他们准备搭乘这艘飞船离去。”

“那我们呢？”我问。

米亚摇了摇头：“飞船的容量有限，实际上，尼雅上还活着的人类全要被抛弃了，就因为这个，我才从那里逃出来。自己要可耻地逃走，却留下众多同类无助地走向死亡，我的良知无法容忍这么贪婪的行为，所以我要联系还活着的人们去反对他们。”

沉默，我被他的话惊住了，一时间被欺骗和抛弃的感觉化为一团不可抑制的怒火燃烧起来。“需要我们做什么？”我问道。

“我需要战士！”他紧紧握住我的手，“带着你的族人，拿着能找到的武器，到那里去。要么我们一同离开，要么就共同毁灭！”

米亚匆匆地走了，他还要去联络其他地方的人类。

三天后我们也出发了。

我原本只想带走强壮的男子，但是没有人愿意留下。我们已经失去了一切，更不在乎失去生命。我们都是不怕死的战士。

长长的车队带着食物和饮用水，带着大量武器和能量电池，带着心中的一丝希望，向沙漠中行去……

我们的目标是八千千米外的千壑山脉。生存与灭亡，希望与泯灭，都将在那里走向最后的终结！

七、火种

我们风餐露宿，日夜兼程。

一路上仍旧没有见到一个人。

我心头甚至出现一丝疑虑，米亚真的来过吗？千壑山脉的事情是真的吗？还是我们因为极度孤独而集体产生的幻觉？

极目眺望，人类的遗迹也看不到了。岁月的刻刀真是锋利啊，短短二十年光景，尼雅大地重归蛮荒。

不断有人倒下，魂归尼雅的历史长卷，活着的人都变得无动于衷。大家的心中只有一个目的，只有走下去才有希望。

终于有一天，一道青色的山脉横亘在眼前，几道浓重的烟柱正从山脉深处腾起。

翻过山峰，穿过峡谷，人类最后的基地展现在眼前。它像是十几个半球状的坟丘散落在群山环绕的谷地中，看上去并不起眼。但我们都清楚，上面的结构不过是抵御星潮的保护层，真正的主体一定深埋在地下，不知会有多么宏大。

基地附近一片令人热血沸腾的景象，密集的枪声和爆炸声响彻山谷，许多人影在硝烟与火焰中晃动。

一定是率先到达的部落与基地发生了交火。不过，看起来基地的卫戍部队占了上风，许多衣衫褴褛的部民正纷纷后撤，不时有人中弹倒下。在他们身后，身穿军装的政府士兵在装甲车的掩护下，正有条不紊地压上来。

我们的车队不经意间已经贸然闯入了战场。我的族人们有些惊慌失措，纷纷把目光投向我。大家曾经是工程师、工人和政府公务员，后来成了彻底的农民，没有人当过军人，更没人经历过这样的战争场面。

一个身材高大但蓬头垢面的男子冲到我面前喊道:“新来的?”

我点点头。

“还不快上？要是顶不住，大家就都完啦。”对方布满血丝的眼睛迸射着疯狂的光芒。

我二话没说，就带着人冲了上去。

没有战术动作，没有进攻队形，大家一窝蜂似的拥了上去，有的人盲目射击着，有的人捂着头趴在地上瑟瑟发抖：我们根本是一群毫无战斗力的乌合之众。好在政府军见我们人数众多，又摸不清底细，暂时退了回去。

枪声稀疏下来，战斗双方终于脱离了接触。

我们与其他部族会合。这么些年见不到自己的同类，如今这么多人聚在一起，大家本应喜极相泣，但现在人们都紧绷着脸默默埋葬着死去的同伴。

率先到达的一共有三个城市来的部族，总计两千余人。他们已经对基地发动了三次进攻。基地内的部队人数并不多，大约只有一千人，但是明显武器精良、训练有素。这几仗下来，部族一方折损近半，剩下的也都情绪低落。我们的到来，再次建立起数量优势，也鼓舞了大家的信心。

部族的指挥机构是由各族的族长组成的，我的年龄明显小了许多，要不是族人众多，恐怕连说话的份也没有。

与我说话的人叫作埃迪撒，几次进攻都是由他指挥的。战斗刚结束，埃迪撒便召集族长们商议再次进攻的事情。

鉴于没有压倒性的人数优势，加之族人们战斗力不强，我建议等待其他部族赶到之后再发动进攻，并利用这段时间加强族人们的训练。可是，我的建议遭到了其他人的一致反对。我开始还有些糊涂，但渐渐明白了他们的想法。他们担心基地会提前发射飞船，更担心其他人到达之后抢夺飞船乘员的名额，毕竟飞船的空间是有限的，能走的只能是少数人。埃迪撒的反应尤其激烈，竟然指桑骂槐地骂起人来。我坚持着自己的意见，其他部族的人数又严重不足，大家只得无奈地接受了我的建议。但是，我对这种钩心斗角的自私想法深感厌恶，心头萌生了一丝不祥的感觉。

过了四天，米亚驾驶飞机回来了；过了一个多月，又有四个部族赶来。这下我们大约有六千人了，于是几天后发动了大规模进攻。经过连续几次战斗，基地方面明显不敌，纷纷退入地下，我们占领了所有表面建筑。

政府军封闭了所有地下入口，我们炸开了一扇钢门，向内部进攻。但是里面的隧道错综复杂，易守难攻，敌人的抵抗又极为顽强，我们强攻了几次都没有进展，反而遭到了重大损失。于是，双方再次进入对峙状态。

正在我们连夜商讨进攻方案的时候，基地方面却派来了谈判代表。他们提出，大家是尼雅仅存的人类，不要再互相残杀了，要求我们先退回原来的营地，然后大家坐下来就未来的命运好好商谈。

我们经过商讨后，同意了对方的意见。

部族的队伍离开基地入口，向营地撤去。基地部队开始回到地面，在原来的阵地布防。但是他们没有察觉，在一栋废弃的建筑内，我和埃迪撒带着四百人悄悄潜伏着。在我们三十米外是一个偏僻的通风口，上面已经布设了炸药，从那里我们可以一直深入地下城。

一辆装甲车从基地中驶出，向部族的营地开去，大概是派来谈判的。基地的部队还在忙着调动，根本没人发现我们。

一声爆炸骤然响起，通风口被炸了一个大洞。我一跃而起，带着大家冲了出去。我进入通风口的时候，看到基地部队正试图向我们发动进攻，但是又被从营地杀回的部族部队纠缠住。整个地表顿时杀声骤起。

通过倾斜的通风口，来到一条宽阔的隧道。地面的枪声一下子变得微弱，几不可闻。隧道内空无一人，一片寂静，看来基地的部队都被调到了地面。

除了几个人原地留守，阻击尾随的敌人，我们向基地深处跑去。

隧道在昏黄的灯光映衬下，一直延伸仿佛永远也没有尽头。我记得在星潮爆发前后的几年间，自己就是在地下城中度过的。这迷宫一样的隧道，这昏暗幽深的气氛，是那么的熟悉，仿佛还残留着我和伙伴们嬉戏的身影，然而我们现在却要在这里与自己的同类生死搏。

前进了几百米，我们开始遭到抵抗。但是对方的人数不多，又是仓促迎战，很快被我们肃清。我们继续向基地纵深发展。基地中复杂的隧道系统如蛛网一般，我们只得不断分兵探索。

一个多小时后，我们终于进入基地深处。此刻基地中到处是爆炸声和人们疯狂的嘶喊声，双方的士兵混战在一起。

我身边还有二十多人，遇到的抵抗越来越顽强。这使我明白，我们现在非常接近基地的核心了。对方倒下的人员都身着便装或者白色工作服，这更加印证了我的看法。

再加一把劲，敌人就会彻底崩溃！

前面又一道防护门拦住去路。我们正布置炸药试图将其炸开，门却忽然自动打开了。门后出现一片敌人，双方骤然零距离遭遇，顿时展开一阵乱战。

灼热的能量光束在人群中交织成密集的死亡之网，士兵们像收割麦子一般一片片倒下。冲撞在一起的人们互相纠缠着、厮打着，刺刀和匕首闪着银光，溅起一道道血花。

周围终于陷入沉寂，我踉跄着爬起来。空气中弥漫着浓郁的焦煳味，到处是烧得焦炭一样的尸体，我禁不住剧烈呕吐起来。

这一切都是为了什么？星潮的咆哮已经让人类陷入绝境，为什么我们不能团结一致共渡难关，反而要为了一己私利而自相残杀？

一股不可抑制的怒火在我心头腾起，说什么黑洞、星潮、辐射、饥荒，人心才最险恶。就让人类在最后的疯狂中走向毁灭吧！

我重新端起枪，一个人向着里面冲去。

奇怪的是，一路上没有再碰到一个人。我一个人狂奔在空旷的隧道中显得有些可笑。

一个拱形的洞口出现了，我冲了进去，里面是一个半球形大厅。这简直和我记忆中观看星潮来临的大厅如出一辙。大厅内坐着十几个人，他们见到我并没有表现出惊慌，反而一副很平静的样子。这更加激怒了我！我毫不留情地扣下扳机。

从大厅出来，我继续向前跑。我的脑海中早忘了飞船和逃生，现在只有一个念头：杀，杀死遇到的每一个人。

我又冲进一座建筑。这是一个很小的房间，只有一张桌子和一把椅子，一个白发苍苍的老人正坐在椅子上望着我。我没有犹豫，立刻开枪，桌子被击为两半，老人的腹部也被击中。我转身准备离开，老人却忽然说了两个字，我刹那间愣在当地。虽然老人的声音有些模糊，但我能听清，他在唤着我的名字“荆邢”。

我回头凝视着老人，一下子认出来了，那正是我失散多年的父亲！天哪，我竟然杀了自己的父亲！仿佛有一道闪电击中了我，疯狂与杀戮都烟消云散，我的脑海中重新浮现出童年的景象：父亲把我举过头顶，让我俯瞰着尼雅美丽的平原、山脉和城市……父亲出现在火种飞船离去的背景中，张开双臂把我和母亲拥在怀中……父亲和我望着生命绝迹的尼雅，他伸出手轻轻抚着我的头……

我扔下了枪，一头扑进父亲怀中。

“是你吗？我亲爱的孩子！我是在做梦吗？”父亲喃喃说道。

我抬起头端详着父亲的脸庞，泪水已经布满我的脸颊：“爸爸，是我呀，你怎么会在这里？我和妈妈都以为你死了！你为什么要抛下我和妈妈？为什么呀？”

“唉，乱世啊！”父亲叹息一声。他展开左手，母亲的那枚钻石戒指出现在他掌心，“从地下城秘密通道撤出后，我到庞嘉城找过你们几次，直到我在一个死去的暴徒身上找到了这枚戒指。很难有人在辐射中生存，所以我以为你们早就……”父亲的声音哽咽着：“这些年我天天都在想念着你们，当真度日如年！如果不是为了飞船，我早就没有活下去的勇气了。”

“妈妈临死前一直在念着你的名字，这……这个残酷的世界啊……”我抚摸着父亲焦黑的伤口，绝望地吼道，“不，我只剩下你一个亲人了，我不能让你死……”

父亲像小时候那样轻轻抚摸着我的头：“好啦，能够见到你，已经是命运对我的眷顾啦。我很高兴去和你的母亲相聚。”

“都是那该死的飞船，人类的最后一点良知都因它而泯灭。”我抹去泪水，抓起了枪，“我这就去毁了它。谁也别想离开，大家都来为尼雅殉葬吧。”

“冷静一些，陪爸爸坐一会儿吧。”父亲苦笑着对我招招手，“那最后一艘火种飞船根本不是用来移民的。它的体积太小了，没有人能乘着它离开。”父亲发出了一声呻吟，我连忙抱住他。

父亲和蔼地望着我，笑了笑说道：“当年我没有离开尼雅，一方面是舍不得你和你母亲，另一个原因就是‘火种计划’。由于时间紧迫，移民工程进行得非常仓促，直到最后阶段才发现移民的目的地——桃源星系三号星——与当初观测的环境差异非常巨大，人类根本无法在那里生存下去，但那时候一切都已来不及更改。我们只能坚持着把移民计划进行完，不过愿离去的那些人类在抵达那里之后能够找到新的办法，但机会实在极为渺茫。”父亲长长叹了一口气，“大部分科学界精英都留了下来，尝试着能否找到新的办法让人类生存下去。”

“所以在地下城的时候，你们仍然在夜以继日地研究？”我问道。

父亲点了点头道：“我们原本怀疑星潮的破坏性，期望星潮过后人类还能够继续在尼雅生存下去，但现实无情地击碎了我们的幻想。当然我们没想到人类社会竟然那么快陷入崩溃，真是一场惨绝人寰的灾难啊。”父亲的眼中闪烁着泪光，他的心中一定在回忆着地下城中的暴乱，回忆着一座座哀鸿遍地的城市遗迹……

“迁徙到这个基地之后，我们重新把目光投向了宇宙深处。”父亲继续说道，“经过对大量资料的重新汇总，我们失望地发现，在三千光年的范围内根本找不到一颗可以供生命繁衍的行星。而以我们的宇航能力即使一千光年也无法越过，这说明通往群星的大门对我们紧紧关闭着，人类只有和尼雅一同走向灭亡。那些日子里，基地被绝望的气氛所笼罩，好在经历了一连串的灾难，我们已经能够冷静下来，坦然面对现实了。我们再次投入近乎疯狂的工作之中，我的研究领域是宇航推进技术。我们从前的飞船动力系统太庞大了，效率也过于低下，严重限制了远距离的宇宙航行。我发现星潮倒不全是坏处，它所喷射出的高能粒子潮恰恰可以成为飞船的动力，就像大海上的风，能够把星际飞船加速到光速的80%，一直吹向遥远的宇宙深空。这虽然是一个小小的发现，但是无疑对我们的宇航具有重要意义。”父亲的脸上显出自豪的光彩，但是我感到他的呼吸正在微弱下去：“我们还在五千光年外发现了一颗行星，那里已经有了原始生物活动的迹象，于是我们开始制造最后一艘火种飞船。我们的资源已经不能建造大型飞船了，这艘飞船很小，连一个人也坐不下，但是它的意义是此前的所有火种飞船无法比拟的。尼雅人类的毁灭已不可避免，我们的文明会在宇宙中彻底消失，但是我们将在宇宙深处埋下一颗种子。也许有那么一天，我们会以另外一种方式获得新生。”父亲向我投来欣慰的目光。

“开始的时候，为什么不把事情的真相告诉我们呢？”我痛苦地问道。

“我们解释过，可谁会相信呢？”父亲惨然一笑，“为了一线虚无缥缈的生机，人类的理智早被贪婪与自私淹没了。好啦，爸爸很困，我想睡啦。”

“不，不，醒一醒，你不能把我一个人丢在这里。”我拼命摇晃着父亲的身体。

这时，大地突然一阵剧烈的抖动，我抱着父亲摔倒在地。接着，震耳欲聋的轰鸣声骤然响起，又逐渐远去。

“飞船发射啦。”父亲的眼中突然迸射出异样的光彩，然后又暗淡下去，直至失去光泽。

我抱着父亲的尸体放声大哭，但是我的哭声很快就被连续不断的枪声和爆炸声淹没了。

八、新生

尼雅默默悬浮在冰冷孤寂的宇宙之海。她曾是罕有的生命与文明的摇篮，但是现在，沙漠像瘟疫一般布满了曾经生机勃勃的绿色大陆，全球范围漂浮的沙尘暴使她的星光变得那么暗淡。

一艘小小的飞船拖着长长的尾焰冲天而起，瞬间没入漆黑的宇宙……它就像生命最后的一缕魂魄从尼雅上消散。

不，其实它也是一颗文明的火种，带着尼雅人类最后的希望，去找寻生命的另一个家园。

可是它的体积是那么小，怎么能跨越那么漫长的时间与空间的旅程呢？况且它的航向也不对，它怎么向着阿特拉斯星核飞去呢？那里可是生命的禁区呀，正在猛烈喷发的星潮更会将它撕得粉身碎骨。可是，这艘渺小的飞船仍像是投火的飞蛾，执着地向着咆哮的星潮挺进……

飞船已经进入星潮的滔天巨浪之中，还在向着星潮的高密度粒子区域前进。飞船的头部是一个盾形防御结构，可以暂时抵御星潮的冲击，但是在这个高能量冲击的环境中，它坚持不了多久。

突然间，那占据了飞船三分之一的盾形结构迎着星潮伸展开来，成为一把圆形的大伞，一道无形的薄膜从伞的边缘向四周伸展开去。那薄膜是无法察觉的，但是星潮粒子在薄膜上面反射起夺目的光彩。

薄膜不断伸展着，半径最后竟达两千千米，像是星潮中飘扬而起的一面巨帆。

终于，飞船在星潮中汲取了足够的能量。接着，它调转了航向，像是某种巨大的宇宙生物，舒展着华丽的翅膀，向着更深的宇宙飞去……

一万年后。

这颗蓝色的星球还是宇宙的新生儿。

在高耸的雪山脚下，在灰暗阴冷的森林深处，一群瘦小的原生猿正蜷缩在树洞中。

一只高大些的雄性原生猿趴在洞口谨慎地向外张望。最近几只树熊迁徙到附近，弱小的原生猿们根本不是对手，已经有十几个同伴成了树熊的猎物。可是冬天已然临近，原生猿们存储的食物还远不够过冬之用，他们必须去寻觅更多的食物。

外面很平静，没有一丝异样，更没有树熊的踪影，但原生猿的首领仍不放心。他爬出树洞，然后小心翼翼地从树上下到地面，还是没有动静，他又谨慎地向前爬了一段距离。很好，除了远处传来几声霍莉鸟的鸣叫，四周一片安静。

他松了口气，准备招呼同伴，这时一声轻微的树枝折断声引起了他的警觉，他再次向附近的树丛张望。一只庞大的树熊从树丛后面站起来，他见势不妙，扭头向树洞奔去。可转身后才发现，不知何时，另一只树熊站在了树下正朝他点头，而树洞口没有一个同伴的身影。

一种前所未有的恐惧将他笼罩，他立马扭转身体朝另一个方向奔逃，但没跑出多远就被一只树熊扑倒在地。他知道自己在劫难逃了，于是停止挣扎静静地望着树熊张开血盆大口。

这时，一团火球划过天空，接着整个天空仿佛被点燃了，随后一股猛烈的气浪把他连同树熊一起掀上了半空。

他苏醒之后，发现自己还活着，这简直是个奇迹！半个森林都不见了，变成了一个巨坑，而残存的那一半森林正在燃烧。

他茫然站在大坑的边缘，几个幸存的同伴默默走到他身边。

在巨坑的中心，一个黑乎乎的物体悄无声息地展开，一群无法察觉的微生物像雾一样消散在空气中。

几天之后，一场致命的瘟疫开始在全球范围蔓延，数不清的树木枯萎了，数不清的动物哀鸣着死去。

在这次灾难中，虽然部族的损失同样惨重，但是他和其他的几个同伴奇迹般地幸存下来，而且他们的身上发生了一些他们自己也无法察觉的变化。

他们的基因序列里已然刻下了另一种生物的特殊序列！

死亡，在某种时候，也意味着另一次新生！

八千万年后。

这是个美丽的夜晚，繁星在夜空中闪烁，大海在星光下涌动。

父亲和母亲领着小孩在海滩上散步。

“你们说，我是从哪里来的呢？”男孩忽然问。

“你是爸爸和妈妈相爱之后生下来的呀。”母亲回答。

“那你们是从哪里来的呢？”男孩很认真地问。

母亲被孩子这个复杂的问题问得啼笑皆非。

男孩指着一片繁星说道：“我知道了，你们一定是从很远的星星上来的。”

父亲的心突然一动，最近越来越多的研究证明，大家身体内的一小段神秘的基因序列并不存在于其他生物，男孩天真的话或许正道破了文明中最大的一个谜题。

父亲轻抚着男孩的肩膀，和他一起仰望着满天星辰，缓缓说道：“也许吧，也许我们就来自哪一颗遥远的星星上。”

凤凰简史

一

我们把自己这个物种称作凤凰。据说，这个名字来源于一个异星种族。这个异星种族从星空深处而来，他们面对壮丽无比的梧桐星群和身着星辰般灿烂霓裳的我们，不仅顶礼膜拜，而且不断高呼“凤凰，凤凰”。当然，这只是一个不可考的创世神话。那个异星种族谁也没有见过，恐怕早就和他们的母星一起消亡了。

说起我们的历史就要从创世神话说起。神话中说，宇宙原本处于一片寂灭之中，没有时间，没有空间。而我们的创世神“凤凰”从混沌中苏醒，发现周围是一幅惨状后，毅然以创世真火点燃了自己。他在黑暗与虚无中振翅飞了几万里，燃尽了自己的同时，也为宇宙带来了光明。不仅如此，他的一身烈焰化作满天星辰，魂魄则凝聚成我们凤凰一族。

还有一种说法，宇宙中曾经只有一个光明的世界，而凤凰就在这个世界繁衍生息了无数年。后来，一个不甘寂寞的叫作“乾”的家伙出现了。他从小没有别的爱好，只喜欢飞翔！

凤凰由于庞大的体型，只有千年的梧桐木才能够栖息。此外，凤凰的双翼伸展开来可以覆盖整座山峰，七色羽翎泛着耀眼的光辉，美丽极了。

飞翔是凤凰与生俱来的本领，刚刚学会飞翔的雏鸟对于天空的喜悦不言而喻。不过，在万里长空飞翔毕竟是一件极为枯燥的事。

乾明显是个异类。大家觅食的时候，他在飞；大家在山谷间嬉戏的时候，他在飞；大家在夜幕下沉睡的时候，他也在飞……

乾的举动吸引了几个同伴，他们整天聚在一起，飞呀飞，比谁飞得高，飞得远。

渐渐地，他们变得与族群格格不入，经常见不到他们的踪迹。

有一天，大家忽然发现他们消失不见了。但是，谁都没怎么在意。只有族长喃喃道：“他们呀，是些有想法的凤凰。”

一天夜里，大家惊奇地发现，原本漆黑的夜空忽然闪烁起一颗明亮的星星。几天以后，又一颗星星亮了起来。原来，乾带着他的追随者飞出了星球，并且一路把那些熄灭的星星都点亮了。

于是，每天夜晚，大家都可以看到逐渐增多的星星。

今天，夜空群星璀璨，但我们都知道，这些群星不可能是乾点亮的。虽是如此，可提起凤凰的历史，就一定要说到乾。我们就从他的故事开始吧。

二

远古的时候，凤凰确实只有梧桐星这一颗母星。

大地极北的冰封之地有一座高耸入云的无名雪山，雪山峰顶矗立着一棵不知树龄的梧桐树。这棵梧桐树早已死去，只是因冰封保持着原貌。这里就是乾的巢了。南北两极之外，梧桐星大部分是温暖的海洋，巍峨的山脉和绵延不绝的森林。可供凤凰做巢的参天梧桐数不胜数，然而，乾的父亲选择了极北之地的雪山。当时，大家都十分不解。

时光荏苒，如今这座雪山已经成为凤凰文明最著名的圣地之一，每年都有大批凤凰不惜跨越数个星系来到这里膜拜。而乾的后世子孙就是享誉寰宇的星辰家族了。

一个星光满天的夜晚，一个高大的身影伫立在雪山之巅，仰望着深邃的夜空，纹丝不动。

“我们已经安逸了太久，久到忘记了如何飞翔。如此下去，大变来时，我们该如何应对？”年老的凤凰用充满沧桑的声音说道。

他的身旁还站着一个雏鸟，身上的稚翎尚在，看样子还没有学会飞行。此刻，雏鸟正在瑟瑟发抖，几乎被冻僵了。

“父亲能飞多高啊？”雏鸟用崇敬的目光望着父亲，指着星空说道。

听到孩子这么说，年老的凤凰猛然展开双翅，一声凤鸣，纵身腾入空中。

雏鸟看着父亲在空中振翅飞翔，不禁想追上父亲。但是，他摔倒了。就在雏鸟想要爬起来时，父亲已回到山巅。继而，父亲问道："你是想要飞翔？"

"是的。您教我怎么飞吧。"雏鸟请求道。

"你真的想学？"

雏鸟挺起胸膛，郑重地点点头。

"好！"父亲一边回答，一边一挥翅膀，把雏鸟撞下了山巅。

"救我，父亲！"雏鸟毫无准备，打着滚，像石头一样坠落。

"不是想飞吗？那就看看你配不配做我的儿子吧。"父亲冰冷的声音隐隐传来。

雏鸟没有飞起来，但在最后时刻，他本能地展开了翅膀。然而，他还是一头扎在山坡上，接着翻滚了数十米，才在雪地里昏了过去。

"乾……想飞吗……配不配……做我的儿子……"声音在山谷间回荡。这句话伴随了乾的一生。

后来，乾明白了，与父亲的愿望相比，自己的性命根本算不上什么。

乾全身多处骨折，在巢里躺了半年才重新站起来。而且，他对飞行充满了恐惧。所以，他的初次飞行比其他雏鸟要晚得多。

五年后，乾第一次飞出了雪山，飞出了冰雪覆盖的极地。

他看到了波澜壮阔的大海，绵延起伏的山脉，一望无际的原野和茂盛稠密的森林……

不仅如此，他还看到了其他的凤凰和一些不知名的鸟类。但是，他们飞翔的高度远远低于自己，像是在贴着地面滑翔。那一刻，他俯瞰着大地，第一次体验到了飞翔的乐趣。

于是，他兴冲冲地回到雪山，向父亲诉说着自己的经历。但是，父亲的眼中没有一丝欣慰。

“他们都飞得比我低。”乾不甘心地说道。

父亲没有说话，只是摇了摇头，发出一声叹息。

就这样，乾在父亲的一次次沉默和叹息中向着更快的速度、更新的高度冲击。

一百年过去了，乾已经可以和父亲并肩飞翔了。

乾的身体变得强壮，几天几夜在高空翱翔，也不疲倦。

如今乾已经变成了一个美丽的凤凰。

在长空翱翔时，一身的七彩羽翎舒展开来不仅有百余米长，而且在光照下泛着无法形容的美丽光泽。优美的身影从深蓝色的天空掠过，时而张开翅膀盘旋，时而振翅疾飞。

乾把探寻的目光投向父亲。

父亲摇摇头，“差得远，还差得远”。

终于，乾超越了父亲。一开始，乾只是比父亲快了半个头部。渐渐地，乾完全超越了父亲。当他回头望的时候，看到父亲正奋力挥动着翅膀。刹那间，乾的心中竟然涌起一股复仇的快感。他用尽浑身的力量，猛然加速，越飞越高。

父亲的身影逐渐变小，成了一个小黑点，最终消失不见。但是，乾没有停下，反而不停加速，不断升高。空气变得十分稀薄，呼吸也越来越急促，乾这才心有不甘地往回飞。

父亲站在冰雪覆盖的梧桐树顶，注视着儿子归来。

面对意气风发的乾，父亲微微点头："你已经超过了我，但是你还是不够快。"

乾不禁道："究竟什么样的速度才够快呢？"

"凤凰已经忘记了如何飞翔。"父亲没有回答，反而发出一声沉重的叹息。

直到父亲死的那一天，乾也没有得到答案。

三

父亲走了，乾有些不知所措。自他有记忆以来，自己一直与父亲相依为命。他的生活中没有兄弟姐妹，没有母亲，只有父亲的身影。而自己的灵魂深处也早烙满了父亲的期望与理想。

可是，父亲到底要的是什么，乾并不知道。

不知道过了多久，乾终于得到了一个答案。这个答案从他出生那天起就已经注定，他根本无力修改。

于是，乾离开了雪山……

凤凰文明的传说中没有天堂，因为他们生存的梧桐星就是宇宙中的天堂。巨大的蓝色海洋环绕着一块块陆地，陆地上植物繁茂，绿色氤氲，并且一株株梧桐高耸入云。

每年春暖花开的时候，一场场飞行竞赛会相继举办。竞赛获胜的凤凰将获得至高无上的荣耀。

迦陵频伽山谷位于梧桐星附近，是行星上最美丽的所在。椭圆形的山谷不仅四季盛开着各种奇花异草，而且云雾时聚时散，宛若仙境。

环赤道飞行赛是星球上最具挑战性的赛事。

早在日出前，来自各大陆的选手就已经出发。他们迎着天边游动的第一缕晨曦，一直向东飞翔，穿过高山、陆地和海洋……最快的选手会在四天后从西方回到迦陵频伽。

山谷中热闹非凡，有的凤凰在和老朋友交谈，有的凤凰在举行酒宴和舞会，有的凤凰则全神贯注地关注着赛事……

闪舞是在赛程过半的时候脱离第二梯队的，在此之前，他一直刻意保存着自己的实力。

他的家乡就在迦陵频伽，他是那里飞行最快的凤凰。而且，他还是上一届环赤道赛的冠军。这一次，他对自己充满了信心。

第一梯队只有三个凤凰，他们从比赛开始就处于领先地位。其中一个凤凰很年轻，但闪舞不认识，且已经开始显露出疲态。另外两个是老对手，见到闪舞追上来，他们的眼中闪过一丝慌乱。闪舞不禁一笑，他知道自己赢定了。只要他赢了，他将迎娶自己的心上人。

一天过去了。

空旷的天空中只有闪舞独自飞翔，竞争者们早已不见踪影。

对此，闪舞从容向前，甚至开始享受飞行的乐趣。他知道，前方的海平面上，是葱郁的绿色大陆。而大陆的另一端就是迦凌频伽。在那里他将受到凤凰们的欢呼和追捧。

他回头望了一眼，身后什么都没有。于是，他继续向前。但是，他总觉得心里不踏实。

这一次，他看到了一道闪动的星光，隐约像是某种物体的飞行轨迹。

不可能，这根本不可能。闪舞告诉自己，在这个星球上不可能有凤凰可以飞得这么快。

片刻之后，闪舞再次回头。他不禁惊讶，身后的身影正在以不可思议的速度向他追来。

闪舞感受到了强烈的威胁，他加快了速度，开始冲刺，全然不顾这个速度能坚持多久。

没过多久，闪舞感到一道五彩的闪电猛然掠过自己，又迅疾投向远方。

擦身而过的瞬间，闪舞终于看清了对方。那是一个普通的凤凰，除了体格比自己大了将近一倍外，也没什么特殊。但是，那个速度是一个望尘莫及的速度。

闪舞的信心被击得粉碎，甚至失去了飞下去的勇气。但是，他无处可去，比赛的终点是他的家乡。

乾降落的时候，被山谷中凤凰们山呼海啸般的欢呼震得头晕脑涨。如果不是有事，乾几乎要落荒而逃。

迦陵频伽沸腾了。

成千上万的凤凰聚集在乾周围。

三天的时间环绕了赤道一周，简直就是奇迹。多少年后，这一奇迹都没有被打破。

没有谁在乎这位陌生的凤凰是不是参赛选手，更没有谁质疑他是在赛程超过三分之二的时候才加入进来的，即使是第二名的闪舞也没有提出疑义。

乾全然不知道发生了什么，就被簇拥着来到最高大的一株梧桐树顶。正当他要开口询问时，一个老凤凰来到乾面前。

这位老凤凰自称熠琦，是迦陵频伽的长老。他头上的顶翎已经脱落，身上的羽毛也暗淡无光，飞翔的能力早已丧失。但是，他在看到乾的时候，眼睛闪着光。

熠琦一边和蔼地抚着乾的羽翅，一边低声问道："小伙子，叫什么名字呀？"

"乾，"熠琦的亲切让乾感觉很舒服，他道："有个事情您能不能帮个忙？"

"说吧。"熠琦回答着，不忘拉着乾的手高高举起。

顿时，山谷中的欢呼再次高涨。

"我想认识一下这里飞得最快的凤凰，我要拜他为师。"乾道。

熠琦几乎被这句话噎住，但他顿了顿，便按照既定程序高呼道："我宣布，今年的环赤道赛的冠军是，乾。"

乾一时没有反应过来，呆呆地问道："冠军？什么冠军？"

"当然是环赤道赛的冠军啊！孩子，这个冠军意味着你是迦陵频伽飞得最快的凤凰，也是世界上飞得最快的凤凰。"熠琦笑着道。

"不可能，不可能，"乾不能接受这个事实，他一把推开熠琦，"我还要学习飞行，这怎么可能！"

说罢，乾挥舞翅膀腾入空中，在满山谷凤凰目瞪口呆的注视下，向远处飞去。

四

半年后。

迦陵频伽恢复了往日的宁静。

天黑了，熠琦早早就睡下了。但没过多久，巢外的动静让他醒了。他打开门就看到了乾。

乾失魂落魄地站在门外，他的背后是迷乱的星空，而他的眼中闪着星光一般的泪花。

“我参加了所有的竞赛，可是……”乾抱住熠琦哭诉道：“没有凤凰超过我，找不到，一个都找不到。怎么办？谁来教我飞行呢？您一定知道，您能告诉我吗？”

熠琦无言以对，忽然，他问道：“你的父亲是谁？”

乾一愣，随即摇头道：“不知道。”

“母亲呢？”

还是摇头。

“你住在哪里？”

“极北冰原。”

熠琦恍然大悟，但仍旧无语。

“您认识我的父亲？”乾拉住熠琦，像抓住了救命的稻草，“您一定能告诉我该怎么办。”

“据我所知，你的飞行速度是凤凰世界最快的了。在这方面，没有谁能够教导你。如果说老师，你的父亲就是你最好的老师。”熠琦叹息道。

乾没有说话。

“但是，强者永远只在未来而不在从前。还有一个老师，就是你自己。我相信你能够超越自我。”熠琦道，“你的父母曾经就住在这里，以后就留在这里吧。”说着，他指了指山谷边缘的一株梧桐木。

乾来到山谷边缘的梧桐木，打开门走了进去。他渴望着能够找到父母生活过的痕迹，哪怕一丝气息也好，但是没有。在眼睛适应黑暗之后，他看到的只是一些简单的陈设。

他转身出来，站在巢边，一动不动，只是望着浩瀚的星海。他思索着熠琦的话，甚是迷惘。

不知道过了多久。

他突然飞入空中，迎着星辰一直向上……

他来到了梧桐星的大气层边缘，这么高的高度，可是与星星的距离还是如此遥远。

恒星冉冉升起，梧桐星显露出庞大的轮廓，空中的星星正在飞快地暗淡，隐退。

乾突然有一种异样的感觉，他觉得自己要失去它们了。这一刻，他猛然明白了，父亲要的就是这些遥远的星星。可是，这是一件无法做到的事。

乾想起熠琦的话，“……我相信你能够超越自我……强者永远只在未来……”

于是，他鼓足勇气，向着正在消失的群星冲去。

他奋力舞动双翼，寻找着每一丝气流。

渐渐地，乾感觉不到自己的身体了。他只知道，向前，向前……

他的羽毛蒙了一层白霜，全身的血管逐渐凝结，心脏缓缓停止跳动……他觉得自己仍在飞翔，但实际上，他变成了一颗冰冻的石子，向星球表面坠落下去。

星星逐渐消失，剩下的只有化不开的黑暗。

乾睁开眼睛的时候，仿佛看到了两颗星星，星光中蕴含着怜惜和关切，让他感到说不出的安心。适应周围的光线之后，他看清楚了，那是一双陌生又亲切的眼睛。

“呀，你终于醒啦，快别动。”动听的声音在耳畔响起。

乾马上不动，只是眼睛随着那个美妙的身影转动。

对方是个漂亮的女孩，有着一身罕见的银色羽毛。尤其是女孩的目光让乾感到说不出的亲切，仿佛他们从前就已经相识。

乾发现自己躺在一张大床上，浑身绑满了不知名的植物叶子。

“出了什么事，我怎么了？这是，另一个世界吗？”乾迷惑道。

他的问题招来一阵银铃般的笑声。

“这是在你自己的家里。那天在赛场上空看到你的身影是那么的矫健，舒展的羽翅像是一道划过天空的彩虹……”女孩的眼中满是憧憬，但声音中又略带埋怨，“可是，你不能不顾及你的身体，还从来没见过这么重的伤呢。你这次是捡回一条命，以后可不许再这样了。”

后来，乾才知道，那天清晨，他就像一颗失控的陨石，坠落在迦陵频伽。因此，他全身的羽毛几乎落尽，身上的骨骼断了几十处，虽然活下来了，但还能不能飞翔都是未知。

此刻，乾就躺在父母的凤巢内，照顾他的是熠琦长老的女儿，叫作瓔珞。

接下来的一年时间，乾只能老老实实躺在床上。好在瓔珞一直在他身边照料，他不但没有烦躁，反而发现了生命的美好。

每天天还没有亮的时候，他的眼睛就望着门口，期待着瓔珞的出现；傍晚的时候，他又会恋恋不舍地看着她离开。

瓔珞的一颦一笑，每一句话，关怀的目光，轻柔的动作，都让乾沉浸在幸福中。

他彻底忘记了飞翔，甚至愿意一直躺在床上，只要有瓔珞陪着他。

随着时间的推移，他们的感情悄然升温，变得难舍难分。

“等乾的伤好了，我要和他结婚。”瓔珞告诉父亲。

“你不是在和闪舞恋爱吗？”熠琦面无表情。

“哪有。我见到乾之后才明白，我一直等待的是他，我再也不会离开他。”瓔珞坚定地说道。

“乾这个孩子根本就不应该出现在世上，他的身世你是知道的，他母亲的结局你也知道，恐怕……”

“无悔。”瓔珞打断父亲。

五

结婚当天，乾早早起床，期盼着瓔珞出现在门口。自此他将与瓔珞永远在一起，不离不分。今天是他身体痊愈后第一次踏出凤巢，不过他并不想出去。这里是他和璎珞的爱巢，只有他们两个的小世界，他想一直待在这里。

璎珞出现了，带着甜蜜的微笑，走向乾。

乾走上前，紧紧拥抱着她，是她让自己再次站起来，也是她让自己体味到了生活的快乐。直到现在，他都觉得这一切太不真实了。

璎珞靠在乾的怀里，大病初愈的他清瘦了许多。但是，他的肩膀很坚实。

良久。

璎珞轻轻拉着乾的手，引着他向门口走去。

站在凤巢外，乾被眼前的景象惊呆了。

只见梧桐树下成群的凤凰，翘首望着凤巢。见他们出来了，顿时沸腾起来。

这段时间，虽说乾没有出去过，但他之前的现身已足以在众人面前留下深刻的印象。此时的他们最想知道的就是自己能不能飞。

乾看了看璎珞，然后张开了翅膀。山谷里立刻响起欢呼声。

两天后的傍晚，乾和璎珞悄然离开了迦陵频伽，络绎不绝的访客实在让他们难以应付。

移魂谷的迷雾终年不散，传说只有在移魂谷中不会失散的情侣才能携手走过一生。

眼前的浓雾如怪兽一般缓缓吞噬着一切。

璎珞的身体似乎在微微颤抖。乾没有言语，只是温柔地搂着她，然后带着她隐没到一片苍茫之中。

重重的浓雾笼罩下什么也看不清，世界仿佛又重回混沌状态。

走了很久。

一路上，许多形态各异的动物尸骸到处可见。显然，它们迷失在山谷中了。

“我们能够经受考验，对吗？”瓔珞忽然说道。

“没有什么能够分开我们。”乾望着瓔珞道。

瓔珞似乎从乾的目光中得到了什么，她松开了乾的手，向浓雾中走去。

乾知道她要做什么，但他没有阻止，看着她一点点消失在浓雾中。

过了一会儿，乾向瓔珞的方向追去。

可是，周围没有一点瓔珞的踪迹。

乾全神贯注地运用所有的感官，才确定了一个方向追了下去。

又过了一会儿。

乾发现，他不仅失去了瓔珞的踪迹，连自己也彻底迷失在山谷中了。

乾有些懊悔自己过于自信，不该让瓔珞离开自己的视线。现在，他只能运用第六感来搜寻瓔珞。但是，仍旧没有有用的信息。

乾有些慌了，不禁高喊瓔珞的名字。然而，没有任何回答。

他只好振翅飞上天空，俯瞰山谷。

可是，下面云雾翻涌，什么也看不到。

于是，他降低高度，用力扇动翅膀，希望可以把浓雾驱散。

一切都是徒劳，迷雾涌动得更加厉害。

乾告诫自己，这个时候千万不能慌张。他强迫自己静下心来，然后重新在雾气中滑翔，仔细搜索。

功夫不负有心人，乾听到了璎珞的呼喊声。他循着声音，飞了过去。

只见璎珞正被五只鬃狮逼到一棵树下，已经毫无退路。

乾见状，抱起璎珞直飞高空。

“就知道你会来。”璎珞笃定地说道。

“要不是听到你的呼喊，还真的找不到你。”乾庆幸地道。

“我一直没发出任何声音啊？”璎珞疑惑道。

没有？难道是自己幻听了？

大陆中心的爱之海是一个面积很大的咸水湖，含有稀有的神秘物质，且很多东西都能够在湖面漂浮。

这种独特的条件形成了独特的生物景观，而且这里栖息着一种叫作“合獾”的小动物。它们本是陆地动物，有时饿了，就去湖中找食物，有时困了，就躺在微波荡漾的湖面。更为奇妙的是，无论什么时候看到它们，捕鱼也好，睡觉也好，筑巢也好，它们总是成双成对的，从不例外。

盛夏的夜晚，一对对可爱的小东西手拉着手，脚搭着脚，仰卧在湖面上休憩。微风浮动，渐渐把它们聚拢在一起，场面蔚为壮观。

现在，乾和璎珞就舒展开翅膀，躺在这些小东西中间。

他们拥抱着彼此闭着眼睛，安然入睡。

极北冰原，冰封的梧桐树顶，他们肩并肩仰望着星空，没有语言，仿佛这世界只剩了他们。

这里本是星球上最荒凉的地方，因为有了爱，便充满了温暖。

当然，他们不会在这里久留。他们的翅膀会掠过星球的每一片天空，让他们的生活每一刻都保持着新鲜与快乐。

生命岂非就该如此度过?

就在这天夜里，乾梦见了父亲。他曾经以为，从高空坠落之后，在瓔珞的百般呵护下，从前那些令他害怕的东西就会消失。但是，他还是梦到了父亲，父亲的眼神中是深深的失望与责备。

父亲指着天空，指着那遥远的群星。乾知道父亲要他做什么，可是他真的无法做到。即使牺牲生命也无法做到……

乾从梦中惊醒，久久未能重新入眠。

梦是普通的，但也是乾最为恐惧的。他终于明白，自己无法摆脱来自心底的无助与恐惧。

他伏在床边的木桌上无声地哭泣起来。

瓔珞似乎感觉到什么，也从沉睡中醒来。

乾的耳畔响起瓔珞轻柔的声音:“你怎么了?”

“没，没什么，我很好。”乾慌乱地掩饰道。

瓔珞没有追问，这让乾如释重负。

他们甜蜜的旅程在继续，从极北冰原到花海一般的桃源群岛，从群山中的香格里拉到阿尔萨斯死火山的溶洞密境……

可是，类似的梦境不仅没有消失，反而越来越频繁地困扰着乾。

白天，他沉浸在无忧无虑的幸福之中；夜晚，他又跌入恐惧的深渊。渐渐地，他甚至分辨不出现实和梦境。

他想摆脱这些梦境，可是所有的努力都显得那么的苍白无力。

乾的变化，璎珞都能真切地感受到，但他不说，她就不问。只是她每天都想办法让乾开心。可是，乾还是在她看不见的地方，独自承受。

有一天，璎珞说道："我要回迦陵频伽了。"

"好。"乾心不在焉。

"我一个人回去，"璎珞眷恋地望着乾，"你想做什么就去做吧。等你倦了、累了，就到迦陵频伽来找我。那里有我，有我们的家。"

六

璎珞回到了迦陵频伽，但身边没有乾。

熠琦没有追问什么。他们结合的时候，熠琦就预料到如今的这种局面。不过，让他欣慰的是，女儿并没有伤心。

璎珞还和从前一样，同姐妹们聊天的时候，她还是叽叽喳喳说个不停，银铃般的笑声传染着大家；傍晚的篝火晚会，她还是那颗最耀眼的明星，美妙的舞姿让大家眼花缭乱……

要说变化，就是璎珞多了一份成熟。她会把自己和父亲的凤巢收拾得干干净净，一尘不染；她会用各种食材制作出精致美味的食物。而这些都是从前不曾有过的，熠琦甚至不知道女儿什么时候学会的做饭。

日子在平淡中一天天过去。

璎珞在平静中等待着，等待着乾回来的那一天。

在某个早晨，凤巢边放着一束带着露珠的花朵。瓔珞知道，那是其他凤凰对她和乾的祝福。

她知道乾在做一件凤凰世界从来没有过的事，一件伟大的事。为此，她感到自豪，也知道自己会付出什么。但是，她不后悔，她也相信，乾终有一天会回来。况且，她还有一个秘密武器。

半年后的一个傍晚，那个熟悉的身影出现在飞霞满天的空中。

他的身体强壮了许多，散发的英武之气让瓔珞迷醉。

长久的拥抱之后，乾迫不及待地告诉瓔珞，他找到了解决问题的办法。

天都山脉的山洞中，残存着许多史前壁画。在洞穴的最深处，有一部分壁画是两个凤凰在火焰中舞蹈；有一部分是一个模糊的凤凰剪影在展翅飞翔，周围围绕着星星；还有一部分画着一个凤凰坐在梧桐树下，接受着其他凤凰的膜拜。经过长时间的琢磨后，乾得到了答案：涅槃。其实，凤凰的身体并不适合飞出梧桐星，只有涅槃之后才有可能。虽然涅槃只存在于传说中，但是他相信自己一定能够做到。

一夜缠绵。

乾酣然睡去。

看着睡梦中孩童般的乾，瓔珞忽然落下了泪水。

这次的团圆只持续了两天，瓔珞便催促乾出门。

她要的是长久的厮守，只有让乾完成他的心愿，他才可以安心地待在自己身边，不再离开。为此，她都没有告诉他，他们有孩子了。

她想在下一次重逢时给乾一个惊喜。

可是，璎珞没有想到，这一次分别会是那么久。

乾走了，璎珞是高兴的，因为她看到了希望。

时间像流水一样缓缓淌过。

一年后，璎珞开始有了强烈的妊娠反应。

那段时间，她什么也不想吃，看到食物就忍不住想呕吐。但是，她还是强迫自己必须吃，腹中的宝贝需要营养。

不仅如此，她特别喜欢哭。每当这时，她就特别想要乾能在自己身边。

后来，随着腹部日益隆起，她会给宝贝讲故事。通常，讲着讲着，自己反倒会笑起来。

再后来，她拖着臃肿的身体在山谷中四处寻找星星草，亲自为将要诞生的宝贝制作了一个精美而温暖的摇篮。

三年后，五个凤雏破壳而出。他们的眼睛还闭着，但是他们嗅到了母亲亲切的气息，纷纷向母亲的方向伸出头，嗷嗷待哺。

孩子们飞快地长大。

照顾五个孩子，让璎珞有些手忙脚乱，经常照顾了这个冷落了那个。她总埋怨自己是个粗心的母亲，全然忘了自己一夜没有睡好，或者还没有顾上吃饭，但璎珞是高兴的。

小凤凰第一次站起来，第一次蹒跚着跨出摇篮，第一次扇动稚嫩的翅膀……

每一个细小的变化都让璎珞激动不已，她多么希望乾能够和她一起分享这份喜悦啊。

每天傍晚，孩子们睡去之后，璎珞都会看着满天繁星，心里期待着乾的到来。但是，没有，那个让她牵肠挂肚的身影一直没有出现。

又是三年过去了。

这天夜里，璎珞和孩子们已经睡去。

突然，一声巨响，凤巢猛地震动了一下。

孩子们都吓醒了，哇哇大哭。

璎珞心里有一种不祥的预感，她顾不得照顾孩子，疯了一样冲出门去。

梧桐树旁，璎珞看到了躺在被撞击出来的土坑里奄奄一息的乾。他的身体冻得像石块一样坚硬，看来早在坠落前就失去了知觉。可又，他是怎么飞回迦陵频伽呢？

直到第四天，乾才苏醒过来，睁开眼睛的一瞬间，他看到了孩子们。顿时，蕴藏在心底的父爱让他痛苦的脸庞上一下子绽放出灿烂的笑容。

看着一个陌生的男子躺在母亲的床上，孩子们又是迷惑又是略带敌意。

璎珞催促孩子们叫“爸爸”，孩子们只是紧张地望着乾，没有一个上前，反而不断后退。

璎珞气得脸色发红，很小的时候，她就反复教他们，没想到出现这样的局面。

乾一点儿也不在意，只是呵呵笑着，像个孩子似的。他想摸摸孩子们，结果孩子们纷纷闪开。

不过几天以后，孩子们就已经和乾熟络得不行，一个个围在他身边“爸爸，爸爸”地叫着。有两个淘气的还抱着乾的脖子晃来晃去。

璎珞连忙上前阻拦，谁知抱走这个，那个又扑了上去。一时间，凤巢内欢声笑语，十分热闹。

乾的伤势比上一次还要严重，他的眼角已经有了细细的皱纹，话语间也透着说不尽的苍凉，这几年在外面不知道经受了多少痛苦和折磨。闲暇之余，璎珞曾经问起，乾支支吾吾地搪塞开。后来，璎珞便没有再问。无论如何，他终于回来了，这比什么都好。

乾在璎珞的照顾下，很快好了起来。不过，他的左腿落下了残疾，走起来一瘸一拐的。他的左肩好像也不太正常，偶尔的几次飞翔，左翅的动作不太协调。

璎珞有些伤感。

乾却不以为然。

小凤凰们开始学习飞翔了。

在这方面，乾出乎寻常的严厉。他总是起早贪黑地带着孩子们练习，哪一个偷懒或者姿势不对都会挨上两巴掌。开始的时候，孩子们还像往常那样撒娇。后来，发现形势不对，父亲没有一点妥协，反而打得更狠。于是，他们只好老老实实地练习。

看到孩子们经常很晚才回来，而且个个鼻青脸肿，璎珞心里难受极了。

为此，他们开始经常争吵。从前那个温柔体贴的乾不见了，他变得苛刻，寸步不让。有几次，璎珞哭喊着要把他赶出门去。

直到最近一次的少年竞赛，孩子们的飞行速度远远超过了山谷中的其他孩子，璎珞才看到乾的嘴角露出了欣慰的微笑。

璎珞忽然明白，乾似乎把他内心的希望都寄托在孩子们身上。

不知不觉，六年过去了。

这六年时间里，乾很少说起前些年是怎样度过的。对于如何涅槃和飞向星星的事，更是绝口不提。

璎珞知道，丈夫失败了。

但她没有去触动丈夫内心那块深深的伤疤。

乾仍旧是凤凰世界的骄傲，他的环赤道纪录至今没有被打破。尽管此后，他再也没有参加过一次飞行竞赛。偶尔有一两个挑战者前来，他也总是摇摇头淡淡一笑。

又是六年过去了，乾跟普通的凤凰一样了。他跟璎珞不再像恋爱时那般如胶似漆，离开片刻也觉得度日如年。现在的他们是平静的，甚至一天也说不上几句话。但是，一个眼神，他们就能完全明白对方的心意。

璎珞曾经一度以为，这样的日子会永远继续下去，直到生命终结的那一天。然而，在这天早晨，她醒来时发现身边是空的，乾悄无声息地走了。

七

没有任何征兆，也没有留下一句话，乾就走了。

孩子们都在追问父亲的去向，璎珞总是若无其事地说，父亲有事要做，不久就会回来。

时间在一次次的谎言中飞快地流逝。

对于乾的这次离开，璎珞有着不祥的预感。她不敢多想，害怕自己的这个预感成为现实。

每次有外面的凤凰来到山谷，她都会不厌其烦地打听乾的消息，虽然多数时候都会落空，但是她还是了解到一些情况。比如乾又在哪里出现，又做过什么事，甚至有一次，一个凤凰确凿地说就在百里外的一个山谷里见过他。

于是，璎珞觉得也许明天早晨，自己一觉醒来，乾就会出现在枕边。

可是，乾没有回来。

渐渐地，关于乾的一切销声匿迹了。或许，只有璎珞还在想念着他，其他的凤凰早已将他遗忘。

十年过去了，又是第二个十年。

孩子们不知不觉间已经长大了，他们开始有了心事，也开始恋爱了。

看着孩子们的喜怒哀乐，璎珞时而会想起和乾相爱的那些日子。

她无数次问自己："后悔吗？"

起初，她是坚定的。可是后来，她慢慢地也没有了答案。

孩子们陆续成家了，一个一个搬了出去。曾经热闹的凤巢，只剩下了璎珞。

璎珞独自生活，有她在，凤巢就还是一个家。

孩子们偶尔会来看望母亲，此时的凤巢是欢声笑语的，但大多数时间，凤巢都是静悄悄的。

第三个十年。

熠琦病重，去世了。

临终前，熠琦拉着璎珞的手，想说什么，却最终没有开口。

那一刻，压抑已久的情绪像火山般爆发，璎珞伏在床前放声大哭。

熠琦深陷的眼窝中也淌下了泪水，但是除了抚摸着女儿的头，他什么也做不了。

生活又归于平淡，时光就这么流逝，什么也没有留下。

这一天起床之后，璎珞忽然低声哭泣起来。她梦见了乾，可是梦中的乾没有容貌。她居然已经忘了乾的样子。

第四个十年，什么也没有发生。

璎珞依然独自生活，不喜不悲。

凤凰的寿命是漫长的，这对于璎珞来说，曾经是一种折磨。但是现在，她已经变得麻木了。

她早就知道，自己已经永远失去乾了。关于他们的故事也早已消失在时间的长河中了。

她真的把乾忘了。

生活，就这么过去了。

所有的转折都指向那个看似平凡的雨夜。

那天，璎珞很早就睡了，睡得很沉。

忽然，传来异样的声响。

她醒来，嘟哝了一句，翻身又睡去。

又是几声树枝折断的“咔嚓”声，是谁在门外呢？

璎珞被吵醒，她坐起身晃了晃头，让自己清醒些。然后，她缓缓走过去，打开了门。

门外暴雨如注，一个男子匍匐在门前，浑身的羽毛都湿透了。

见门打开，对方猛地一把抱住了璎珞，痛哭起来。

璎珞不知道发生了什么，一时手足无措。

“我想忘了你，可是我做不到，真的做不到。求求你，让我留下吧，就是死也愿意。”对方语无伦次地说道。

乾？不是他的声音啊，璎珞低头去看。对方骨瘦如柴，苍白的脸庞满是泥水和血迹。璎珞依稀辨认出，是闪舞！

她连忙挣扎着，试图推开他。可是，闪舞抱得更紧了，像是害怕璎珞随时会消失。

“你别这样，”璎珞说道，“有什么事进来说好不好。”

璎珞把闪舞拖了进来。

闪舞扑通跪倒，抱着璎珞的腿死死不放，自顾自地述说着：“我曾经四处学习飞翔，无论严寒酷暑，我一刻不停地练习。我超过了各个大陆的选手，我获得了数不清的冠军。我的心里只有一个念头，终究有一天，我会超过他。可是，可是我失败了。我终于意识到，我只是一个普通的凤凰。我永远不可能超越他。”

忽然，闪舞站起身，再次抱紧璎珞：“我想通了，我不要什么冠军，我什么也不要了，我只要你。我原来只是想偷偷看看你，然后我就去死。可是，可是我真的不想失去你。求求你，让我留下吧。”

夜更深了，倾盆的大雨并没有停。

凤巢内一片寂静。

闪舞倒在床上昏昏睡去。

璎珞坐在灯旁百感交集。

面前这个男子既熟悉又陌生，他的脸庞苍老、憔悴的极不符合他的年龄，反倒像是一个几百岁的老者。看来，这些年他经历了很有多。他的身上还有好几处焦痕，这是被雷击的结果。

自从回到迦陵频伽后，璎珞就没有再见过闪舞。只是听说他搬到很远的地方住了。那时她的内心被乾充满了，根本没有在意。

因为自己，这些年他吃了很多苦，受了很多折磨，他的一生也毁了。

想到这里，璎珞的心里有些愧疚。可是，她能怎么办呢？

正当她心乱如麻，不知所措时，一道闪电划过，像是击在她的心底。乾，是乾，他来了。璎珞站起身冲了出去。

可是，除了雨水，什么也没有。

但是璎珞知道，乾刚刚就站在那里，他走了吗？

璎珞疯了一样对着黑夜大声呼唤着乾的名字，但是她的声音都被嘈杂的雨声淹没了。

她身体一软，跪在门前痛哭起来。

八

乾在黑暗中飞翔。

外界是黑暗的，他的内心是黑暗的，这黑暗仿佛没有尽头。

在山洞中看到关于涅槃的壁画时，乾以为看到了前路上的曙光。于是，他想尽了办法，吃了无数苦头。他在群山孤岛中寻找先祖们留下的只言片语，甚至他抱着必死的决心点燃了全身的羽毛，希望可以在烈火中重生。但是，都失败了。

他在旷野中躺了几个月，以为自己会这样死去，但烧焦的皮肤逐渐愈合了，新的羽毛生长出来了。

他回到了迦陵频伽，见到了自己的孩子们，他这才有了活下去的希望。可是，在教孩子们飞行的时候，他的表现跟父亲一样。这让他害怕，害怕自己让孩子们走上自己的路。

他不想，他一点儿也不想。他的一生已经毁了，他不能再毁了孩子们。

于是，他选择了再次离开。

这些年，他独自生活在极地冰峰，但他每年都会悄悄回到迦陵频伽，偷偷看看妻子和孩子们。在黎明前，他会悄悄离开。

可是在这个雨夜，他看到陌生的男子睡在妻子的床上，他看到妻子的纠结，所有的一切都在瞬间坍塌了。

他在黑暗中飞翔。

他的生命只剩下这件事。

乾曾经以为，只要亲人们平安，他愿意承担生命中所有的不幸。现在他终于明白，是他们的存在才支持着自己活下去。可是在这个雨夜，他失去了所有。他还活着，但他已经死去。

闪电在黑暗中交织，数次险些击中乾，但他不以为然。

他从积雨云中穿出，一直向上。

雨声，雷声都消失了。世界变得冷清下来，清澈的夜空繁星闪烁。

乾一直向上，星星似乎越来越明亮。

他不知道，他的眼前是一片漆黑，他的大脑已经屏蔽了所有感官，他只是下意识地挥动着翅膀。

向上……

向上……

不知不觉，他达到了从未有过的高度。

乾没有了呼吸，血液也已凝结，寒冷飞快地侵蚀着他的大脑。他已经死了，但他的灵魂仍在飞翔。

忽然，一团火焰在他的灵魂深处亮了起来。他的身体发生了变化，这种变化完全无意识的，完全颠覆性的，是完全不可想象的。

赤道附近一片虚无的空间中，一个比原子小无数倍，质量为零的奇点爆发了。

亘古以来，在这个宇宙里，奇点就一直沉睡着。虽然像是沙漠中的一粒沙子，无处不在却毫无意义。

但是现在，奇点被更加执着的信念所激发，瞬间转变。并且，这是一次翻天覆地的质变，质变所释放出的能量堪比一颗新星的爆发，甚至是另一个宇宙的诞生。

开始时，奇点是一点火星，然后膨胀为耀眼的光球。接着，以奇点为核心，形成了一个强大的光的漩涡周围所有的物质被吸引吞没。

大地剧烈震动，一道道深不可测的地缝纵横交错，四处蜿蜒；低矮一些的树林一片片伏倒，高大坚固的梧桐木不断摇晃；几座山峰轰然倒塌……

这一切都在瞬间发生，凤凰们从沉睡中惊醒，纷纷从摇摇欲坠的凤巢中跑出来。

外面的世界全然变了模样。

此刻本该是黎明前最黑暗的时候，光明却已然到来，不，那不是光，天空也不是蓝色，而是彩虹一般的七色光彩。在那些光的源头，一团七色火焰正在熊熊燃烧。

凤凰们都被眼前的景象惊得目瞪口呆，他们依稀分辨出，那团火焰竟然是一个凤凰的形象。只见火焰中的凤凰在天空缓缓飞翔，全身的羽毛似乎都在燃烧。他的翅膀伸展开来，美丽的像是一道彩虹；而他的尾翎如同彗星一样划过天空；他的头高昂着，眼睛散发着夺目的光芒……

所有的凤凰见状，纷纷跪倒在地，向着天空膜拜。

九

故事到这里就该结束了。

此前，凤凰在浑浑噩噩中度过了许多年。要是长此以往下去，凤凰会越来越没有希望，他们会消失在群星之中。而这一时期被后世称为“混沌年代”。

乾点燃了创世烽火，拉开了凤凰文明宇宙大开发的帷幕。

他在烈火中重生，完成了涅槃，转化成可以在行星间自由飞翔的生物。

后来，他在星际探索中，陆续发现了九颗可供凤凰繁衍生息的行星。这九颗行星和梧桐星一起逐渐形成了凤凰世界的梧桐星群，广达一光年的域度，让凤凰可以更加从容地创造属于自己的辉煌的文明。更重要的是，多主星的出现使凤凰从自满与愚昧中清醒过来。他们把目光投向了广阔的宇宙，看到了自身的渺小，也更加努力地开始奋斗。于是，文明开始加速。

今天，涅槃不再神秘。虽然产生涅槃的方法完全属于精神层次，至今无法揭示，但宇宙物理学的真相已经清晰：宇宙中的暗物质无所不在，它们呈余烬状态存在，纯度极高，异常坚固，并且不与其他物质产生任何反应。在某些特定的强烈刺激之下，暗物质才会恢复本来状态。而这种显性又根本无法在宇宙中存在，于是便瞬间湮灭消失。但是，暗物质由此所释放出的能量是毁天灭地的。

有了乾的涅槃，渴望涅槃的凤凰不在少数。但是，绝大多数凤凰涅槃要么失败，要么在烈焰中丧失了生命。纵观整个历史长河，能够完成涅槃的凤凰屈指可数。通过涅槃使凤凰个体乃至整个族群产生质的飞跃，被证明是不可取甚至是不切实际的。于是，涅槃一词又渐渐淹没在历史中，只是偶尔在传说中出现。

但是，我们相信，乾是骄傲的。后来的凤凰种族中有百分之一的凤凰都遗传了他的基因，这就是著名的星辰家族了。

后来，又一个英雄“坤”出现了。他也来自星辰家族。他让凤凰种族完成了科技文明的华丽转身。

关于坤的事迹，我们会在另一个故事中讲述。

对此，我们共同期待。